괴이한 미스터리

괴이한
미스터리

초자연 편

나비클럽

월영 月影

서울에서 30킬로미터 정도 떨어진 월영시. 현재 신도시 계획이 잡혀 있으며 일부 아파트가 들어서고 분양이 들어간 상태. 신터널과 도로 구간은 아직 공사 중이라서 여전히 구터널을 통해 차가 오간다. 폐쇄된 병원과 낡은 모텔촌이 있는 재개발 주택지대의 구시가지 중심에 오래된 백화점이 있고, 그 앞에는 오벨리스크 형태의 위령비가 있는데 무엇을 기리는 위령비인지는 적혀 있지 않다. 이곳의 눈에 보이지 않는 기이한 존재들은 인간들로부터 자신의 영역을 적극적으로 지키고자 한다. 인간과 괴이의 중간지대를 오가는 폐지 줍는 할아버지는 저주받은 물건을 모으러 돌아다니고, 이 지역 토지신인 노란 스웨터를 입은 할머니는 괴이를 막고 사람에게 도움을 주지만 그 능력에는 한계가 있다.

차례

산다는 것은 끝없이 도망치는 것

허설

새 기숙사 방은 정말 좋다. 룸메이트가 있기는 있었는데 들어오지 않는다. 2인 1실 정도면 그렇게까지 부대끼거나 불편할 것도 없지만, 몸이 피곤할 때는 사람과 마주치는 것 자체가 버거울 때가 있다. 사소한 눈짓이나 인사조차도. 새 룸메이트는 그냥 조용한 애였는데, 방 배정받고 갑자기 그만두는 바람에 혼자서 방을 쓰게 되었다. 듣기로는 갑자기 안 나와서 무단퇴사라는데, 뭐면 어떤가. 조용한 애들이 꼭 갑자기 그러긴 하더라만.

내가 일하는 반도체 공장은 3교대로 돌아간다. 일이 어떤가 하면, 딱히 마음에 들 것도 안 들 것도 없는 일이다. 몸은

산다는 것은 끝없이 도망치는 것

좀 힘들고, 밥이 싸다. 돈 모으기엔 딱 좋다. 기숙사에 급식, 규칙적인 생활. 그러니까 나는 '이 또한 지나가리라'와 '매일 비슷한 하루지만 오늘의 즐거움은 이것이다' 이 두 가지를 생각하면서 이곳에서 버티고 있다.

그렇다고 해서 이곳에서 평생 살 것은 아니다. 아마 여기 자리를 잡고 살 작정이었다면 조금 덜 힘든 일을 골랐겠지. 빡세게 돈을 모아서 떠날 생각으로 여기 온 것이다. 난 이 동네가 싫으니까. 정확히 말하면 월영시 전체가.

여기서 나고 자랐고, 추억도 꽤 있다. 그만큼 지겹기도 하고. 이제 아무렇지도 않아, 라고 생각하지만 눈을 아래로 내리깔고 입을 꾹 다물고 숨을 깊게 쉬게끔 만드는 어떤 장소와 그 장소에 들러붙은 기억들. 그런 것들로부터 좀 멀어지고 싶다. 더 정확히는, 서울로 이사 가고 싶다. 그러려면 돈이 좀 필요하다.

서울 단칸방 월세. 말만 들어도 돈이 공중에 흩뿌려지는 기분이다. 홍대나 신촌 같은 곳에선 어렵겠지만, 외곽지역의 원룸 정도라면 전세도 가능할 것이다. 좋은 방은 아니겠지만 노원구나 도봉구 쪽으로 가면 4천5백짜리 전세도 본 적이 있다. 공장 그만두고 조금 쉬다가 재취업해서 중소기업 청년 전세자금 대출을 받는 방법도 있고. 어차피 일은 계속해야 하니까. 그런 희망으로 살고 있다. 아주 여유 있을 정도는 아니지만 올해 6월쯤까지 일하면 필요한 돈은 모을 수 있다. 얼마 남지 않았다.

옆자리 빈 침대를 바라보며 가만히 누워 있는 것만으로도 오늘은 기분이 좋다. 나가서 뭐라도 맛있는 거 사 올까, 그냥 빈둥대다가 자버릴까. 아니면 빈둥대다가 빵 좀 사 와서 커피랑 마시고 또 빈둥대다가 잘까. 고민치고는 행복하다. 바람에 커튼이 사삭사삭 소리를 낸다. 약간 추운 것 같아서 창문을 닫으려고 일어났다. 햇빛도 잘 드는 편이다. 기숙사 방이 아무리 좋아도 애착 같은 건 안 생기지만, 이제 곧 떠난다고 생각하니까 괜히 이 방이 조금 더 미래 추억의 일부처럼 생각되는 것 같기도 하다.

창문을 닫으려고 보니 창문은 이미 닫혀 있었다. 그럼 사삭거리는 소리는 어디서 난 걸까? 커튼을 만져보았더니 내가 생각했던 바삭바삭한 재질도 아니었다. 얇고 부드러운 천. 잘못 들었나 싶어서 다시 침대에 누웠다. 그리고 유튜브 알고리즘이 추천하는 온갖 예능 하이라이트 동영상을 틀었다. 잡생각 없이 시간 보내는 데는 이게 가장 좋다. 그리고 때가 되면 저녁을 먹고, 소화를 위해서 조금 걷다가 들어와서 양치를 하고 씻고 SNS를 보면서 오늘은 무슨 일이 있었는지 확인하고 잠을 자면 된다. 알람시계 소리에 맞춰 눈을 뜨고 일어나 출근하면 내일의 할일이 나를 기다리고 있을 것이다. 나는 결정해야 할 일이 없을 때는 최대한 아무것도 생각하고 싶지 않다.

영상을 서너 개 정도 보고 나니 이미 6시가 지나 있었다. 나는 대충 세수와 양치를 하고 모자를 눌러썼다. 그냥 나가서 저녁을 먹고 싶을 뿐 대단히 맛있는 걸 먹을 작정은 아니었기 때문에, 동네 김밥집으로 가서 김밥 한 줄을 시켜 먹었다.

그리고 기숙사로 들어오는데, 아까 그 사삭거리는 소리가 들렸다. 내 방 근처도 아니었다. 회사 입구에서, 내 뒤에서 그 소리가 났다. 환청인 걸까, 몸이 안 좋은가, 요새 많이 피곤한가? 나는 천천히 걸어서 방으로 들어갔다. 소화기에 무리가 가는 것을 느끼면서도 일단 누웠다. 혹시나 내일 일에 지장이 생길까봐 걱정이 되었다. 다시 벌떡 일어나 샤워와 양치를 하고 머리를 말렸다. 그러고 나니 8시 반쯤. 억지로라도 일찍 자야겠다고 생각해서 자리에 누웠다. 사삭거리는 소리는 불규칙하게, 어디선지 모르게 계속 들렸다. 사삭사삭 하고 한참 있다가, 또 사삭사삭. 그리고 전혀 없어진 것 같다가 또다시 사삭사삭. 소리가 지속되는 시간도 소리의 간격도 제멋대로였다. 잘못 들었으려니 하면 그렇게도 넘어갈 수 있고, 신경쓰자면 신경이 쓰일 정도.

아침이 되자 어제의 소리 같은 것은 머릿속에 남아 있지도 않았다. 나는 씻고 출근했다. 방진복 입고 라인에 서서 평소처럼 일을 했다. 아무 일도 없이 오전이 흘러가고 점심시간이 되었다. 평소보다 조금 정신이 멍하기는 했다. 그런 만큼 시간이 빨리 갔다.

"언니, 어제 잘 못 잤어요?"

"나?"

같이 밥 먹는 직장동료 중 하나인 지은이가 나에게 말을 걸었다. 어제 일찍 잤는데.

"아니, 많이 잤는데. 피곤해 보여?"

"그치, 좀 멍한 것 같고."

옆에서 선주 언니가 한마디 거들었다. 말은 언니지만 거의 엄마뻘이다. 하지만 일터에서는 굳이 따지지 않고 언니라고 한다.

"음… 그런가. 약간 그럴지도."

신경쓰이는 게 전혀 없지는 않으니까. 하지만 크게 생각할 건 또 아닌 것 같았다. 그냥 사삭거리는 소리가 난다 정도?

"기숙사 방 바꾼 거 좋긴 한데 약간 소리 같은 게 나."

"소리요?"

"어… 뭐라고 하지. 큰 소리는 아닌데 사삭사삭거리는 소리."

"그래요? 뭐, 벌레 같은 건가?"

나는 대번에 바퀴벌레떼 같은 게 떠올라서 인상을 쓰고 고개를 저었다.

"그렇진 않을걸. 그건 아닌 거 같아. 그냥 천 같은 거 쓸리는 소리처럼."

"소리 심해요? 잠 못 잘 만큼?"

"그건 아니고 좀 신경쓰이는 정도…?"

"언니 요새 피곤한 거 아니에요?"

"그런가. 난 잘 모르겠는데."

몰라도 피곤할 수는 있다. 나는 둔한 편이라, 다음 휴일엔 병원 가서 영양제라도 맞고 와야 하나 생각하는데 옆자리 사람들이 떠드는 소리가 들렸다.

"자꾸 가루 같은 거 나온다고 뭐라고 하던데."

"뭐가?"

"클린룸에 가루가 어딨어."

"그래서 별 얘긴 안 나왔는데, 자꾸 옆에서 이거 가루 뭐지? 뭐지? 해가지고 좀 짜증났어. 혼자 생각하든가. 신경쓰이게."

밥을 먹다가 그런 이야기를 들으니 어쩐지 입안에 가루가 들어온 것 같은 기분이 들었다. 사삭거리는 소리도 왠지 더 커진 것 같고. 남의 말에 영향을 잘 받는 타입은 아닌데, 지은이 말대로 요즘 건강이 좋지 않거나 굉장히 피곤할 수 있겠다. 밥숟갈 위에 정체불명의 가루가 솔솔솔 뿌려져 있는 기분이었다. 그치만 굳이 신경쓰지 않고 배부를 때까지 밥을 퍼먹었다.

"반찬은?"

"네?"

정신을 차리고 보니 밥만 퍼먹고 있었던 모양이다. 뭐 어때. 선주 언니는 의아하다는 표정을 지었고 나는 웃음으로 얼버무리며 식판을 가져다놓았다.

나와 지은이, 선주 언니는 밥을 다 먹고 모여서 양치를 했다. 제조 공정뿐 아니라 일상까지도 매일 똑같이 돌아가는 것이 가끔 기묘하게 느껴진다. 예를 들면, 샤워를 하다가도 머리를 아까 감았나? 하는 거. 머리 감은 기억이 있는데 그게 어제 머리를 감은 기억인지 방금 전에 머리를 감은 기억인지 헷갈리는 것이다. 물론 양치는 그렇지 않다. 직후에 입안이 화해지니까. 이야기를 조금 나누다가 다시 라인에 섰다.

오전시간에 비해서 오후시간은 천천히 지나간다. 일하다가 허리 한 번 펴면 3시, 왜 아직 3시인가 하고 한 번 더 시계 보면 4시. 야간이 돈을 더 줘서 좋기는 한데 몸은 주간이 더 나은 것 같다.

"아이고 집에 가고 싶다."

"굳이 따지면 방도 회사 아닌가?"

"그럼 눕고 싶다."

머릿속으로 같이 일하는 동료와의 잡담조차도 거기서 거

기로군, 하고 생각하는 사이 예의 그 사삭거리는 소리가 들렸다. 이번엔 바로 귓가에서 울리는 것 같았다. 나도 모르게 벌레 쫓듯이 귀 옆을 손으로 휘저었지만 손에 걸리는 게 없었다. 직장동료가 나를 보고 의아한 표정을 지었다.

"뭐 있어?"

나는 고개를 저었다. 먼지 한 톨도 조심하는 공장에 날벌레 같은 게 있을 리 없었다.

일이 끝나고 방진복을 벗으면서 알았다. 사삭사삭 하는 소리가 간헐적으로 나는 게 아니라는 것. 멀리서 나는지 가까이서 나는지, 벽인지 천장인지 바닥인지 가늠이 되지 않았다. 그저 소리가 계속될 뿐이었다. 사삭사삭. 화이트 노이즈의 일종처럼.

"시끄럽네."

나도 모르게 인상을 쓰고 말했다. 옆에서 옷을 갈아입던 선주 언니가 나를 쳐다보았다.

"뭐, 나?"

선주 언니가 자기한테 하는 말인 줄 알았는지 표정이 대번에 사나워졌다.

"아니요. 어제부터 회사에서 자꾸 사삭거리는 소리 나잖아요."

언니가 무슨 소리를 하냐는 듯 나를 보았다.

"이명 아냐?"

"처음엔 제 방에서만 나는 줄 알았는데, 회사 전체에서 나지 않아요? 이런 소리."

내가 양 손등을 비볐다.

"이런 소리요, 사삭사삭 하는."

내가 정말 모르겠냐는 듯 언니를 보았다. 언니는 오히려 나를 이상하게 보면서 고개를 저었다.

"전혀."

언니가 걱정스럽게 나를 보았다.

"이명 같은 거 아냐? 요새 힘들어?"

신입도 아닌데, 맨날 반복되는 일상이 갑자기 힘들 리가 없다. 나는 고개를 저었다.

"갑자기 힘들 건 없는데. 모르겠어요."

아무리 생각해도 아픈 데는 없는데. 혹시나 대단히 큰 병이면 곤란하다. 이도저도 아니면 뭘까. 이게 나만 들리는 거라고? 회사 전체에 퍼져 있는 이 소리가? 어딜 가도 들리는데. 방에서도, 복도에서도, 화장실에서도, 라인에서도. 사람들이 말하는 소리, 기계 돌아가는 소리, 발소리에 섞여서 끝없이 사삭사삭거리는 소리가 들리는데 이게 안 들린다고? 어쩌면, 언니가 나이가 있어서 안 들리는 것일지도 몰랐다.

"뭐 벌레 같은 게 있는 걸까요?"

나는 일부러 사소한 일인 것처럼 둘러댔다. 갑자기 아프거나, 이상이 있는 것처럼 보이기는 싫었다. 혼자만 정체불명의 이상한 소리를 끊임없이 듣는 것보다는 그럴 리 없는 위생문제를 걸고넘어지는 게 나았다.

"그건 아닐걸? 여기 워낙 깨끗하잖아."

언니 역시 당연히 할 법한 대답을 했다. 나는 곧장 수긍하는 표정으로 고개를 끄덕였다.

"그렇죠, 역시. 뭐, 제가 잘못 들었겠죠."

"진짜로 뭔가 이상이 생기면 회사에서 조치를 하겠지."

"맞아요."

이상이 생기면 회사에서 조치를 취할 것이다. 안심되는 말이었다. 딱히 우리를 위해서가 아니라 생산을 위해서라면 그렇게 할 것이었다. 그 소리들이 생산에 영향을 미친다면 말이다. 하지만 나밖에 못 듣는다면? 그리고 나만이 일에 지장을 받는다면? 그럼 회사는 나를 자르겠지. 그게 회사가 취하는 '조치'일 것이다.

사삭거리는 소리는 계속되었다. 나는 지은이에게도 혹시 이상한 소리가 나지 않는지 물어보았다.

"지은아, 어디서 소리 안 나?"

"엥."

지은이가 고개를 저었다.

"몰라요."

"아, 그래."

무성의한 대답이었지만 그걸로 충분했다. 무슨 소리가 난다면 그쵸? 언니도 들리죠? 하고 굉장히 수다를 떨었을 것이 분명하니까. 딱히 다른 사람들에게는 더 묻지 않았다. 이 사람 저 사람에게 무슨 소리 안 나냐고 물었다가는, 이 사람 저 사람이 내가 혼자 이상한 소리를 듣는 모양이라고 떠들어댈 것이 분명했다. 그렇게 되면 사흘이면 라인 전체가 알고 일주일이면 회사가 알 것이다.

하지만 무엇이 있는 것은 분명했다. 소리를 듣는 건 나뿐이었지만, 영향을 받는 사람들이 있는 것 같았다.

"너 지금 일부러 이러니?"

검품 쪽에서 싸움이 났다. 신입 한 사람이 노란 가루 같은 게 묻었다면서 제품을 자꾸 빼놓았는데, 다시 보니까 아무 이상이 없는 것이다. 몇 개 착각할 수도 있지, 하기엔 수가 꽤 많았던 모양이다. 졸지에 평소보다 일이 배로 늘어난 그녀의 사수가 폭발해버렸다.

"일부러 그럴 리가 있어요? 눈에 보이는데 그냥 넘어가요? 그럴 거면 방진복을 뭐하러 입고 수칙은 뭐하러 지켜요. 그냥 불량 나게 두지."

신입이 높낮이 없이, 하지만 공격적으로 되받아쳤다.

"너 회사 그만 다니고 싶어?"

"돈만 있으면 그러고 싶은데요. 앞으로 5년은 더 다녀야 할 것 같거든요."

신입이 자기 할말만 하고 자리에 앉았다. 사수도 당장 더 싸움을 지속할 수는 없었다. 더 할 이야기가 있으면 일이 끝나고 하는 게 맞았다. 신입은 또 제품을 따로 빼놓았고, 멀리서 보아도 그녀의 사수는 펑 터져버릴 것 같았다.

하지만 저녁엔 그 사수도 신입에게 '정말 뭐가 있나봐'라고 인정할 수밖에 없었다. 이번엔 한 사람이 아니었다. 서너

산다는 것은 끝없이 도망치는 것

명 정도가 밥이 이상하다고 항의를 하고 나섰는데, 밥에 이물질이 들어갔다는 거였다. 형태가 명확하진 않아서 정확히 무엇이라고 말하기는 어려웠다.

식당아줌마는 팥껍질 같은 게 섞여 들어간 거라고 주장했고, 항의하는 직원들은 벌레 같은 게 부서져서 들어간 것 같다고 말했다. 사람들이 웅성웅성 모여서 어떤 이물질이 나왔는지 구경하려고 했다.

나는 멀리서 펄쩍거리며 뛰어서 간신히 형태를 보았는데, 갈색 낙엽조각처럼 보였다. 하지만 다른 사람들은 '대체 뭐 가지고 싸우는 거야?' '뭐 안 보이는데?'라며 고개를 저었다.

"뭐지? 저희는 밥이나 먹어요."

지은이가 나를 끌고 자리로 돌아가며 말했다. 선주 언니는 사소한 다툼은 맨날 있는 일이라며 구경도 오지 않았다. 나는 자리에 앉아서 내 밥을 내려다보았다. 오늘 메뉴는 조밥. 군데군데 노란 것은 아마 좁쌀일 것이다. 그렇게 믿기로 했다.

"그 밥은 깨끗해."

뚫어져라 밥을 살피고 있으려니 웬 아주머니가 내게 말했다. 식당아줌마 중에 저런 분이 있었던가. 아니, 할머니였다.

"위생은 의심 안 해요."

그렇게 말하고 할머니를 보자 할머니는 위생모도 장갑도 쓰지 않은 모습이었다. 보풀이 잔뜩 일어난 노란 스웨터에 자주색 코사지가 달려 있었다. 나는 대번에 인상을 썼지만, 할머니는 상냥하게 말했다.

"밥은 안심하고 먹을 수 있어야지."

나는 시선을 피했다. 동네에서 유명한 미친 할머니였다. 여기저기 불쑥불쑥 나타나서 갑자기 이상한 소리 한다고 말이 많았다. 여기까지는 어떻게 들어왔는지 의문이다.

"미안해라."

무엇이 미안한지 모르겠지만 할머니는 그렇게 말하고 식당 밖으로 나갔다. 갑자기, 그 미친 할머니가 혹시 뭔가 더 아는 게 있을까 싶어서 나는 밥을 먹다 말고 그 할머니를 쫓아갔다.

"할머니! 할머니!"

식당 문 나가서 분명 오른쪽으로 갔는데, 할머니는 보이지 않았다. 혹시 무슨 무당 같은 거라면, 뭐 더 물어볼 수도 있었을 텐데. 나는 아쉬워하면서 자리로 돌아왔다.

산다는 것은 끝없이 도망치는 것

"할머니는 왜요?"

"그냥."

선주 언니가 허, 하고 바람 빠지는 소리를 내면서 웃었다. 사삭이는 소리 때문에 언니가 웃는 소리는 거의 묻혀버렸다.

"그 할머니 괜히 이상한 소리 해서 사람 불안하게 하는데, 아무것도 없어."

"아, 그래요?"

"뭐 물어보려고 그런 거 아냐?"

"음, 아니요. 그냥 어떻게 들어왔냐고 따지려요."

스스로 생각해도 그렇게 말이 되는 것 같진 않았지만 대충 둘러댔다. 선주 언니가 지긋지긋하다는 표정을 지었다.

"여기뿐인가. 그 할머니는 아무데나 자기 들어가고 싶은 데 다 들어가. 지난번에는 우리 언니 다니는 수영장 가서 거기 강사 쌤한테 아이고 딱해라, 아이고 딱해라 그러더래."

"갑자기요? 그래서요?"

내가 궁금하다고 말하기 전에 지은이가 먼저 끼어들었다. 선주 언니가 말을 계속했다.

"그 강사 쌤이 괜히 뭔가 쎄해서 한동안 조심하고 다녔는데, 결국 아무 일 없었대."

"뭐, 워낙 그런 할머니라고 하잖아요."

나는 밥 한 숟갈을 크게 뜨고 소고기뭇국을 떠먹었다. 진짜 신기가 있는 할머니라면 왜 밥이 깨끗하다고 했을까. 지금 내 귀에 들리는 소리에 대해서는 말하지 않고.

"왜 그러고 다닐까요?"

"모르지 뭐. 심심한가보지."

선주 언니는 할머니를 이상한 사람이라고 생각한 다음엔 더 관심이 없는 것 같았다. 하기야 이상한 사람이 왜 이상한 짓을 하는지 어떻게 이해를 하겠는가.

그래도 할머니가 밥이 깨끗하다고 한 덕분인가, 밥에는 크게 신경을 쓰지 않고 간만에 맘 편히 먹은 것도 같았다. 하지만 굳이 할머니 이야기는 언급하고 싶지 않았다.

"근데 오늘 밥 좀 맛있네요."

그냥 그렇게만 말했다. 지은이랑 선주 언니는 무슨 뚱딴지 같은 소리냐며 웃었다.

"이상한 거 나왔다고 항의한 사람도 있었는데?"

언니가 나를 빤히 보며 말했다. 나는 멋쩍게 웃으며 맞다, 그렇지 하고 얼버무렸다.

"요즘 좀 그런 경우 있나봐요. 밥에서 뭐가 나왔다, 제품에 뭐가 붙었다. 방에서 가루가 떨어진다….."

남의 말 잘 듣고 다니는 지은이가 줄줄 읊었다. 나는 나 말고 이상한 소리 듣는 사람은 없는지가 궁금했지만 그 이야기는 나오지 않았다.

"그래? 지난번에 사수랑 싸운 개가 좀 이상한 줄 알았는데."

아마 이상한 것은 나일 것이다. 그래도 나름대로는 평화로운 일상대화였다. 하지만 사삭거리는 소리 때문에 정말로 편안하진 못했다. 지은이가 속삭였다.

"언니 지난번에 뭐 이상한 소리 들린다는 거, 아직도 들려요?"

나는 망설임 없이 고개를 저었다.

"아니."

"그렇구나. 이상한 일이 있긴 있는 거 같아서, 언니는 혹시 뭐 더 아는 거 있나 했어요."

지은이가 정말 궁금하다는 듯이 말했다.

"전혀. 그때 잠깐 피곤했었나봐."

"혹시 뭐 알게 되면 말해줘요."

"내가 뭘 어떻게 알아."

지은이가 확신에 찬 표정으로 말했다.

"언니는 뭔가 그런 거 잘 알 것 같은데."

"왜?"

약간 어이없는 기분으로 되묻자 지은이가 말했다.

"글쎄요. 이미지가?"

"왜곡된 이미지를 갖고 있네."

나는 농담이라는 듯 웃었다. 지은이에게 아무렇지 않은 척하는 중에도 그 소리는 계속 들렸고, 석식을 먹고 방으로 가는 길에도 소리는 계속 들렸다. 어느 순간부터는 소리가 계속 그냥 거기 있는 것 같았다. 엄청나게 거슬리거나 큰 소리는 아니니까, 라고 애써 생각했지만 크진 않아도 이쯤 되면 엄청나게 거슬리는 건 사실이었다.

게다가 소리는 변했다. 며칠이 지나자 확실히 거슬렸고, 조금 커지기도 했다. 낮게 사삭거리던 소리가 높아진 것이다. 아주 조금이지만, 사삭거리는 소리는 훨씬 선명하고 날카롭게 들렸다. 마치 내가 이 소리에 그냥 적응하게 두지는 않겠다는 것 같았다. 나는 사삭거리는 소리가 한 톤 높아지고 나서야 내가 원래 남들보다 소리에 민감하다는 것을 알 수 있었다.

수요일. 회사가 말한 대로 방역업체가 왔다. 생각한 것보다는 더 제대로 된 업체를 부른 것 같았다. 아저씨 두엇이 와서 휘 둘러보고 나가는 대신 방역업체나 시설관리업체 전문가 같은 사람들이 버스 한 대를 타고 여럿이 와서 건물을 샅샅이 뒤졌다. 하지만 아무것도 나오지 않았다. 오히려 감탄할 정도로 깨끗했고, 모든 시설이 너무 잘 정비되어 있었다.

"뭐 없죠?"

내 방에 들어온 방역업체 직원이 내게 물었다. 나는 혹시나 해서 말했다.

"벌레 같은 게 있는 것도 같고요…."

애매한 이야기였다. 방역업체 직원은 어깨를 으쓱했다.

"하나도 못 봤는데. 하하."

"그럼 없나봐요."

나는 싱겁게 대꾸했다. 다신 안 볼 사람이었지만 나름 준수하게 잘생긴 남자였다. 그가 조금 민망해하는 듯한 표정으로 말했다.

"잘 찾아볼게요."

그럴 것까지야, 라고 생각했지만 그냥 고맙다고 대답했다.

두 시간 정도 뒤에 업체 직원들은 타고 왔던 큰 버스를 타고 돌아갔다. 나는 오랜만에 만난, 조금 호감 가는 사람이 아쉬워서 방역업체 직원들이 돌아가는 것을 굳이 지켜보고 있었다. 하지만 그 남자는 찾을 수 없었다. 혼자 일찍부터 버스에 탄 모양이었다.

방역업체 직원들이 아무 성과 없이 다녀간 후, 누군가 사내 게시판에 글을 올렸다.

'전문가들이 하루이틀 와서 살펴보는 것도 충분하진 않은 것 같습니다. 모두가 문제를 겪는 건 아니지만 검품 쪽에서는 가루 때문에 노이로제 걸릴 지경인 사람이 너무 많아요. 그렇다고 멀쩡한 직장을 때려치울 수도 없는 노릇입니다. 몇 명씩 조를 짜서 구역을 나누어서 살펴보면 어떨까요? 문제를 해결하기 위해서 모두의 노력이 필요할 것 같습니다.'

얼마 전에 시비가 붙은 검품 쪽 사람인 것 같았다. 전문가들이 못 찾은 걸 우리가 찾아낼 수 있을까 싶긴 했지만 아주 나쁜 생각 같지는 않았다. 문제를 겪는 사람이 너무 많다는 그녀의 게시글이 무색하게 그 글에 반응을 보이는 사람은 없었다.

나는 내가 듣는 소리와 그 노란 가루, 밥에 나온 이물질이 모두 한 가지 원인일 거라고 아무렇게나 믿고 있었다. 별 근거도 없이. 하지만 가끔 노란 가루가 보이거나, 밥에서 뭐가 나오는 일 정도로 정말 누군가 움직일까.

소리는 이제 명확하게 내 정신을 공격하고 있었다. 이제 그건 낮은 소리도 작은 소리도 아니었다. 천둥 치는 소리가 아닐 뿐이었다. 사삭거리는 소리는 높고 빠르고 크고 선명했다. 수백 개의 얇은 막이 끝없이 표면을 비벼대는 소리. 나는 더이상 아무렇지 않은 척할 수가 없었다.

사삭거리는 소리가 너무 커졌다. 평소와 다름없이 장비를 조작하고 있는데 팀장이 가까이 왔다. 뭐라고 나한테 말을 하는 것 같은데 듣지 못했다. 방진복 너머로 입 모양을 보려고 애썼다. 팀장이 나를 밀치고 장비를 껐다.

"왜 신입도 안 할 실수를 해?"

나는 그제야 정신을 차리고 팀장을 보았다. 맨날 하던 장비조작인데 순서를 틀린 것이다. 그것도 여러 번. 그러니까, 틀린 순서를 익숙하게 조작하고 있었던 거다. 얼굴이 새빨개졌다.

"너 내일 쉬어."

팀장이 강압적으로 말했다. 나는 괜찮다고 말도 못하고 풀죽은 목소리로 네, 라고 대답했다.

"아프면 민폐 끼치지 말고 쉬겠다고 말을 해야 할 거 아냐."

팀장이 짜증스럽게 쏘아붙였다. 내가 아팠던가는 모르겠지만 멀쩡하지 않은 것만은 확실했다.

일이 끝나고 지은이와 선주 언니가 눈을 마주치며 다가왔다. 나는 고개를 저었다.

"먹어야지."

"괜찮아요."

"언니… 안 좋나보다."

말 사이로 사삭거리는 소리가 너무 커서 짜증스러웠다. 도무지 뭐라는지 알아들을 수가 없어서 나는 손을 내저으며 기숙사 방으로 들어가버렸다.

　나는 도무지 가만히 있을 수가 없어 방에서 나와 공장 안을 여기저기 돌아다녔다. 소리는 너무나 크고 선명하게 들렸다. 어디에서 들리는지 알 수 없어서 무작정 건물 전층을 돌아다녔다. 위로 올라갈수록 소리가 더 크게 들리는지, 아래로 내려갈수록 소리가 더 크게 들리는지 확인하고 싶었다. 하지만 장소를 이곳저곳 옮긴다고 소리가 달라지지는 않았다. 그랬으면 앞서 왔던 방역업체에서 진작 알아냈을 것이다. 사람이 없거나 안 쓰는 곳까지 전부 열어보거나 귀를 대봤지만 얻을 수 있는 정보가 없었다. 그러다 문득, 내 방에서 시작하는 게 좋지 않을까 싶었다. 내가 최초로 소리를 들었던 그곳.

　나는 꽤 지쳐서 방으로 들어왔다. 사삭거리는 소리는 계속 들렸다. 그러다 불현듯 스친 생각이 있었다. 벽 안. 벽 안에 뭐가 있을지도 몰랐다. 나는 기숙사 사무실로 달려가 공구함을 빌려 왔다. 드릴로 벽에 구멍을 냈다. 콘크리트가루 말고는 아무것도 나오지 않았다. 에이, 그러면 그렇지, 라고 생각하는데, 사삭거리는 소리에 균열이 생겼다. 드릴소리 때문인지, 정말 내가 뭔가 영향을 끼친 것인지 구분이 되지 않았다.

벽에 구멍 뚫은 걸 물어주려면 배상금이 얼마나 될까 생각하면서 나는 구멍을 한 군데 더 뚫었다. 사삭사삭, 사삭사삭 일정하게 이어지던 소리가 조금 달라진 것 같았다. 분명했다. 나는 결국 벽에 동그랗게 구멍을 냈다. 공간이 있었다. 나는 핸드폰 플래시로 안을 비춰 보았다. 그것은 어디론가 이어지는 통로였다. 나는 벽 안으로 들어갔다. 그리고 네 발로 기어서 통로로 들어갔다.

통로는 여러 번 꺾이고 구부러졌다. 사다리를 타고 내려가야 하는 곳도 올라가야 하는 곳도 있었지만 갈림길은 없었다. 20분쯤 기어가자 허리도 아프고 무릎도 아팠다.

가는 길에 소리가 점점 가까워지는 게 느껴졌다. 점점 실체에 가까워진다는 생각에 가슴이 뛰었다. 원래부터 어디서 나는 소리인지 알 수 없는, 완벽하게 신비한 소리 같은 게 있을 리가 없었다.

완전히 엉킨 실타래는 처음도 끝도 없어 보이지만 사실은 그렇지 않다. 나는 실타래 끝을 잡은 기분이었다. 모든 게 아주 명확하게 보이는 기분. 호흡이 조금씩 가빠져왔지만 나는 진정하기 위해서 애써 심호흡을 했다. 온몸이 땀에 푹 젖어 있었다. 이 통로의 끝에 소리의 정체가 있었다.

사삭, 사삭사삭.

알 수 없는, 이제는 너무 익숙해진 소리가 귓속을 가득 메우는 것 같았다. 좁은 통로를 기어가는 것은 정말 지치고 피곤한 일인 데다 몸 여기저기가 아팠지만 나는 쉬지 않고 기었다. 앞으로 나아갈수록 호흡이 가빠지는 것이 몸이 너무 힘들어서인지 이 공간에 산소가 부족해서인지 알 수 없었다.

어느 순간부터는 냄새가 났다. 비 오면 나는 비린내 같은 것. 그리고 어릴 때 살던 집 뒷산에 잔뜩 피었던 라일락 냄새가 섞여 있었다. 거기에 어느 순간부터는 달짝지근한 냄새가 섞였다. 사과가 썩어서 짓무른 것에 벌이 잔뜩 꼬인 것을 본

적이 있는데, 그때 맡았던 냄새와 아주 비슷했다. 머리가 어지러웠다.

마침내 문 하나를 발견했다. 문이라기보다는 맨홀 뚜껑처럼 생긴 것이었는데 구멍은 없었고 손잡이가 있었다. 비밀번호도 어떤 잠금장치도 보이지 않았다. 그냥 열면 되는 것이었다. 문손잡이를 잡자 일순간, 사삭거리는 소리가 멈췄다.

나는 그 문을 열었다. 그것만이 이 소리를 멈춰줄 것 같았다. 끝없이 위아래로 뻗은 벽이 있다. 이 건물은 양면으로 된 것이나 다름없다. 벽 안은 완전히 다른 세상이며 서로 연결되어 있다. 벽면 가득히, 크고 작은 날개들이 가득 붙어 있었다. 얼룩덜룩한 무늬. 어떤 것은 붉었고 어떤 것은 새파랗고 어떤 것은 자주색과 녹색이 너저분하게 섞여 있었다. 거대한 날벌레들이 잔뜩 벽에 붙어서 천천히 날개를 움직이고 있었다. 날개에서는 이따금 가루가 떨어졌다. 작은 것이 손바닥만 하고 큰 것은 두 팔로 커다랗게 원을 그린 것만큼 거대했다. 그것들은 날아오르거나 무언가를 공격하지 않는다. 다만 너무 많아서 자기들끼리 스친다.

나는 위쪽을 쳐다보았다. 아직은 사람처럼 보이는 무언가가 있었다. 얼굴은 새하얗다 못해 창백한데 날개와, 벌레의 몸체에 뒤섞여 사람이 벌레 옷을 입은 것처럼 보였다. 무단 퇴사했다는 그 룸메이트가 얼굴이 유난히 새하얗다고 했던 게 기억났다.

준수하게 잘생겼던 그 방역업체 남자는 한창 고치가 되어 가는 중이었다. 그렇게 사삭사삭 소리가 난다. 숨을 쉬면 가루가 콧속 깊이 들어온다. 그것이 정신을 흐리게 만든다. 눈앞이 뿌옇게 되고, 몸이 아주 차가워진다.

"병원 가라고 하루 줬더니 짐 다 놓고 그냥 갔다고?"

선주가 방진복을 갈아입으며 물었다. 지은이 고개를 끄덕였다.

"정신도 딴 데 간 것 같고 마음이 떠 보이기는 했잖아요."

"아니, 그래도 그렇지. 너무하다."

지은은 그럴 줄 알았다는 듯이 말했다. 선주는 그렇게 휙 가버린 게 서운한 것 같았지만, 이내 태도를 바꾸었다.

"사람이 백날 잘해도 마무리를 잘해야지."

"그러게요. 저는 못해도 5년은 채우려고요."

"왜, 할 수 있는 만큼 해야지."

효소가 내 몸을 완전히 녹인다. 나는 고치 안에서 새롭게 조립된다. 전혀 다른 존재가 되어버린다. 그러나 이전의 나와 연속된 존재이다. 그렇게 고치 안에서 한참 동안 시간을 보내고 나면 밖으로 나갈 때가 온다. 누가 가르쳐주지 않아도 어떻게 해야 할지 알고 있다. 아무도 도와줄 수 없는 일이다.

고치 밖으로 나가서, 쪼글쪼글한 날개를 펴고 날개를 말리는 것. 나는 볼 수 없지만 안다. 내 날개엔 크고 무시무시한 맹수의 눈이 그려져 있다. 나는 약한 존재지만 이 날개를 활짝 펼치고 있으면 지레 겁먹고 도망갈 것이다. 나는 벽에, 다른 나방들로 이루어진 벽에 달라붙는다.

먹이는 필요하지 않다. 나는 입이 없다. 짝짓기도 필요하지 않다. 그렇게 번식하는 게 아니다. 나는 가만히 벽에 붙어서 기어오르거나 기어내려가거나 한다. 그것도 많이 움직이는 것은 아니다. 그렇게 열심히 할 필요는 없다. 그냥 여기서 사삭사삭 소리를 낼 뿐이다.

날개에서는 고운 가루가 떨어지는데, 그것은 일종의 포자 같은 것이다. 몸이 완전히 녹아 재창조되는 과정에서도 기억은 유지된다. 나쁠 건 없지만 우스운 일이라고 생각한다. 생각, 아마 생각하는 법은 곧 잊어버릴 것이다. 조만간 그냥 존재하는 법을 배울 것이다.

어디로 간들 무엇을 피한들 그곳에 자유가 있는가. 자기 자신으로부터 도망치지 못한다면. 그러니 이것이야말로 내가 원했던 것일는지 모른다. 아무것도 떠날 필요가 없었다. 월영시든 회사든.

이매지너리 프렌드

Imaginary Friend

반대인

1

어디선가 말소리가 났다.

침실로 들어서려던 채경은 우뚝 걸음을 멈췄다. 벽시계를
보니 자정이 가까운 시각. 식구들 모두 잠자리에 들어 이 시
간에 깨어 있을 사람은 없다. 밀린 부엌일을 마치고 TV를 보
다 깜빡 존 그녀만이 집안을 어슬렁거리고 있을 뿐.

지난해 이사한 이 동네는 서울의 대규모 아파트단지와는
달랐다. CCTV나 무인경비 시스템은커녕 외진 데다 집 주변
에 가로등마저 드물어 날이 어두워지면 문단속이 신경쓰였

다. 현관문을 확인하고 난 채경은 위층으로 향했다.

조금 전과는 달리 아무 소리도 들리지 않았다. 잘못 들은 건가, 하고 돌아서려 할 때였다.

"아이… 버… 쉿…."

그녀는 아이 방문에 귀를 가져다 댔다.

"어흑어흑어흑…."

잠꼬대라도 하나 싶어진 채경은 문손잡이로 손을 뻗었다.

"송이야?"

뒤집어쓴 이불 안에서 불빛이 어른거렸다. 그제야 딸이 무얼 하고 있었는지 알아차렸다.

"너 또 엄마 휴대전화 가지고 노는구나?"

"내가 갖고 노는 게 아니라…."

고개를 내민 딸이 얼버무렸다.

"네가 아니면?"

채경은 벽을 더듬어 스위치를 켰다.

"그럼 누군데?"

"그냥… 잠이 안 와서."

"이리 내."

휴대전화를 받아 쥔 그녀는 자신의 눈치를 살피는 딸 곁에 놓인 낡고 지저분한 인형을 보자 저도 모르게 눈살을 찌푸렸다.

"늦었어. 얼른 자."

불을 끈 채경은 방을 나왔다.

새집으로 이사하면서 채경 내외는 독립심을 키워준다는 목적으로 딸을 혼자 재우기 시작했다. 싫다고 울며불며 떼를 쓰던 딸이 어느새 그걸 받아들이는 것 같아 내심 기특했다. 하지만 자아형성 시기와 맞물려 눈에 띄게 거짓말도 늘었다.

어떤 때는 혼잣말을 하면서 있지도 않은 친구와 논다고 하고, 또 어떤 때는 집안을 엉망으로 어질러놓고는 자기가 그런 게 아니라고 둘러댔다.

"왜? 송이가 혼자 자기 무섭대?"

"자기 안 잤어?"

"자다 깼어."

남편이 몸을 뒤척였다.

"별일 아니니까 잠이나 자."

채경이 남편 곁에 몸을 누였다.

"저번에 그런 일도 있고, 송이한테 좀더 신경써줘야 하지 않을까?"

남편이 말한 '그런 일'이란 딸을 돌봐주던 돌보미가 저지른 일을 의미했다.

어느 날부턴가 송이가 갑자기 소리를 지르고 손톱을 물어뜯는 등 평소 안 하던 행동을 하자 이상하게 여긴 내외는 집 안에 카메라를 설치했다. 녹화 영상을 통해 마주한 진실은 충격적이었다. 돌보미는 말을 안 듣는다고 딸을 지하실에 가두는가 하면 심지어 때리기까지 한 걸로 드러났다. 채경 내외의 신고로 현재 경찰 조사가 진행 중이다.

그 일이 있고 난 뒤 채경은 딸을 지역에서 이름난 재단이 운영 중인 유치원에 보내기 시작했다.

"자기야말로 맨날 피곤하다고 송이랑 놀아주지도 않으면서. 나도 가게 일 끝나자마자 송이 데려와 저녁 준비하다보면 하루가 저문다고, 알아?"

"아, 미안미안."

남편이 채경의 허리를 껴안았다.

"그래서 말인데…."

"왜 이래?"

"동생이 생기면 송이도 덜 외롭지 않을까?"

"뭐?"

그녀가 놀란 듯 되물었다.

"지금도 벅찬데, 애를 또 가지라고?"

"어머니도 은근 바라는 눈치시더라고. 더 나이 드시기 전에 손자가 보고 싶으신가봐."

채경은 기가 찼다.

"제과점 일은 어떡하고? 이제 겨우 자리를 잡았는데."

"누나더러 도우라면 되잖아."

"형님한테? 당신 혹시 형님이나 어머님께 무슨 소리 들었어?"

"그건 아니지만…."

남편은 말끝을 흐렸다.

"턱도 없는 소리 하지 말라고 해."

그녀가 몸을 홱 돌렸다.

"내가 당신이랑 송이 뒷바라지하면서 거길 어떻게 꾸려왔는데. 인제 와서 숟가락 얹겠다고? 그리고 어머님도 그래. 서울 살 땐 우리 송이 한번 봐주시기는커녕 손자 아니라고 예뻐하시지도 않더니…."

"너무 그러지 마."

달래듯 그가 말을 이었다.

"당신 미국에 있는 친정 가서 송이 낳겠다고 했을 때 선뜻 비행기 푯값까지 주신 분이야. 이사하고 제과점 하겠다고 했을 때도 두말 않고 돈을 대주셨고."

"그 일은… 감사하게 생각하고 있어."

"제과점도 자리를 잡았으니 시기도 적당하잖아."

"그렇지만…."

"송이 때문에 그래. 혼자 얼마나 외롭겠어. 당신도 이해하지?"

시누이와 터울이 많이 지는 남편은 외동딸로 자랐다는 채경과 쉽게 마음이 통했다. 결혼 전부터 그는 그녀에게 아이 셋은 낳고 싶다거나 아들 하나는 꼭 있었으면 좋겠다는 말을 입버릇처럼 하곤 했다. 이럴 땐 시어머니나 남편 뜻을 대놓고 거스르기보다 적당히 맞춰주는 척하는 게 필요하리라.

"애는 뭐 그냥 생기는 줄 아나?"

그녀 목소리가 아까보다 누그러졌다는 걸 눈치챘는지 남편은 몸을 바싹 들이댔다.

"지금부터 노력하면 되지."

속삭인 그가 가슴께를 더듬었다. 채경의 숨소리가 점점 거칠어졌다.

이튿날 아침, 남편과 딸이 집을 나서자 채경은 여느 때처럼 가게로 향했다. 그녀는 남편한테 들은 말을 떠올리며 오늘은 작정하고 매상을 점검해보기로 마음먹었다.

지난주 모아놓은 전표를 뒤적이는데 오전에 구운 빵 진열을 마친 아르바이트생 하나가 할말이 있는 표정으로 다가왔다.

"저어, 사장님."

"응, 왜?"

"어제 어떤 손님이 사장님에 대해 이것저것 묻던데요?"

"누가?"

되묻는 그녀를 본 아르바이트생이 미간을 좁혔다.

"처음 보는 남자분이었어요. 사장님을 찾길래 잠깐 나가셨다고 했더니, 딸이 있다던데 맞느냐, 같이 사는 게 누구냐 뭐 그러더라고요."

이상한 기분이 든 채경은 앞으론 누가 자기에 관해 물어도 아무 말도 해주지 말라고 일렀다.

어느덧 오후 시간이 되었을 무렵이었다. 문소리와 함께 한눈에도 손님은 아닌 것처럼 보이는 중년 남자가 매장으로 들어섰다. 점원과 이야기를 나눈 그가 채경이 있는 계산대 쪽으로 곧장 다가왔다.

"송이 어머니 되십니까?"

"네, 그런데요."

낯선 남자 입에서 딸의 이름이 튀어나오자 경계심이 일었다.

"경찰에서 나왔습니다."

"아, 네."

그제야 눈빛을 푼 그녀는 가게 구석에 놓인 테이블로 그를 안내했다.

"송이 일 때문에 오셨나요?"

"네."

"다른 형사분께 관련 진술은 이미 다 했는데요."

"그게…."

마주 앉은 남자가 조심스레 입을 열었다.

"신고하신 돌보미 말입니다."

"네."

"오늘 아침 숨진 채 발견됐습니다."

"뭐라고요?"

주위를 살핀 채경이 목소리를 낮췄다.

"어, 어쩌다가…?"

"자살로 추정됩니다만."

그녀의 안색을 살핀 남자가 말을 이었다.

"의심스러운 점이 있어서요."

"어떤?"

채경이 테이블 너머를 바라봤다.

"혹시 어제 그 여자분한테 전화하셨습니까?"

"아뇨."

고개를 젓는 그녀를 본 남자는 눈을 가늘게 떴다.

"이상하네요."

"뭐가요?"

"그분 휴대 전화에 사모님과 통화한 기록이 남아 있던데요."

순간 채경은 어젯밤 딸이 휴대전화를 갖고 놀았던 것을 떠올렸다. 탐문하는 듯한 눈빛으로 쳐다보는 남자를 보며 채경은 남편에게 연락해야겠다고 마음먹었다.

텅 빈 교실은 버려진 놀이터처럼 썰렁했다. 벽에 붙은 서툰 그림들만이 평소 이곳 분위기를 말해주고 있었다. 호기심 어린 눈빛으로 교실을 둘러보던 승범의 얼굴이 굳어졌다.

그의 시선을 끈 건 '우리 가족'이라는 제목이 붙은 그림이 었다. 그림 속엔 부모처럼 보이는 남녀가 함께 앉아 웃고 있 고, 다른 방에 아이가 잠자듯 누워 있었다. 그런데 아이 곁에 누군가 있었다. 온통 시커멓게 칠해진, 그래서 사람인지 그 림자인지 모를 누군가가.

왠지 섬뜩함을 느낀 승범은 그 아래 적힌 딸 이름을 보곤 더욱 얼어붙었다.

딸은 대체 누굴 그린 걸까. 승범은 뚫어져라 그림 속 인물 을 바라봤다. 그러다 문득 아내가 했던 말이 떠올랐다. 딸이 가끔 혼잣말을 해서 왜 그런가 물어보니 자기랑 놀아주는 친 구가 있다고 그러더라는 것이다.

"송이 아버님이시죠?"

왠지 낯익은 여인이 교실 입구에 서 있었다. 딸의 담임이 었다.

승범이 아내 대신 딸을 데리러 왔다고 하자 그녀는 여기서 뭘 하느냐는 표정이었다. 수업을 마친 딸아이가 머무는 종일 반은 2층이었다.

"아이가 공부하는 교실을 보고 싶어서…."

"다 보셨으면 이쪽으로 오시겠어요?"

담임이 문에서 비켜섰다. 벽에 걸린 그림을 흘끔 돌아본 그는 입구 쪽으로 걸음을 옮겼다.

"선생님이 우리 송이 칭찬 많이 하시던데?"

담임의 말을 들려줬지만, 딸은 별 반응이 없었다. 차선을 바꾼 승범이 말을 이었다.

"얌전하고 예의 바르다고…."

"엄마는 왜 안 왔어?"

딸은 아빠의 칭찬보다 엄마의 행방이 신경쓰이는 모양이었다. 하긴 그가 유치원에 데리러 왔던 게 손으로 꼽을 정도이니.

"손님을 만나고 계신대."

"누구?"

"아빠도 모르겠어."

"으응…."

힘없이 대꾸한 아이가 품에 안은 인형을 쓰다듬었다.

"아빠, 사람을 죽이는 건 나쁜 짓이지? 그치?"

느닷없는 물음에 승범은 할말을 잃었다. 잠시 머뭇거린 그가 대꾸했다.

"그야… 물론이지."

"사람을 죽이라고 시키는 건?"

"그건 더 나쁜 짓이야."

그가 백미러를 흘끔 올려다봤다.

"다른 사람까지 죄를 짓게 만드니까."

뭔가 골똘하던 아이가 입술을 뗐다.

"그런 짓을 한 사람을 알고 있다면 어쩔 거야?"

"경찰에 신고부터 해야지."

승범은 오늘따라 딸이 평소와 다르게 느껴졌다. 그림 탓인
가.

"자기랑 친한 사람이래도?"

"응. 그런데 그건 왜?"

대답 대신 아이는 창밖으로 시선을 던졌다. 새어드는 바람
소리만이 차 안에 울렸다.

저녁식사를 마친 승범은 평소처럼 TV 앞에 앉았다. 이리
저리 채널을 돌리던 그가 뉴스 화면으로 시선을 던졌다.

'…도로공사 현장에서 살해돼 암매장된 것으로 보이는 사

체가 나와 경찰이 수사에 나섰습니다. …폭우로 무너져 내린 강원도의 한 도로공사 현장입니다. 오늘 새벽 이곳에서 작업하던 인부들이….'

늘 그렇듯 유쾌하지 않은 소식뿐이었다.

불현듯 낮에 본 딸의 그림이 눈앞에 어른거렸다. 그림 속 알 수 없는 존재는 뭘까. 유치원에서는 아무 문제 없다는데. 집에 오면서 물은 건 또 뭐지…?

"무슨 생각 해?"

그는 "그냥…" 하고 얼버무리며 곁에 앉는 채경을 돌아봤다.

"손님하고 일은 잘 끝났어?"

"응? 으응…."

대꾸하는 채경의 얼굴이 밝지 않았다.

"누군데 나더러 송이까지 데려오라고 한 거야?"

"형사가 찾아왔었어."

"송이 일 때문에?"

그녀가 고개를 끄덕였다.

"어떻게 되어가고 있대? 수사는?"

"그게… 그 돌보미 있잖아?"

"응?"

"자살했대."

"뭐?"

승범의 눈이 동그래졌다.

"어떻게?"

"깨진 거울조각으로 목을 찔렀다나? 아무튼, 그 얘기 듣고 어찌나 놀랐는지…."

그가 치를 떠는 채경의 등을 어루만졌다.

"우리 송이한테 그런 짓 했다는 걸 알았을 땐 용서하지 않겠다고 마음먹었는데, 그렇게 됐다니까 괜히 미안한 마음도 들고…."

"우리 탓은 아니잖아."

그녀는 달래는 남편 품에 고개를 묻었다.

"송이도 알아?"

"아니. 놀랄까봐 얘기 안 했어."

"잘했어."

승범은 애써 미소를 지으며 주위를 둘러봤다.

"그나저나 송이는?"

"방금 자리에 눕히고 오는 길이야."

고개를 든 채경이 그의 옆얼굴을 훑었다.

"그런데 있잖아, 여보…."

"아냐, 아니라니까!"

그녀가 뭔가 말하려는 순간 위층에서 날카로운 외침이 들려왔다.

놀란 부부는 거의 동시에 몸을 일으켜 계단을 뛰어올랐다. 아이 방문을 열어젖히자 침대에 누운 채 흐느끼고 있는 딸의 모습이 눈에 들어왔다.

"왜 그래, 송이야!"

소리치는 부부를 아이가 눈물이 그렁그렁한 눈으로 바라봤다.

"내가 엄마아빠 딸이 아니래."

"누가?"

아이가 방구석을 가리켰다. 바닥에 뒹구는 인형을 본 부부는 말없이 시선을 교환했다.

3

"그 또래 애들이 워낙 상상력이 풍부하잖아."

걱정스레 딸 이야기를 늘어놓자 이웃 여자는 별일 아니라는 반응이었다.

"관심 끌려고 별의별 소리 다 지어내고, 사람들 앞에서 연기까지 한다니까."

그러면서 자기 딸도 그맘때 상상친구 얘길 하곤 했었다며 그냥 모른 척하면 저절로 나아질 거라고 귀띔해줬다.

엊그제 방구석을 가리키며 우는 딸을 본 채경은 내내 마음이 꺼림칙했다. 남편도 아이가 뭔가 이상한 것 같다면서 유치원에서 본 그림 이야기를 꺼냈다. 그렇지만 이웃 여자 말을 듣고보니 요 며칠 새 겪은 일 탓에 예민해졌나 싶은 생각이 들었다.

"그나저나 송이 엄마, 이참에 교회 안 나올래?"

여자는 기다렸다는 듯 교회 얘길 꺼냈다.

"작은 개척교회지만 목사님이 영적으로 대단하신 분이셔."

그녀 말에 따르면 사악한 영이나 마귀에 들리면 몸이 안 좋아지거나 이상한 행동을 하게 된단다. 그럴 때 예수로부터

권세를 받은 자가 기도로 악한 기운을 쫓으면 거짓말처럼 몸이 낫거나 정상으로 돌아온다는 것이다. 흘려듣던 채경이 시계를 쳐다봤다.

"어머나, 내 정신 좀 봐."

딸을 데리러 가야 한다며 그녀는 아쉬운 표정을 짓는 여자를 뒤로한 채 서둘러 제과점을 나섰다. 주차장으로 간 그녀는 휴대전화 내비게이션을 켠 뒤, 차를 출발시켰다.

한적한 길로 접어들었을 무렵 며칠 전 형사와 나눈 대화가 떠올랐다. 채경은 휴대전화에 저장된 통화 녹음파일을 재생시켰다. 통화를 하면 자동녹음이 되도록 미리 설정을 해놓은 것이었다.

"네, 송이 어머니."

돌보미의 목소리였다.

"언니…."

"어, 송이구나? 네가 이 시간에 웬일이야?"

"아이러버구 아이러버구 아이러버구 …."

전화를 건 사람은 송이 같았지만 뒤이어 알 수 없는 말을 중얼대는 건 분명 자신의 딸이 아니었다. 생전 처음 듣는, 어눌하고 음침한 목소리였다.

"알았어…. 나도… 그러려고…."

그런데 더 이상한 건 그 말을 알아들은 것처럼 대꾸하는 돌보미였다.

맥이 풀린 듯이 느릿느릿 말하는 그녀 목소리가 울렸다. 그러더니 돌연 유리 깨지는 소리가 났다.

"어흑어흑어흑어흑어흑…."

주문 같은 괴상한 소리가 이어졌다. 아까 그 목소리였다. 왠지 소름이 끼친 채경은 재생을 멈추기 위해 손을 뻗었다. 그때였다.

길 가운데에 무언가 불쑥 나타났다. 놀란 채경은 있는 힘껏 브레이크 페달을 밟았다.

끼이익!

귀를 찢는 마찰음과 함께 그녀의 차는 폐지를 실은 리어카를 끌던 노인 앞에 멈춰 섰다.

집에 온 딸은 냉장고 앞을 서성이는 듯하더니 이내 말도 없이 위층으로 사라졌다. 그러고보니 언젠가부터 자신이나 남편한테 살갑게 군 적이 없다. 이웃 여자의 말과는 달리 딸한테 무슨 일이 생긴 건 아닐까.

이런 생각이 든 채경은 살며시 계단을 올라 아이 방을 들여다봤다. 침대에 걸터앉은 딸은 품에 안은 낡은 인형을 만지작거리고 있었다.

생각 같아서는 그 인형을 당장이라도 버리고 싶었지만 그러지 못하는 데는 사연이 있다. 자살한 돌보미의 학대로 지하실에 갇힌 딸이 미처 정리 못한 이삿짐 가운데서 발견한 게 바로 그 인형이었다. 딸은 그날 이후 멀쩡한 다른 인형이나 장난감은 제쳐두고, 아기 때 갖고 놀던 그 낡은 플라스틱 여자 인형을 자나깨나 곁에서 떼어놓으려 하지 않았다.

"요새 유치원에서 무슨 일 있니, 송이야?"

아이는 이쪽을 쳐다보려고도 않고 고개를 저었다. 머쓱해진 채경이 몸을 돌리려 할 때였다.

"누가 날 빼앗아 가면 어떨 것 같아?"

깜짝 놀라 돌아보자 인형으로 얼굴을 가린 딸이 말을 이었다.

"엄마는 진짜 내 엄마 맞아?"

"너 그게 무슨 소리니?"

그녀는 저도 모르게 눈을 치켜떴다.

"아줌마가 물어보래."

"아줌마라니?"

"이 인형 말이야."

"너 정말…."

문득 이웃 여자가 해준 충고가 떠올랐다. 아이가 상상친구 얘기를 해도 모른 척하라는.

"송이는 엄마 딸이라고 그래."

그 말을 들은 딸이 인형한테 뭔가 속삭였다. 보다 못한 그녀가 한마디하려는 순간 아래층에서 휴대전화 벨소리가 났다. 부엌으로 내려간 채경은 식탁으로 손을 뻗었다.

"여보세요."

"송이 어머니."

지난번에 만났던 형사였다.

"제게 주신 통화 녹음파일 분석 결과가 나왔습니다."

"어떻게 나왔나요?"

"성문 대조 결과 어머니 목소리는 아니더군요. 말씀하셨던 것처럼 따님이 돌보미한테 전화를 건 게 맞는 것 같습니다."

괜한 오해가 풀린 것 같아 채경은 속으로 안도의 한숨을 쉬었다.

"그런데 이상한 걸 발견했습니다. 통화할 때 따님 곁에 누가 있었나요?"

"아닐걸요."

되받은 그녀가 덧붙였다.

"그날 밤 집에는 저희 세 식구뿐이었어요. 송이는 자기 방에 혼자 있었고요."

"그렇군요. 통화 상태가 고르지 못해 그럴 수 있지만, 따님과 돌보미의 목소리 외에 다른 소리가 함께 녹음된 모양입니다."

"어떤 소리가요?"

"그건 모르겠습니다. 그래서 확인해주실 수 있나 해서 전화드렸습니다."

차 안에서의 기억을 떠올린 그녀가 미간을 찌푸렸다.

"저희 경찰서에서 그 부분만 따로 잘라 청취할 수 있도록 조합한 파일 몇 개를 보내드리겠습니다. 바쁘시겠지만, 확인 부탁드립니다."

잠시 후 형사가 보내온 메시지가 수신됐다.

채경은 첨부된 파일을 재생시켰다. 그중 하나에서 뜻밖의 소리가 났다.

"죽어버려죽어버려죽어버려…"

머리카락이 쭈뼛 서는 느낌이었다. 떨리는 손으로 다른 파일을 마저 재생시켰다.

"그어그어그어그어그어…."

휴대전화에서 들려온 소리는 저주에 가까운 여자의 절규였다.

식탁 의자에 앉은 채경의 낯빛이 하얘졌다. 불안한 듯 흔들리던 그녀 시선이 어딘가에 멈췄다. 냉장고에 붙은 자석 글자였다.

'도둑년.'

"어흥, 엄마 왔다. 애들아, 문 열어라!"

딸의 얼굴에 웃음기가 도는 걸 본 승범은 책을 계속 읽어 나갔다.

"엄마 목소리가 아닌데? 온종일 찬바람 맞으며 일하느라 목이 쉬었단다. 그 말을 듣고 있던 누이가 말했어요. 그럼 손을 내밀어봐. 크고 두툼한 손이 문 틈새로 불쑥…."

돌연 창밖이 번쩍했다.

"꺅!"

새된 비명을 지른 딸이 그의 가슴팍을 파고들었다.

"괜찮아. 번개가 친 건데, 뭘."

책을 덮은 승범은 아이의 어깨를 감쌌다.

"엄마하고 무슨 일 있었니, 송이야?"

"아니."

아이는 태연스레 고개를 저었다.

"그런데 왜 저녁도 안 먹고 울고 계시지?"

"나쁜 짓을 해서 그렇대."

"무슨 나쁜 짓?"

"사람을 죽이라고 시켜서…."

"뭐?"

가로막듯 승범이 소리쳤다. 몸을 움찔하는 딸을 본 그가 목소리를 누그러뜨렸다.

"누가 그런 소리를 하던?"

"아줌마가."

그러면서 아이는 베개 곁에 놓인 인형을 가리켰다.

"이 인형이?"

"응."

또 시작이군, 하고 속으로 중얼거린 승범이 고개를 저었다.

"정말이야."

정색한 아이가 덧붙였다.

"무서운 일이 생길지도 몰라."

"무서운 일이라니?"

"응, 엄마가 계속 거짓말을 하면 아줌마가 혼내주겠대."

승범은 딸이 무슨 소리를 하는지 도무지 갈피를 잡을 수 없었다.

"이 인형 아줌마가 엄마를 혼낸다고? 어떻게?"

"그건…."

아이가 눈치를 살피듯 인형을 돌아봤다.

"말할 수 없어."

승범은 어이가 없었다. 이럴 땐 무슨 말을 해줘야 하나.

"아빠는 내 말 믿지?"

걱정스러운 얼굴을 한 아이가 속삭였다.

"아줌마가 화가 많이 났어."

"그래, 알았으니까 오늘은 그만 자자."

한숨을 쉰 승범은 생각에 잠기듯 눈을 감았다.

얼마나 시간이 흘렀을까. 창밖의 빗소리에 눈을 떴다.

깜빡 잠이 든 모양이었다. 곁에선 새근거리는 딸의 숨소리가 들려오고, 머리맡의 등은 환하게 켜진 채였다.

조심스레 침대에서 일어난 승범은 불을 꺼주기 위해 허리를 굽혔다.

"엇!"

누워 있는 딸을 본 그는 잠이 확 달아나는 느낌이었다.

딸의 몸이 온통 얼룩투성이였다. 꿈인가 싶어 눈을 비벼봤지만 분명 꿈속은 아니었다.

자세히 보니 손자국 같은 게 온몸을 뒤덮고 있었다. 손을 대자 진흙팩이라도 바른 것처럼 흙이 묻어났다.

대체 이게 무슨 일이지, 하며 그는 곤히 잠든 딸을 멍하니 내려다봤다.

4

주말을 맞은 놀이터는 아이들로 북적거렸다. 비 온 뒤라 더위가 한풀 꺾인 탓도 있으리라. 하지만 오후로 접어들자 그늘에서조차 후끈한 열기가 느껴졌다.

모처럼 이곳을 찾은 채경은 얼굴로 해가 드는 줄도 모른 채 오늘 아침 남편과 나눈 이야기를 떠올렸다.

"상담을 한번 받아보는 게 어떨까?"

거래처 관계자와 약속이 있다며 집을 나서다 말고 그녀를 붙잡아 앉힌 남편은 잠을 설친 얼굴이었다. 아빠를 놀려주려고 딸이 몸에 진흙팩을 발랐다고 믿는 그는, 그러나 그걸 나무라자 자기가 그런 게 아니라며 악다구니를 치는 딸을 보고 충격을 받은 모양이었다.

전날 딸과 무슨 일이 있었느냐고 물은 그는 채경에게 정신과 상담 얘길 꺼냈다.

"하지만⋯."

그녀가 내키지 않아 하자 남편은 딸과 나눈 대화를 들려줬다. 그러면서 아이가 일부러 거짓말을 하는 것 같지는 않다고 했다.

"어디서 들으니까 헛것을 보고 망상을 하는 게 조현병의 전형적인 증상이래."

우리 송이가 조현병이라니. 그런 소리 말라며 채경은 도리어 그를 나무랐다. 그러다 문득 이웃 여자 말이 생각났다. 나쁜 기운이 씌면 이상한 행동을 한다는.

안수기도 얘기를 들은 남편은 코웃음을 쳤다. 그런 건 사이비 종교인들의 사기일 뿐이라면서. 그러고는 더 늦기 전에 아이를 의사한테 데려가보라고 재촉했다.

딸과 돌보미의 통화 내용이 떠오른 그녀는 어찌해야 좋을지 몰라 머릿속이 복잡했다.

따가운 햇볕이 느껴졌다. 손으로 이마를 가린 채경은 뙤약볕 아래 있는 딸에게 다가갔다.

"송이야, 안 덥니?"

"응."

채경을 올려다본 아이가 모래를 만지작거렸다.

"마실래?"

물병을 내밀자 딸은 고개를 저었다. 가만 보니 모래로 뭔가를 한창 만드는 중이었다. 아이 곁에 쪼그려 앉은 그녀가 말을 붙였다.

"뭘 만드는 거야?"

"아줌마가 자기가 온 곳을 알려줬어."

주위를 두리번대던 채경은 아차, 하며 딸이 가지고 온 인형을 내려다봤다. 평소 딸은 자기보다 나이가 많다 싶은 여자는 무조건 아줌마라고 불렀다. 그래서 저 인형도 아줌마인가.

그녀는 딸이 손을 놀리는 곳으로 시선을 던졌다. 모래를 끌어모은 아이가 손으로 그걸 다져 쌓았다.

"그건 뭐야?"

"산."

채경의 물음에 짤막하게 대꾸하고 난 아이는 모래놀이에 열중했다.

모래무더기 몇 개가 아이 주위에 만들어졌다. 그 가운데 무릎을 꿇고 엎드린 아이는 손으로 바닥을 죽 긋더니 인형과 함께 가져온 장난감 자동차를 그 위에 올려놨다.

물어보지 않아도 그게 길이란 걸 짐작할 수 있었다. 조금 있자 이번에는 손으로 땅을 파기 시작했다.

말없이 지켜보던 그녀는 볼수록 마음에 들지 않는 인형이 거슬렸다. 가지고 나온 김에 몰래 버려야지, 하고 있는데 주머니 속 휴대전화가 울렸다.

화면에 뜬 번호를 본 그녀가 놀란 얼굴로 몸을 일으켰다.

"네, 무슨 일이죠…? 더는 연락하지 말라고 했잖아요. 네…? 그걸 어떻게…? 그럼 지난번에 가게에 왔던 게…? 애초 약속하고 다르잖아요. 아니… 그러지 말아요. 알았어요…. 마련해볼게요."

통화를 마친 채경은 목이 탔다. 아이 곁에 놓아둔 물병을 집으려 할 때였다.

"송이 엄마."

누군가 부르는 소리에 고개를 돌려보니 딸과 같은 유치원에 다니는 아들을 둔 여자였다. 그녀는 함께 온 자기 아들더러 친구와 놀라더니 채경을 끌고 벤치로 갔다.

두 사람이 아이들 얘기로 한창 수다를 떨고 있는데 느닷없이 딸의 목소리가 들려왔다.

"죽어! 죽어!"

놀란 채경은 자리를 박차고 일어섰다.

다가들어 보니 딸은 함께 놀던 사내아이 위에 올라타 목을 조르고 있었다. 기겁하며 떼어내자 뒤따라온 여자가 아들을 일으켜 세웠다.

"무슨 일이니?"

"쟤가… 물 좀 마시자고 하니까 싫다면서 땅에 쏟아버리잖아."

씩씩거린 사내아이는 목을 어루만졌다.

"그래서?"

"재수없어서 모래를 쏟아버리니까 갑자기 날 밀치더니…."

여자가 손에 묻은 흙을 터는 송이를 바라봤다. 그녀 눈빛에서 애써 감춘 분노를 읽은 채경이 끼어들었다.

"정말이니, 송이야?"

"내가 그런 게 아니라…."

"그럼 누가 그랬는데?"

손을 뻗은 딸은 어딘가를 가리켰다. 아이 손끝을 좇아가자 땅에 묻힌 무언가가 눈에 띄었다. 물에 씻겨 모래 위로 얼굴을 반쯤 드러낸 인형이.

며칠 후 딸과 함께 병원을 찾은 채경은 의사와 마주 앉았다. 아이가 혼잣말을 중얼대고 헛것을 보는 것 같다며 요즘 있었던 일을 이야기하자 의사는 고개를 끄덕였다.

"따님한테 이매지너리 프렌드(imaginary friend), 상상친구가 있나보군요."

"그런가봐요."

채경은 걱정스러운 얼굴로 의사의 조언을 구했다.

그는 상상친구를 가졌다는 것은 아이 두뇌가 상상놀이를 할 수 있을 정도로 발달했다는 걸 의미한다고 했다. 송이 나이 정도면 심리적으로 어느 정도 부모와 독립을 이룬 상태이기 때문에 자신을 달래줄 상상의 친구 같은 존재가 필요하다는 것이다.

"상상친구 탓을 하며 못된 짓이나 거짓말을 하는 이유는 뭐죠?"

그녀의 물음에 의사는 아이가 아직 스스로를 비판할 수 없어서 부정적 생각을 상상친구에게 투사하여 비난하는 것이라고 설명했다. 가령 자신이 잘못을 저질러놓고 상상 속 친구가 했다고 떠넘기고 원망을 하는 거라면서. 그렇게 함으로써 아이는 자기의 부정적 경향을 비판하고, 좋은 것과 나쁜 것을 구별하는 능력을 키워나가게 된단다.

"상상친구는 해로운 게 아니니 너무 걱정하지 마십시오."

안심시키듯 덧붙인 의사가 말을 이었다.

"아이를 데리고 몇 번은 병원에 오셔야 할 겁니다. 오늘은 간단한 검사부터 해보죠. 혹시 따님에게 문제가 발견되면 그때 다시 말씀드리도록 하겠습니다."

채경에게 의사의 말을 전해들은 승범은 마음이 놓이는 모양이었다.

"거봐. 우리가 괜히 심각하게 생각한 거라고."

그러면서 앞으론 딸이 허튼소리를 하거나 이상한 장난을 치더라도 일일이 상대하지 말아야겠다고 했다. 하지만 놀이터에서 벌인 일 탓에 채경한테 호된 꾸지람을 듣고 며칠째

집에 오자마자 방에서 나오지 않는 딸이 마음에 걸리는지 가보고 오겠다며 몸을 일으켰다.

"나중에 여보."

채경이 승범을 가로막았다. 도로 소파에 앉은 그를 향해 잠시 뜸을 들이던 그녀가 말문을 열었다.

"웬만하면 당신한테 말 안 하려고 했는데…."

마지못한 얼굴로 채경은 미국에서 온 사촌오빠 얘길 꺼냈다. 요는 그가 경영하던 사업이 경기침체의 여파로 어려워지는 바람에 돈이 필요하다는 거였다.

오죽하면 친남매도 아닌 자신에게 아쉬운 소리를 하겠느냐며 그녀는 눈시울을 붉혔다.

"꼭 갚겠대. 오빠가 안 되면 나라도 갚을 테니 당신이 조금만…."

처남은 아내가 미국에 출산하러 갔을 때도 여러모로 도와줬다지 않는가. 딸이 애지중지하는 인형도 갓난아기 때 그가 준 선물이라니. 더구나 몸이 불편하다는 장인장모를 빼면 아내가 의지할 수 있는 친척이라곤 그뿐일 텐데….

이런 생각이 든 승범은 채경과 눈을 맞췄다.

"얼마나 필요하다는 거야?"

"한국에서 구매해 갈 의류 대금이 삼천만 원 정도 모자라 나봐."

뭔가 골똘하던 승범이 한참 만에 대꾸했다.

"새 차 사려고 모아둔 게 이천오백 정도 있어. 나머지는 당신 가진 돈에서 보태."

팅 빈 아이 방에 들어선 채경은 주위를 둘러봤다. 전에는 하루에도 몇 번씩 드나들었던 방이건만 요즘 들어 왜 이리 낯선 기분이 드는 걸까.

갑자기 이 방에 아이 혼자 지내는 게 아닐 수도 있다는 생각이 뇌리를 스쳤다. 바보 같긴, 하고 중얼거린 그녀는 쓴웃음을 지었다.

침대시트를 정리하고 돌아서는데 무언가 발에 밟혔다. 고개를 숙여 보니 동화책이었다. 집어 들기 위해 허리를 굽히자 침대 밑에 뭔가가 얼핏 보였다. 손을 뻗어 끄집어낸 걸 본 그녀는 소스라치게 놀랐다. 며칠 전 아이 몰래 놀이터에 두고 온 인형이었다.

이게 왜 여기 있지, 하며 인형을 살피던 채경이 고개를 갸웃했다. 인형 허리에 못 보던 게 감겨 있었기 때문이다. 흙먼지를 털어내자 물건의 정체가 드러났다. 팔찌였다. 갓난아기 한테나 맞을 법한 아주 작고 얇은. 거기 새겨진 낯선 이름과 날짜를 본 채경은 생각에 잠겼다.

잠시 후 아래층으로 내려간 그녀는 어디론가 전화를 걸었다. 발신음이 뚝 끊기더니 잠에서 덜 깬 목소리가 들려왔다.

"여보세요…."

"저예요."

"아, 그러잖아도 연락하려던 참이었는데…."

"원하는 거 줄 테니 당장 만나요."

반색을 한 상대는 재개발 중인 이웃동네에 자리한 백화점 이름을 불러줬다. 입술을 깨문 채경은 고개를 끄덕였다.

세일을 맞은 백화점 식당가는 손님들로 북적였다. 다들 웃고 떠드느라 정신없어 보였지만 커피숍 구석에 자리한 남녀만은 예외였다. 말없이 마주 앉은 남자를 노려보던 채경이 무언가를 내밀었다. 기다렸다는 것처럼 남자는 그녀가 건네는 쇼핑백을 받아들었다. 안을 살피고 난 그가 인상을 구겼다.

"모자란 것 같은데요."

"구할 수 있는 건 그게 다예요."

"이렇게 약속을 어기시면…."

"먼저 약속을 어긴 게 누군데요? 돈은 그때 다 받아가놓고선."

따지듯 채경이 되받았다. 쇼핑백을 곁에 내려놓은 남자가 정색을 했다.

"그래도 사모님은 제 덕에 팔자가 피셨잖습니까."

"아무튼, 그게 마지막이에요. 더는 무슨 소리를 해도 못 주니 맘대로 하세요."

어이없어하는 그에게 그녀가 생각난 것처럼 덧붙였다.

"그리고 괜한 짓 하지 말아요."

그러면서 종이로 감싼 무언가를 내밀었다.

"이런 거 몰래 두고 가면 누가 겁먹을 줄 알았나보지?"

"도대체 무슨 말씀이신지…?"

"그쪽이 놀이터에서 지켜보다 인형하고 같이 집에 가져다 둔 게 아니면 그게 어떻게 아이 방에 있겠어요?"

쏘아붙인 채경이 눈을 흘겼다.

"인형이라뇨?"

"나한테 아기를 데려올 때 가져온 인형 말이에요."

종이를 펼친 남자의 얼굴에서 핏기가 가셨다.

"서, 설마 이건⋯."

"이제야 기억이 나나보지?"

팔찌를 살피고 난 그가 시선을 마주쳐 왔다.

"사모님께 말씀 못 드린 게 있습니다."

뭐냐는 것처럼 채경은 테이블 너머를 빤히 바라봤다.

"아기 팔찌는⋯ 그때 말씀하신 대로 버렸습니다."

주위를 둘러본 남자가 나지막이 말했다.

"그 전에 아이 엄마는 제 손으로 묻었고요."

5

낮게 드리운 하늘은 한바탕 비라도 뿌릴 기세였다. 앞선 차를 쫓아 가다 서다를 반복하던 승범은 내내 말이 없는 딸이 신경쓰였다.

"송이, 엄마가 버린 인형 때문에 아직도 화났어?"

"아니."

뜻밖의 대구에 그가 되물었다.

"정말 괜찮아?"

"아줌마가 돌아올 거라고 그랬거든."

"또 그 말도 안 되는 아줌마 얘기…."

승범은 아차 싶었다. 아내 앞에서 그렇게 다짐해놓고.

"비가 와서 그런가, 오늘따라 길이 막히네."

말을 돌리듯 중얼거린 그는 전방을 주시했다.

"정말이야. 날 혼자 두지 않는댔어."

그놈의 아줌마 타령, 이왕 말 나온 김에 한 번 제대로 물어봐야겠다고 승범은 마음먹었다.

"그 여자 이름이 뭔데?"

"몰라."

"나이는?"

"나보다 많아."

"어떻게 생겼는데?"

"흙투성이라서 잘 안 보여."

교차로에 차를 멈춘 그가 흠칫했다. 그날 밤, 아이방에서의 일이 떠올라서였다. 뒤차의 경적에 신호가 바뀐 걸 알아차린 승범이 브레이크 페달에서 발을 뗐다.

"인형이 없어졌으니 이제 그 아줌마도 사라졌겠네?"

그가 앞차와의 간격을 좁히며 물었다.

기다려봤지만 아무런 대꾸도 없었다. 하긴 꾸며낸 이야기일 테니 구체적으로 물으면 할말이 없겠지. 입꼬리를 당기는 그의 등뒤로 딸이 얼굴을 들이댔다.

"아니."

그러고는 승범의 귓가에 대고 속삭였다.

"사실은… 지금도 내 옆에 있어."

목을 길게 뺀 승범은 백미러에 비친 딸의 옆자리를 한동안 눈에 담았다.

"이건 투사 검사를 위해 사용하는 겁니다."

의사는 알 수 없는 무늬가 그려진 카드들을 책상 위에 펼쳤다.

"흔히들 로샤검사라고 부르죠. 피검사자에게 불규칙한 잉크얼룩으로 이루어진 이와 같은 카드들을 보여주고 지각반응을 관찰함으로써 인격 성향을 추론하는 검사입니다."

채경과 눈을 맞춘 그가 말을 이었다.

"이 검사의 핵심은 피검사자의 반응을 해석하는 과정에 달려 있습니다만, 해석자, 즉 의사로서는 어느 정도 반응을 예견하는 카드들이 있습니다. 예를 들어 이 1번 카드는 피검사자의 대인관계를, 또 4번 카드는 아버지상에 관한 반응을 관찰하기 위해 보여주죠."

그녀는 의사가 가리킨 카드들을 신기한 듯 바라봤다.

"따님의 경우 다른 카드들에서는 특이반응이 나오지 않았습니다. 다만…."

카드 한 장을 집어 든 의사가 그걸 그녀 앞에 내려놨다.

"문제는 이 7번 카드입니다."

궁금한 표정을 짓는 채경을 본 의사는 조심스레 입술을 뗐다.

"이런 걸 묻는 게 실례가 아닌지 모르겠습니다만, 따님과의 관계는 원만하신가요?"

"네. 그건 왜 물으시죠?"

그녀가 꾸민 듯한 미소를 머금었다.

"이 7번 카드는 피검사자의 어머니상에 관한 반응을 관찰하기 위해 보여줍니다. 그래서 일명 '어머니 카드'라고 부르죠."

의사가 채경 앞에 놓인 카드로 시선을 던졌다.

"따님은 이 카드를 보더니 자기를 따라다니는 흙투성이 여자 같다고 하더군요."

그와 같은 곳을 바라본 채경은 백화점에서 만난 남자의 말을 떠올렸다.

출근길에 딸과 나눈 대화를 들려준 남편은 걱정스러운 모양이었다.

"의사는 뭐래?"

"별 이상은… 없는 것 같대."

얼버무리듯 대꾸한 그녀가 천장을 응시했다.

"그럼 송이는 왜 그러는데?"

"정확한 원인은 모르겠나봐."

"하여간 의사들이란."

혀를 찬 승범이 베개를 높였다.

"돈만 밝히는 사기꾼들."

"여보."

"응?"

"이웃 여자가 말한 안수기도인가 뭔가, 그걸 받아보는 건 어떨까?"

"다 쓸데없는 짓이라니까."

"안 하는 것보다는 나을지도 모르잖아."

매달리듯 채경이 애원했다.

"속는 셈치고 한번 받아보자, 응?"

"뭐, 정 원하면 그러든가…."

얼마 지나지 않아 남편의 코 고는 소리가 들려왔다. 그 소리에 잠을 이루지 못한 채경은 밤새 몸을 뒤척였다.

"이렇게 와주셔서 감사합니다, 목사님."

고개를 숙인 채경 부부는 목사를 아이 방으로 안내했다.

"송이야, 널 위해 기도해주시려고 오신 목사님이야. 인사드려."

낯선 이를 본 아이는 잔뜩 긴장한 기색이었다. 목사가 딸을 달래는 두 사람에게 당부했다.

"원래는 부모님이라 하더라도 밖에서 기다리는 게 원칙이지만 오늘은 특별히 하느님의 역사를 체험할 수 있는 영광을 드릴 테니 조용히 지켜봐주시기 바랍니다."

그는 아이를 바닥에 앉게 했다. 겁먹은 딸에게 채경은 목사님 말대로 하라고 일렀다.

잠시 후 아이의 어깨 위에 손을 올린 목사가 기도를 시작했다.

"예수께서 맹인의 손을 붙잡으시고 마을 밖으로 데리고 나가사 눈에 침을 뱉으시며 그에게 안수하시고…."

채경은 단란했던 자신의 가족을 머릿속에 그렸다. 젊고 능력 있는 남편, 예쁘고 귀여운 딸, 그리고 제과점 사장이 된 자신까지.

"믿는 자들에겐 이런 표적이 따르리니 곧 그들이 내 이름으로 귀신을 쫓아내며…."

지난 일로 협박을 해대던 성가신 존재도 입을 막아버렸으니, 딸만 전처럼 돌아와준다면 더 바랄 게 없을 텐데….

느닷없이 둔탁한 소리와 함께 아이가 새된 비명을 질렀다.

"아야!"

정신을 차려보니 목사가 딸의 등을 두드리고 있었다. 살살 두드리는 게 아니라 힘을 실어 내리치는 것처럼 보였다. 그 모습을 본 채경은 입술을 깨물었다.

"나한테, 흑흑, 왜 이러는 거야!"

기껏 불러놓고 인제 와서 그만두라고 할 수도 없는 노릇이어서 승범은 외면하듯 고개를 돌려버렸다. 기도소리에 비례해 딸의 울음소리는 점점 더 커졌다.

"말씀으로 앉은뱅이도 일으키신 주님, 이 시간 마음의 병으로 고통받는, 억!"

외마디소리에 두 사람의 시선이 일제히 목사에게 향했다. 멍한 표정으로 아이를 내려다보는 목사의 가슴께에 시커먼 손자국이 나 있었다.

어느새 울음을 멈춘 아이가 고개를 들었다.

"내 딸한테 손대지 마!"

순간 방안에 있던 사람 모두 자기 귀를 의심했다. 그건 조금 전까지 아프다고 울던 아이의 소리가 아니었다.

뒤이어 무언가에 씐 것처럼 허옇게 눈이 뒤집힌 아이가 어깨를 잡아 누르는 목사를 뿌리치고 바닥에서 일어섰다. 놀란 얼굴을 한 그가 더듬거렸다.

"주, 주님… 주님의 위대하신 힘으로… 사, 사탄의 세력을 물리쳐주시고…."

"퉤!"

아이가 목사를 향해 침을 뱉었다. 너무도 갑작스럽게 벌어진 일이라 다들 멍하니 바라볼 수밖에 없었다.

얼굴을 찌푸린 목사가 손수건을 꺼내 들었다. 그 모습을 본 아이가 허리를 젖히고 웃기 시작했다.

"호호호호호호호호—"

귀기 서린 웃음소리가 그 자리에 있던 모두를 얼어붙게 했다. 웃음을 멈춘 아이가 목사를 향해 손가락질했다.

　"네가 뭔데 자식을 돌보는 어미를 막으려는 거야!"

　"사, 사탄아… 물러가라. 영육의 부모가 있는 어린 양을… 어, 어찌 네 자식이라 하느냐?"

　"호호호―."

　아이가 또다시 웃어젖혔다. 그러다 웃음을 뚝 그치더니 목사의 어깨 너머를 가리켰다.

　"그럼 저년이 이 아이 어미란 말이냐!"

　"송이 너 그만두지 못해!"

　새파랗게 질린 아내를 본 승범이 끼어들었다. 하지만 그의 호통에도 아이는 눈썹조차 까딱하지 않았다.

　"닥쳐!"

　차갑게 내뱉은 아이가 갑자기 울상을 지었다.

　"저년이 내 아이를 뺏어 갔어! 저 죽일 년이 내 목숨도 모자라 아이까지 뺏어 갔다고!"

　울음 섞인 절규가 방안을 울려 귀가 먹먹할 지경이었다. 녹음파일 속 목소리를 떠올린 채경은 몸을 덜덜 떨었다.

　"안 되겠습니다. 따님을… 누, 눕힙시다!"

당황한 목사가 채경 내외를 돌아봤다.

"이거 놔! 더러운 손 치워!"

몸을 들어 침대에 눕히려 하자 아이는 발작하듯 버둥댔다. 하도 날뛰는 통에 어른 세 명이 달려들었는데도 힘이 달릴 지경이었다. 그 와중에 딸한테 물린 승범은 손에서 피가 나고, 채경은 머리채를 잡혀 머리카락이 한 움큼이나 뽑혔다.

"웩!"

가까스로 침대에 눕힌 아이 입에서 시커먼 게 쏟아져 나왔다.

진흙 같은 토사물을 본 승범은 얼른 딸의 고개를 옆으로 돌렸다. 경련이라도 하듯 꿈틀대던 아이는 옷장 옆에 세워진 거울에 비친 자신의 모습을 보더니 이내 축 늘어졌다.

다시 기도하기 위해 목사가 성경책을 집어 드는 순간 아이가 눈을 떴다.

"송이야!"

"어, 엄마? 아빠…"

딸의 목소리였다.

"너 괜찮니? 정신이 든 거야?"

어리둥절한 표정을 지은 아이가 되물었다.

"으응… 그런데 무슨 일 있었어? 내 방이… 왜 이래?"

그 모습을 본 목사가 의미심장한 미소를 지었다. 안도의 한숨을 쉰 부부는 서로의 손을 맞잡았다.

6

"정말 괜찮으시겠어요?"

방을 나선 채경이 미안한 표정을 지었다.

"괜찮대도. 모처럼 바람이라도 쐬러 다녀오렴."

"그래, 여보. 그동안 당신 고생 많이 했는데 이참에 갔다 오자."

어머니와 거실에 앉아 있던 승범이 맞장구를 쳤다.

"그래도, 어머니께 송이랑 아기까지 맡기고 저희끼리 만…"

"손주 보고 싶어 내 발로 온 건데 뭐 어떠니? 걱정하지 말고 얼른 가."

"그럼, 저희 가볼게요."

아내를 향해 괜찮다고 눈짓한 승범이 소파에서 몸을 일으

88

켰다.

"나오지 마세요."

"오냐."

"어머니, 송이 유치원 버스 신청해놨으니까 내일 늦지 않게 태워 보내시고요."

발길이 떨어지지 않는 것처럼 채경이 덧붙였다.

"무슨 일 있으면 새로 사준 휴대전화로 아범이나 저한테 연락하라고 하세요."

"알았다."

"다녀올게요, 어머니."

"응."

가방을 들고 앞장선 승범을 따라 그녀는 현관문을 나섰다.

그 광경을 난간 사이로 지켜보던 송이가 새로 꾸민 아기방으로 발을 디뎠다.

조그마한 침대에 누워 버둥대는 아기를 본 아이가 곁으로 다가섰다. 신기한 듯 한참을 바라보던 아이가 혼잣말처럼 중얼거렸다.

"엄마가 늘 곁에서 지켜주실 거야."

그러고는 얼마 전까지 자기 방에 뒀다가 이곳으로 옮긴 거울을 돌아봤다.

"그렇죠? 아줌마… 아니, 엄마."

거울을 들여다보는 송이 입가에 미소가 맺혔다.

이윽고 아이가 갖고 있던 휴대전화를 켜 화면을 터치했다.

"응, 송이야. 왜?"

채경의 목소리가 흘러나왔다.

"무슨 일 있어?"

"아이러버구 아이러버구 아이러버구 ···."

휴대전화 너머에서 새된 비명이 들려왔다.

그로부터 며칠 뒤.

재활용 쓰레기를 분류하던 노인이 라디오를 켰다.

'임신했다고 속여 동거남과 결혼한 뒤 신생아 납치를 의뢰한 주부와 아이를 납치하기 위해 생모를 목 졸라 살해해 암매장한 남자가 5년 만에 경찰에 붙잡혀 충격을….'

그가 볼륨을 높였다.

'남편과 아이들까지 있는 주부였던 이 모 여인은 범행 당시 임신을 할 수 없는 몸이었지만 결혼 후 출산을 하러 친정이 있는 미국에 다녀오겠다고 주변 사람들을 속인 채 친구

집에 숨어 지낸 것으로 밝혀졌습니다. 그사이 이 여인의 의뢰를 받은 심부름센터 직원 모 씨는 전국을 돌며 태어난 지 얼마 안 된 아기를 물색하다 여의치 않자 아기를 안고 길을 가던 A씨를 범행 대상으로….'

혀를 찬 노인은 담배를 피워 물었다.

'무너져 내린 공사현장에서 사체가 발견되는 바람에 덜미를 잡혔습니다. 이들의 혐의를 입증해주는 증거는 납치된 아기가 차고 있던 이름과 생년월일을 새긴 팔찌, 그러나 이 모 여인의 사촌오빠 행세를 해온 심부름센터 직원은 A씨를 살해할 당시 버린 팔찌가 어떻게 되돌아왔는지 모르겠다고 진술한 것으로 알려졌습니다. 한편 이 모 여인은 경찰에 검거되기 직전 교통사고를 당해 현재 의식이 없는 상태인 것으로….'

잡동사니 가운데서 뭔가를 발견한 그가 허리를 굽혔다. 지저분한 플라스틱 인형을 집어 든 노인이 호기심 어린 눈초리로 그걸 살폈다.

"거참, 괴이한 물건이로고."

인형을 손에 든 노인은 온갖 재활용품으로 둘러싸인 오두막으로 향했다.

챠밍 미용실

사마란

당신은 낯선 길을 걷고 있어요. 허름한 주택가 골목을 지나던 검은 고양이가 당신과 눈이 마주쳐도 도망가지 않고 유유히 활보하는 곳. 처음 보는 동네인 것도 같고 언젠가 한 번쯤은 와본 것도 같은 그런 동네. 길을 걷다 황금색 미용실 간판이 보일 땐 조심하세요. 화려한 간판에 이끌려 작은 미용실 앞에 멈추면 키가 크고 호리호리한 여자가 전면 통유리를 등지고 앉아 있답니다. 비스듬히 머리를 괴고 소파에 앉아 티브이를 보고 있던 그녀가 고개를 돌려 당신과 눈이 마주치면 어쩐지 머리를 다듬어볼까 하는 생각이 들 거예요. 문을 열고 들어가면 그녀가 함박웃음을 지으며 당신을 맞이하겠죠.

챠밍 미용실

어서 오세요. 이곳은 '챠밍 미용실'입니다.

굳게 닫힌 셔터를 들어올린다. 셔터소리가 요란하게 사방을 깨우면 촌스러운 흰색 시트지 그림이 붙은 챠밍 미용실이 자태를 드러낸다. 작은 도어벨이 짤랑대며 문이 열리면 어둑한 미용실 안으로 덥고 습한 공기가 첫 손님으로 들어온다. 몇 평 안 되는, 낡은 소파와 미용의자 두 개가 전부인 이 작은 공간이 오롯이 내게 허락된 곳이다. 당신이 생각하는 것보다 훨씬 오랜 시간 이곳에서 사람들의 머리카락을 만지고 사람들의 마음을 들었다. 사람들이 머리를 하기 위해서만 미용실을 찾는 것은 아니다. 남편이 속을 썩일 때, 자식이 자랑스러울 때, 실연을 당했을 때, 취업시험을 앞두었을 때 등등 각양각색의 이유와 사연을 들고 상기된 표정으로 저 문을 열곤 한다. 바로 건너편에 있는 비너스 호프 여자는 손님도 없는 대낮에 호프집 문만 열어놓고 미용실에 앉아 한참을 떠들다 가곤 한다. 건너편 지물포 여자도 부부싸움을 한 날이면 꼭 이곳에 들러 고대기와 헤어스프레이로 머리를 있는 힘껏 부풀리는 동안 실컷 남편 흉을 보고는, 그래도 서방인데 밥은 챙겨줘야 한다며 재바른 발걸음으로 사라진다. 식당일을 하는 중국교포 여자는 매일 8만 원을 벌기 위해 2만 원을 들여 머리단장을 하고 출근한다. 대한민국이라면 어디서나 볼 수 있는 미용실에, 어디서나 살 것 같은 사람들이 매일 눈을 뜨고 하루를 살아내는 곳이다. 고만고만한 서민들이 모여 살던 이곳 월영시에도 재개발 바람과 함께 대형 프랜차이즈 헤어숍들이 속속 들어와 성업하고 있지만 숨이 붙어 있는 사람이라면 누구나 머리카락이 자라기 마련이어서 골목골목 빼곡하게 들어선 작고 영세한 미용실들도 각자의 방법으로 먹고살아간다. 나 역시도 그럭저럭 입에 풀칠할 만큼은 번다. 여러 가지 의미로 말이다.

나의 하루는 당신의 하루보다 길다. 초여름의 뜨거운 태양이 사위고 사방이 어둑해질 무렵이면 간판의 불을 밝힌다. 손님이 오면 좋고 오지 않아도 상관없다. 새벽 어스름이 밝아올 무렵 간판의 불을 끈다. 내 오래된 불면의 밤은 그렇게 지나간다.

오늘 낮에는 자주 오는 가겟방 할매가 머리를 자르고 갔다. 파마기가 다 잘려나가 보기 흉하다고 하는데도 파마는 다음으로 미루고 다듬기만 했다. 아무리 감추려 해도 추레한 머리를 이리저리 둘러보며 쓴웃음을 짓더니 한참을 앉아 놀다 갔다. 가겟방 할매는 어릴 때부터 금이야 옥이야 귀하게 여기던 손자를 위해 학원비를 대고 있다. 그 어미도 아비도 당연한 듯 손을 벌렸다. 법대를 가겠다고 기숙학원에 갔다는 손자녀석이 머리를 노랗게 염색한 계집애 하나를 옆구리에 끼고 술집으로 들어가는 것을 자주 보았지만 말해주지 않았다. 들어주되 참견은 하지 않는 것이 규칙이다. 정말 모르고 있는 건지 아니면 그렇게 믿고 싶은 건지 할매는 손자가 얼마나 공부를 열심히 하는지 얼마나 성실하고 착한지 한참 수다를 떨다 전화 한 통을 받고 미용실을 나서며 말했다.

"아들이 가게를 편의점으로 바꾸자고 헛바람이 들어서 나돌아다니기 바쁘네. 가게 좀 보라고 했더니 지금 당장 나가야 한다고 지랄이 났어. 이 동네 구멍가게들 다 편의점으로 바뀌었다나. 돈이 어디서 난다고 자꾸 날 들볶나 몰라. 저번처럼 가게 비워놓고 나가버리기 전에 서둘러 가야겠네. 머리 길면 파마하러 또 올게."

"응, 할머니 다음엔 꼭 파마해. 나도 먹고살아야지."

가겟방 할매는 피식 웃으며 멀어져갔다. 열일곱에 서울 부 잣집에 식모살이하러 올라와 함바집으로 번 돈을 악착같이 모아 이 동네에 구멍가게를 차렸다는 할매는 고관절 수술을 한 부위가 아픈지 절뚝대며 멀어져갔다. 할매가 다녀간 후엔 남자 고등학생 하나가 와서 솥뚜껑머리를 해달라고 했다.

"니들은 머리에 지식을 담으려고 뚜껑을 덮은 거니? 시원 하게 이마 좀 까지? 여드름만 수북하게 왜 이렇게 앞머리를 열심히 덮는 거야?"

"아줌마, 요즘에 누가 그런 촌스러운 머리를 해요? 애들이 놀려요."

"야, 넌 지금 이 머리가 세련됐다고 생각하냐? 나중에 졸 업해서 니 사진 봐봐라. 쥐구멍이라도 들어가고 싶을 거다."

"아줌마 사자머리나 어떻게 좀 해봐요. 누가 보면 폭탄 맞 은 줄 알겠어요."

머리를 깎다가 애새끼 머리를 콩 쥐어박았다. 머리 쥐어박 은 값이라며 오백 원을 깎아달라기에 천 원을 돌려주며 다음 엔 제발 그 뚜껑 좀 떼어내자고 했다. 녀석은 천원짜리 한 장 을 받아들고 웃으며 외쳤다.

"다음에 뚜껑 덮으러 또 올게요."

부모가 이혼하고 공사판 따라 지방에 다니느라 집에 잘 안 들어오는 아버지와 단둘이 사는 저 아이는 손에 쥔 천원짜리 지폐를 들고 피씨방으로 갈 것이다. 아이 아버지는 집에 안 들어온 지 벌써 한 달이 다 되어간다. 아이는 학교급식과 동사무소에서 나눠준 급식카드로 끼니를 때우고, 배고픈 것보다 더 고픈 마음을 채우기 위해 매일 담배를 피우기 시작했다.

뜨내기 남자 손님 두어 명이 더 왔을 뿐 오늘은 꽤 한가한 날이었다. 텅 빈 금고를 보며 이래선 월세도 못 내지 혀를 찼다. 어둑해질 무렵이면 간판에 불을 밝힌다.

저녁 8시가 되면 간판의 불빛이 바뀌고 새로 손님 맞을 준비를 한다. 낮에 한가했다고 밤에도 한가하리란 법은 없다. 사실 낮보다 밤이 훨씬 더 바쁘다. 간판의 흰색등 스위치를 내리고 푸른색 불을 켜자마자 첫 손님이 들이닥쳤다.

"나 지금 급해요. 얼른 가봐야 하니 잘 좀 해주세요."

불에 그슬려 머리카락이 다 사라지고 온몸에 흉하게 화상을 입은 손님이었다.

"어쩌다 이렇게 됐어?"

"출근길에 차 사고가 났는데… 기름이 새서 폭발했지 뭐예요. 이런 흉측한 몰골 말고 예쁘게 해줄 수 있죠?"

나는 조용히 작업을 시작했다. 무너져 내린 피부를 정성들여 손질하고 그슬린 머리카락 대신 긴 머리 가발을 씌웠다. 그녀는 죽기 전의 예쁜 모습으로 돌아갔다. 하얀 피부에 쌍꺼풀 없이 동그란 눈매를 가진 앳된 얼굴이었다. 거울에 비친 모습을 바라보는 눈가에 눈물이 그렁거렸다.

"누구한테 가는데?"

"엄마요. 나 죽고 엄마가 거의 반 실성한 상태네요. 제가 불에 타면서 얼마나 괴로워했을까 매일 가슴을 치면서 울어요. 잠도 거의 못 자서… 잠깐 잠들면 바로 꿈속으로 들어가야 해요."

"그래, 잘 위로해드려."

"네, 고마워요. 사실 죽을 때 끔찍하게 괴롭고 무섭고 막막했지만 엄마는 몰랐으면 좋겠어요. 근데… 혹시…."

그녀는 잠시 말을 멈추고 선한 눈망울로 나를 올려다보았다.

"이런 거짓말도 업이 되진 않겠죠?"

"그게 죄면 어떡하니, 누굴 상하게 하는 것도 아닌데. 저승도 인정이란 게 있고 정상참작이란 게 있단다. 걱정 말고 잘 다녀와."

"네, 고맙습니다. 맘이 급해서 얼른 가야겠어요. 여기요."

내 손에 탁구공보다 작은 구슬 하나가 쥐어졌다. 색이 영롱하고 투명한 걸 보니 꽤 좋은 구슬이었다. 이 처녀는 착하게 살았던가보다. 간만에 좋은 구슬을 얻었지만 마음은 개운하지 않았다.

"그래, 서둘러 가라."

환한 미소를 보이며 그녀가 살랑살랑 문을 나섰다. 그렇다. 나는 미용사다. 낮에는 이승의 손님을 받고 밤에는 죽은 자들을 상대한다. 망자들은 두고 떠난 자들의 꿈속에 가기 전에 혹은 이승에서 저승으로 영영 떠나기 전에 미용실에 들러 단장을 한다. 산 사람들이 미용실에서 머리를 만지며 속이야길 털어놓고 가벼운 마음으로 문을 나서듯 망자도 기구한 사연을 나에게 털어놓고 간다. 미용실이라는 곳이 원래 머리만 손질하는 곳이 아니다. 모두가 자신의 이야기를 털어놓는 곳. 나에 대해 잘 알지 못하는 이가 오히려 위로가 될 수 있는 곳. 그게 바로 챠밍 미용실이다.

줄을 지어 들어오는 망자들을 상대하느라 녹초가 되었을 즈음 달이 기울어 사방이 희부옇게 밝아온다. 사람들이 하나

둘 아침을 맞이할 준비를 할 때면 챠밍 미용실의 간판 불을 완전히 끈다. 셔터를 내리고 무거운 발걸음으로 바로 옆에 붙은 펠리치따 오피스텔 옥탑으로 향한다. 그곳이 내 집이다. 집이라고는 하지만 세간은 거의 없다. 두어 시간 눈을 붙일 뿐 집에 있는 시간이 거의 없기 때문에 사는 모양새를 갖출 이유가 없다. 침대 하나, 작은 옷장 하나, 작은 소반 하나가 전부다. 씻을 기력도 없어 그대로 침대 위로 던지듯 피곤한 몸을 누이고 멍하니 천장을 바라본다.

"너희 집으로 내려가."

옷장 뒤에 숨어 있던 101호 아이가 낭패라는 표정을 짓더니 벽 속으로 스르륵 사라진다. 십여 년 전 술 마시고 들어온 아빠에게 칼에 찔려 죽은 아이다. 엄마가 조부모에게 맡겨놓고 돈 벌러 간 사이 술에 잔뜩 취해 집 나간 마누라를 찾으러 온 애아빠가 아이와 장인을 죽여서 온 동네가 떠들썩했었다. 그 망자들이 지박령이 되어 101호에 살고 있다. 피지도 못한 꽃망울 같은 아이는 죽어서도 항상 외로움에 시달린다. 저승으로 보내려 해도 엄마에 대한 그리움이 사무쳐 이승에서 발을 떼지 못한다. 그 집 노인네는 자기가 죽은 줄을 모른다. 모르기에 저승에 가야 하는 줄도 모른다. 산자에게 들리지도 않을 소리를 지르고 욕을 하느라 목이 쉴 정도다. 노인네가 살아 있을 적에도 시끄럽더니 여전히 시끄럽다. 저 목청이면 성악을 해도 대성했을 텐데 욕하는 일에만 쓰니 안타까울 따름이다.

내가 사는 펠리치따 오피스텔은 이승과 저승이 공존하는 공간이다. 두 세계의 균형이 잡혀 있을 때엔 산자나 망자나 큰 불편함 없이 공존한다. 최근 몇 년간 그 균형이 흐트러지면서 서로의 영역을 침범하는 일이 종종 벌어지곤 했다. 월영시를 재개발한다며 여기저기 땅을 다 뒤집어놓았으니 이러다 양쪽이 다 아수라장이 되는 건 아닌지 걱정이다. 최근 폐지 줍는 노인이 자주 나타나는 것도 영 마뜩찮다. 노인은 창 너머로 나와 눈이 마주치면 겁먹은 얼굴로 눈인사를 하는 둥 마는 둥 힐끔거리며 줄행랑을 치곤 한다. 리어카에 실린 저주받은 신물(神物)의 양이 눈에 띄게 늘어나고 있다. 균형은 끊임없이 무너지고 우리 존재를 눈치챈 사람들도 생기는 것 같다. 조만간 그가 우리를 불러모을 것이다. 모여서 떠든다고 뭐가 달라지긴 할까. 피할 수 없는 혼돈 속으로 밀려가고 있는 느낌이다.

피곤한 탓에 머리가 지끈 아팠다. 아까 받은 맑은 구슬 하나를 꺼내어 본다. 잠시 바라보다 다시 상자에 곱게 넣었다. 최근 받은 구슬 중 가장 좋은 것인데 함부로 써버릴 수는 없다. 적당한 것을 하나 골라 깨뜨렸다. 구슬은 허망할 정도로 쉽게 바스라지고 나는 이내 잠이 들었다.

눈을 떴다. 머리가 멍하고 몸은 찌뿌둥했다. 두어 시간쯤 잔 모양이다. 시계를 보니 9시가 조금 넘은 시간이었다. 매주 화요일은 정기휴일이지만 출근 준비를 하고 가게에 나가 미용실 문을 열었다. 가장 먼저 할 일은 간판에 불을 켜는 일이다. 황금색 간판불이 두어 번 깜빡거리다 환하게 불을 밝힌다. 에어컨 리모컨을 눌러 적당한 온도를 맞추고 젖은 손걸레로 미용실 청소를 했다. 티포트에 물을 받고 수납 선반을 열어 구석에서 작은 유리병을 꺼냈다. 반이 채 안 되게 남은 찻잎을 한 스푼 덜어 티포트에 우린 뒤 유리병에 담아 냉장고에 넣었다. 얼음을 넣어 빨리 차게 할까 싶었지만 맛을 해칠 거 같아 조금 오래 시간을 들이기로 했다. 차가 냉장고 안에서 충분히 차가워지길 기다리며 손님이 오지 않는 무료한 시간을 티브이와 함께 보냈다. 기다림의 시간이 길고도 길어 평소엔 잘 보지 않는 IPTV 무료영화를 뒤지고 있을 때 짤랑이는 소리와 함께 문이 열렸다. 중년의 남자가 땀을 뻘뻘 흘리며 미용실 안으로 들어왔다. 활짝 웃으며 그를 맞이한다.

"어서 오세요. 더운데 오시느라 고생하셨네요."

"아휴, 해마다 날이 더워지네."

서글서글한 인상의 그는 오른쪽 미용의자에 털썩 앉더니 손수건을 꺼내 이마의 땀을 닦았다. 땀내와 함께 몸의 열기가 훅훅 느껴졌다. 나는 시원한 물 한 잔을 내밀었다.

"목마르실 텐데 시원하게 한잔하세요."

남자는 대답도 없이 잔을 받아들고 벌컥벌컥 마시더니 컵을 내밀었다. 나는 조용히 컵을 받아 한쪽으로 치웠다.

"머리 자르실 건가요? 아니면 염색? 특별히 원하는 스타일 있으세요?"

"흠… 그냥 좀 다듬어주세요."

심드렁한 목소리였다. 남자의 어깨에 커트보를 두르고 스프레이로 물을 뿌려 가지런히 빗질을 한 후 커다란 집게핀으로 섹션을 나눠 올려 잡았다. 미용실 안에는 티브이소리와 사각거리는 가위소리만 울렸다. 지루한 이야기만 전하던 뉴스에서 경제적 어려움을 비관해 한강에 투신해 죽은 사업가 소식을 전했다.

"아이고… 또 자살이래. 경제도 엉망이고 세상도 흉흉하고. 오죽하면 그랬을까 싶긴 하지만 처자식 두고 참 모질기도 하죠."

남자에게 말을 붙였다. 졸린 눈으로 앉아 있던 남자는 여전히 심드렁하게 대답했다.

"죽는 놈만 병신이죠, 뭐. 세상 살려고 맘먹으면 살길이 왜 없겠어요. 죽는 것보다 더한 게 어디 있다고. 사람이 할 수 있는 건 다 하는 거죠. 죽을힘으로 살려고 노력하면 살길이 다 있는 건데 요즘 사람들은 의지가 없어서 그래요."

"사장님도 어려웠던 때가 있나봐요?"

"그럼요. 다들 힘든 시기 견디고 사는 거지. 태어날 때부터 금수저 물고 태어나는 사람이 몇이나 되겠어요."

"어머. 지금 모습만 보면 번듯하니 고생 모르고 사셨을 거 같은데."

여태 심드렁하던 표정에 조금 생기가 돌았다. 꾸부정하게 앉아 있던 자세도 바로 고쳐 잡고 눈을 반짝였다.

"지금은 살 만큼 살죠. 뭐든 긍정적으로 생각하고 행복한 것만 생각하며 살면 좋은 일이 따라오기 마련 아니겠어요.

나도 사업하다 부도나서 길바닥에 나앉아보기도 하고 고생도 많이 했지만 추운 날 온수도 안 나오는 고시원에서 지내면서 이 악물고 다시 일어섰어요. 부정적 생각만 하고 부정적인 시선으로 보는 사람치고 잘되는 사람 없거든요. 그저 무슨 일이건 불평불만만 쏟아낼 뿐이고 건설적이지가 못해 사람들이. 행복하게 긍정적으로 살아야 좋은 기운이 생겨서 좋은 일들이 오는 겁니다."

"사장님은 참 긍정적인 분이신가봐요."

"이 모든 건 우리 아버지의 영향이에요. 저는 아버지를 세상에서 가장 존경하고 아버지처럼 살려고 노력해왔어요. 저희 아버지는 지방에서 사업을 하셨는데 항상 직원을 가족처럼 대하고 명절이면 선물 들고 직원들 집을 돌아다니며 '귀한 자식 저에게 보내주셔서 감사합니다' 인사하고 다니셨어요. 우리 형제가 여섯인데 형제들에게는 나물반찬만 줘도 부리는 종업원들에겐 늘 따듯한 밥에 고기반찬 올려주셨어요. 어릴 땐 그게 그렇게 서운하고 미웠는데 지금은 아버지가 왜 그러셨는지 아니까 저도 아버지처럼 사람 귀하게 여기고 살죠. 직원이 있어야 우리가 사는 거라고 늘 입버릇처럼 말씀하셨기 때문에 저도 그런 마인드로 늘 직원을 모시고 살아요. 직원들 결혼기념일엔 꽃바구니도 보내는걸요."

신이 난 남자가 시키지도 않은 말들을 줄줄이 뱉어냈다. 혼자 들떠 말을 하느라 머리를 자꾸 움직여서 가위질이 힘들었지만 그의 말을 끊지 않았다.

"아버님께서 참 훌륭한 분이셨네요."

"그럼요. 동네 유지셨지만 남들에게 한 번도 거들먹거린 적 없고 가난한 사람들 위해서 기부도 많이 하고 어려운 학생들 장학금 대주고. 아버지 반도 못 좇아가지만 아버지처럼 살고 싶어서 저도 가난한 학생들 여럿 돕고 있습니다."

"어머나. 사장님도 참 훌륭하시네요. 요즘 세상에 그러기가 쉬운 일이 아닌데."

"어려울 때 서로 돕는 거죠. 그렇게 베풀다보면 그 사람들이 언젠가 꼭 저에게 도움이 될 날이 온답니다. 허허허허허."

남자는 너털웃음을 지었다. 그사이 도어벨이 짤랑거리며 문이 열리고 선글라스를 쓴 여자 손님이 들어왔다. 단발머리로 얼굴 반 이상을 가려서 보이는 거라곤 코와 새빨간 립스틱뿐이었지만 창백한 피부에 단아한 미인이었다.

"어서 오세요. 챠밍 미용실입니다. 이분 커트 금방 끝나니 조금만 기다려주실래요?"

여자는 작게 고개를 까딱이더니 소파에 앉았다. 나는 다시 남자의 머리손질을 시작했다.

"사장님, 근데 흰머리가 많이 생겼어요. 염색하시면 훨씬 젊어 보이실 텐데."

"아, 벌써요? 근데 뒤에 손님이 기다리고 계셔서…."

나는 소파에 앉은 여자를 흘끗 쳐다봤다. 여자는 옆에 굴러다니는 여성잡지를 뒤적이고 있었다.

"조금 기다려주실 수 있으신가요? 이분 염색약만 바르고 기다리는 사이에 봐드릴게요."

여자는 작게 고개를 끄덕였다.

"고마워요. 금방 해드릴게요."

머리를 자르다 말고 냉장고에서 아까 차게 식혀놓은 차를 종이컵에 따라 두 사람에게 주었다.

"귀한 차예요. 제가 오늘 특별한 분이 오실 거 같은 생각에 미리 차게 식혀둔 거랍니다. 마시면 기분이 좋아질 거예요."

커트보 덕에 차를 마시기 번거로운 남자는 단숨에 차를 들이켜고 손을 다시 커트보 안으로 넣었다. 여자는 조금 맛을 보고는 테이블에 내려놓고 멍하니 창문으로 눈을 돌렸다. 급하지 않은 손놀림으로 남자의 머리를 다시 다듬으며 말을 이

괴이한 미스터리

었다.

"맛이 꽤 괜찮죠? 구하기 어려운 거랍니다."

남자는 인상을 조금 찌푸리며 진저리를 쳤다.

"맛은 그냥 현미녹차만도 못한 맛인데요."

"그래요? 호호. 그렇게 말씀하시는 분들이 의외로 많네요. 정말 구하기 어려운 귀한 차인데. 그나저나 어디까지 이야기했더라… 아, 어려울 때 서로 돕고 살아야 한다고 하셨던가요?"

"아, 그래요. 돕고 살아야죠. 큭."

그는 피식 웃었다. 아까와는 다르게 조금 거만한 표정이었다. 바리캉으로 귀밑머리를 다듬으며 계속 말을 붙였다.

"요즘 세상엔 남을 돕고 살면 바보 취급 받기도 하잖아요. 이용당하기도 하고."

"이용당하기에 적당하긴 하죠."

"아, 그래요. 그런 사람들은 마음이 약해서 그런가? 사장님은 이용당하거나 그러신 적 없어요? 눈 감으면 코 베어 갈 세상에 베풀면서 살면 그런 사람들이 주변에 꼬인다고 하던데."

"그럼요. 베풀고 착하게 살면 만만하게나 보고. 있는 척 가진 척하면 쉽게 속아넘어가고. 아무것도 없어도 그럴듯하게 큰소리치면 믿는다니까요."

"에이, 사장님도. 가진 척 있는 척하는 것도 정도껏이죠. 바보들도 아닌데 사람들이 쉽게 속나요. 요즘은 사람들이 똑똑해져서 인터넷이나 그런 걸로 정보도 얻기 쉽고."

"모르시는 말씀이에요. 요즘 사람들 똑똑한 거 같지만 자신이 똑똑하다고 믿는 만큼 바보라니까요. 그 허점만 이용하면 쉽게 속일 수 있어요."

이즈음 커트가 끝이 났다. 스펀지로 목언저리에 붙은 머리카락을 털어낸 후 염색약을 준비했다. 다시 집게핀으로 머리를 나눠 고정시키고 정수리 부분부터 염색약을 조금씩 나누어 펴 발랐다.

"다른 사람 속이는 게 쉽지만은 않죠. 그것도 머리가 좋아야 할걸요. 저처럼 욕심 없이 단순하게 사는 사람들은 남을 속이지도 못하지만 속는 일도 별로 없어요. 호호홋."

"속는 일이 없다고 어떻게 장담을 하지? 다들 그렇게 믿기 때문에 속는 거라니까."

"그래요?"

"그럼, 생각을 해봐. 아줌마처럼 나는 속을 리가 없다고 착각을 하니까 사기꾼한테 당하는 거야. 누가 의심스러운 사람에게 돈 주고 정 주고 헌신해? 아, 이 사람은 정말 믿을 만하구나. 나를 속일 리가 없구나 생각하니까 속는 거지. 말콤 글래드웰이 쓴 《타인의 해석》이란 책 알아? 사람들은 대부분 누군가를 직접 보면 그 사람을 정확히 파악할 수 있다고 생각해. 그렇지만 나를 직접 보지 않은 사람이 오히려 나에 대해 정확히 알 수 있을 때도 있거든. 내 얼굴이 호감형이다보니 사람들은 쉽게 날 믿을 만한 사람으로 평가한다니까. 착하고 진실되게 생겼다나 뭐라나. 사람들이 일단 첫인상부터 믿을 만한 사람으로 평가하기 때문에 나를 백프로 믿게끔 조금만 밑밥을 깔아주면 되는 거야. 세상 똑똑하다고 자만하는 사람들이 세상 제일 쉽게 넘어와. 나처럼 순진하게 생긴 사람이 그럴듯한 이유를 대며 거짓말을 하면 금세 믿어. 웃기는 거지. 착하게 생겼다는 말만큼 웃기는 말이 없는 거야. 세상 사람들 중에 착한 사람이 몇이나 돼? 길거리 돌아다니는 선량한 시민 대다수가 자기 손해 보는 일 생기면 순식간에 이기적으로 돌변하는 사람들이야. 선량한 건 누가 내 밥그릇에 손을 대지 않았을 때나 허용되는 가치라고. 누가 내 밥그릇을 쳐다보기라도 하면 바로 물어뜯을 자세부터 취하는 게 사람이야. 근데 웃긴 건, 그렇게 똑똑한 척하고 아는 척하고 의심부터 하는 사람들이 얼굴이나 첫인상은 또 쉽게 믿는다니까. 얼굴이 믿을 만하게 생겼다면 그냥 반 이상은 먹고 들어가는 거야. 거기에 보태서 조금만 믿게 하면 돼. 쉬워. 아주 쉬워."

나는 남자의 머리에 염색약을 처덕처덕 바랐다. 그 와중에도 남자는 쉴 새 없이 떠들었다. 깍듯하던 말씨는 어디 가고 어느 결에 반말을 지껄이고 있었다. 침을 튀기며 혼자 떠들다 입이 마르는지 큼큼거리길래 냉장고에 차게 넣어둔 차를 한 잔 더 내밀었다. 커트보 밖으로 손을 꺼내 꿀꺽꿀꺽 마시더니 그는 잠시 이마를 찌푸렸다.

"이거 맛이 왜 이래? 길가에 풀을 뜯어다 끓여도 이거보단 맛있겠네."

"호호. 어쩌죠. 정수기가 고장나서 물이 이것뿐이네요. 한 잔 더 드려요?"

남자는 손사래를 치더니 계속 신이 나서 떠들어댔다.

"아냐, 물은 됐어. 이 더운 날에 정수기가 고장나면 불편하겠네. 정수기 고장났으면 하나 줄까? 나 아는 후배가 정수기 회사를 운영하는데 신제품 나왔다고 자꾸 정수기를 갖다줘서 우리집에 석 대나 놀아. 하나는 그냥 냉온수기고 두 개는 얼음까지 나오는 최신형이고."

"어머, 새 거요? 그게 세 대나?"

"그렇다니까. 나한테 신세진 후배가 정수기 대리점으로 돈을 많이 벌었는데 때마다 나한테 그때 신세진 거 갚는다고 자꾸 그러네. 팔면 꽤 비싼 건데 내가 그거 팔아 돈 몇 푼 손에 쥐어서 뭐할까 싶어서 그냥 갖고 있지."

"아유, 그래도 어떻게 비싼 걸 공짜로 받아요. 그냥 좀 싸게 파세요."

"나는 필요 없는 거니까 괜찮은데, 뭐. 얼음까지 나오는 제일 비싼 거로 줄 테니 15만 원만 현금으로 줘. 기계는 내가 주지만 설치비는 기사한테 줘야 하니까. 내가 기사까지 공짜로 해줄 수는 없잖아."

"15만 원이요? 신형인데 그거면 거저네요, 거저. 오늘 횡재했네. 고마워요, 사장님."

말이 끝나기도 전에 남자가 갑자기 낄낄거리며 웃기 시작했다. 뭐가 그리 웃긴지 손으로 무릎까지 쳐가며 웃다가 겨우 웃음을 참으며 말을 이었다.

"크크크크크큭… 이거 봐. 쉽다니까. 아줌마, 대체 뭘 보고 나한테 15만 원을 주려고 하는 거야. 그냥 조금만 친절한 척 조금만 뭐 좀 있는 척하면 쉽게들 믿어요. 보라고. 나는 안 당할 거라는 믿음이 뒤통수를 치는 거거든. 아줌마 오늘 운 좋은 날이야. 내가 맘먹었으면 오늘 여기서 나가기 전에 아 줌마 전 재산도 홀랑 털어버렸을걸."

"아유, 사장님도 진짜⋯. 깜~빡 속아넘어갔잖아요. 정신 차리고 살아야겠어⋯. 아유 정말⋯ 진짜 뭐에 홀린 것 같네 요. 전 재산 털리는 건 일도 아니겠어요."

나는 깜빡이란 말을 강조해 길게 늘여 대꾸했다.

"그럼. 내가 맘먹으면 다 해. 대통령도 속일 수 있어. 믿음 직하게 생긴 얼굴 덕 좀 보지 내가."

남자의 얼굴은 비열하고 저급하고 욕심이 많은 표정에 자 만이 가득했다. 죄책감이나 양심의 흔적은 없었다. 오히려 엄마에게 백점짜리 시험지라도 내민 듯 의기양양했다.

"정말 전 재산을 털어본 적도 있어요?"

염색까지 끝내고 샴푸의자에 눕혀 수건으로 눈을 가려 머 리를 감기면서 은근한 목소리로 물었다. 남자는 그 상태로 신이 나서 떠들어댔다.

"그럼. 나 때문에 패가망신한 사람 몇 있지. 얼마 전에는 어떤 작은 중소기업 사모님을 우연히 알게 됐는데, 이 여자가 물정도 모르고 세상 순진해. 머리도 좋고 좋은 대학 나오고, 어려움이라곤 하나도 모르고 살다보니 세상이 다 만만해 보였던 거야. 내가 연세대 나오고 대치동에서 입시학원을 한다고 하니 다 믿어. 자식 교육에 대해 물어보길래 나는 그냥 여기저기서 주워들은 썰을 좀 풀었는데 다 그럴듯하거든. 그러니까 내가 정말 대단한 사람인 줄 안 거야. 여기저기서 들은 썰을 모으고 조립해서 얘길 하면 되게 그럴싸하거든. 내가 머리는 좋았는데 집안형편이 거지같아서 대학을 못 갔어. 부모라고 애를 줄래줄래 낳아놓기만 했지 책임을 질 줄 모르는 인간들이었거든. 그래도 여기저기서 주워들은 풍월을 읊으면 그럴듯하게 들리는 거야. 내 얼굴이 믿음직하거든. 어려운 용어 좀 섞어서 말하고 유명한 사람들이 한 말 인용하면 입을 헤벌리고 끄덕끄덕하는 거지. 그 아줌마 내 말을 철썩같이 믿고 하란 대로 아이 대학 원서를 넣었는데 떡하니 좋은 대학에 합격을 해버렸네. 그러니 말해 뭐할 거야. 이 다음부턴 그냥 누워서 떡 먹기인 거야. 목동에 2호점을 내는데 돈이 좀 부족하다고 고민하는 척 좀 했더니 재까닥 빌려주더라고. 몇백만 원도 아니고 1억2천이란 큰돈을 차용증 하나

없이 뭘 믿고 주는 건지. 너무 쉬워서 나도 어리둥절했다니까. 크크크크크."

"그래서요?"

샴푸가 끝난 남자의 머리에 수건을 둘러 일으켜 세웠다. 미용의자로 옮기면서도 남자의 장광설은 이어졌다.

"한 석 달 지나서 여자한테 연락이 왔어. 남편 회사가 어려워져서 급하게 돈이 필요하다고."

"갑자기요?"

"그전부터 어려웠던 모양이야. 그걸 모르고 있었던 여자가 여윳돈 있던 걸 나한테 다 퍼준 거지. 돈 달라고 나한테 들러붙는데 내가 그 돈을 왜 줘. 일주일 후에 돈이 들어온다, 어머니가 갑자기 병원에 입원해서 여유가 없다, 계속 일주일만 한 달만 하면서 미뤘지. 맘만 먹으면 이유는 넘쳐나. 목동학원 공사대금을 치러야 한다, 세금 나가는 달이라 여유가 없다, 직원들 월급부터 챙겨야 할 거 아니냐 이런 식으로 질질 끄니까 그 여잔 지가 돈 빌려줘놓고 뭔 죄지은 사람처럼 나한테 절절맸다니까."

재미있어 죽겠다는 듯 키득대느라 머리를 가만히 두질 못했다. 드라이로 머리를 말려야 하는데 퍽 난감해 나도 모르게 머리끄덩이를 잡아 확 뒤로 젖히고 싶었다. 참을 인이면 살인도 면한다고, 끓어오르는 성질을 꾹 눌러 참으며 저렇게 신나서 떠드는 그가 목이 타들어갈 것을 염려해 차가운 차를 한 잔 더 건넸다. 그는 잔을 휙 낚아채더니 한 번에 벌컥벌컥 들이켜곤 캬~ 하는 경박한 소리를 냈다.

"이거, 마실수록 맛이 괜찮네. 한 잔 더 줘봐."

"너무 많이 마시는 거 아닌가 모르겠네…. 아이참."

나는 컵에 차를 따랐다. 벌컥벌컥. 울대가 위아래로 수직 운동을 하며 차를 위장으로 넘겼다. 이쯤이면 넘칠 만큼 마셨을 터였다.

"그래서, 그 후엔 어떻게 됐어?"

"아, 얘길 많이 해서 그런가 왜 이렇게 목이 타지. 암튼, 지가 돈을 빌려줘놓고 나한테 미안하지만 우리 남편 사업이 지금 어렵다고, 도산할 위기라고, 제발 좀 돌려달라고 울며불며 무릎까지 꿇고 사정을 하더라고. 처음엔 가면이라 해도 미안한 척을 했는데 여자가 외려 죄지은 것처럼 사정하니까 내가 뭘 잘못했냐는 생각도 들었다니까? 그래서 이게 왜 자꾸 찾아와서 사람 귀찮게 하고 괴롭히냐고 화내고 욕하는 상태까지 간 거야. 크크크크큭. 그 여자 나한테 맞으면서도 무릎 꿇고 사정을 하더라고? 상등신이야, 상등신. 그런 여자 믿고 평생 산 그 남편은 그 돈 다 어디로 갔냐고 아주 난리가 났을걸? 크크크크크크. 그러니까 남잔 여자 잘 만나야 하는 거라고. 아, 씨… 목이 왜 이렇게 타는 거야. 그거 좀 더 줘 봐."

차가 담긴 물병을 꺼내자 남자가 거칠게 채가더니 뚜껑을 열고 벌컥벌컥 마시기 시작했다. 고개까지 쳐들고 탈탈 털어 마시더니 건방지게 빈 병을 내게 들이밀었다. 병으로 뒤통수를 내리치고 싶었지만, 뭐 나는 내 몫의 일만 하면 되는 거니까. 물병을 받아 선반에 내려놓았다. 그리고 나는 조용히 입을 열었다.

"응, 그러게. 수준 안 맞는 사람들끼리는 어울리질 말고 개새끼는 개새끼끼리만 어울려 놀게 해야 하는데 빌어먹을 신께서 너무 바빴는지 다 섞어놨더란 말이지. 사람 탈을 썼다고 다 사람이 아닌데 왜 너 같은 새끼들한테 인두겁은 또 번드르르한 걸 줬는지. 나도 진짜 신이란 작자 멱살을 붙잡고 양곡기가 벼 이삭 털 듯 탈탈 털어 묻고 싶은 심정이야."

아까까지만 해도 입에 거품을 물고 떠들어대던 남자가 숨을 헉헉거리느라 아무 말도 하지 않았다.

"무… 물 좀… 물 좀 줘…."

"정수기가 고장나서요, 손님. 물이 없는데 어쩌죠. 아까 그 차라도 더 드리고 싶은데 니가 다 처드셨어요."

남자가 갈증 때문에 고통스러운 눈으로 나를 쳐다봤다. 이제야 뭔가 잘못됐음을 느끼는 것 같았다. 뭔가 말을 더 하고 싶은 듯했지만 타는 듯한 갈증 덕에 말이 쉽지 않았다.

"이… 이게 무슨… 너… 너… 는… 누… 구…."

"내가 누구긴. 챠밍 미용실 주인이지. 나보다 더 궁금해야 하는 사람이 하나 있지 않아?"

그렇다. 우리가 잠시 잊고 있었던 사람이 하나 있다. 아까부터 소파에 앉아 있던 여자 손님. 소파 등받이에 팔을 괴고 비스듬히 창밖을 바라보며 우리의 대화에 귀를 기울이던 사람. 치받는 분노를 참느라 주먹 쥔 손이 바들바들 떨리고 있는 여자. 핏발 선 눈으로 눈물도 흘리지 못하고 있는 여자가 있었다.

"이 새끼가 어떤 새끼였는지 알고 나니 시원해?"

"그냥 내가 원망스럽네요. 어떻게 이렇게까지 바보일 수 있는지."

"쟤가 말했잖아. 작정하고 속이려 드는 데는 장사 없다고.

그러니까 너무 자책하진 말고. 그냥 저 새끼가 나쁜 새끼인 거지 니가 잘못한 건 아냐. 그냥, 운이 너무 없었던 거야. 그렇게 생각해버려."

소파에 털썩 앉아 담배를 꺼내 불을 붙였다. 연기가 자욱하게 깔리고 의자에 앉은 남자는 숨을 헐떡이며 벌떡 일어나 우리에게 달려들려고 했다.

"앉아. 조용히 처앉아 있어."

남자가 분노가 가득한 눈으로 원래 앉아 있던 의자로 가서 다시 앉았다. 분명 혼자 움직였지만 누군가에게 떠밀려 억지로 움직이는 몸짓이었다. 뭔가 말하고 싶어 입을 달싹거려보아도 말은 나오지 않았다. 타는 목마름이 괴로운지 이따금씩 신음을 할 뿐이었다.

"니가 그렇게 낄낄거리고 이 여자를 갖고 노는 동안, 이 여자 남편은 부도를 막지 못하고 도산했어. 하루아침에 길거리에 나앉아 대학 다니는 딸년도 학교 그만두고 돈 벌러 나가고. 그 괴로움을 못 견뎌 어느 날 옥상에서 뛰어내려버렸거든. 그렇게 사람 하나 잘못 믿은 죄로 가정이 풍비박산되고 이 여자가 제정신으로 살 수 있겠어? 너란 놈한테 복수를 할수 있다면 모든 걸 버리겠다고 날 찾아왔지 뭐야. 넌 여기 어떻게 왔는지 기억나? 안 나지? 이건 니 꿈속이야. 널 꿈속에서 찾아내서 여기로 불러들였지. 꿈이라서 참 다행이라고 생각하겠지…? 그래, 이제 얼른 일어나서 썩 꺼져. 다신 볼 일 없을 거야. 행복을 빌어. 뻬르 라 펠리치따!"

남자는 허적허적 일어나 헉헉대며 우리 앞을 지나갔다. 지나가면서 이글거리는 눈으로 우리를 노려보았지만 아무 말도 하지 못했다. 내가 말해도 된다고 하지 않았기 때문이다.

남자는 휘청이며 미용실 밖으로 나가 뒤를 돌아보았다. 유혹하듯 휘황찬란하게 빛이 나는 황금빛 간판이 보였을 거다. 간판에서 눈을 떼어 다시 뒤돌아보면 그의 눈앞에는 아무것도 보이지 않는다. 이 모든 게 꿈이라고 생각하겠지. 지독한 악몽이라고 생각하며 상점도 길도 하늘도 아무것도 없는 공간을 향해 한 발짝 걸음을 뗐을 것이다. 그는 어디에 있는지 어디로 가는지도 모르는 공간에 영원히 갇혔다. 지독한 갈증과 함께 죽지도 못하고 그 공간에서 영원히 떠돌게 될 것이다. 이승에서의 그는 이제 행불자다.

"내가 여태껏 저걸 저렇게 많이 처마시는 놈은 또 처음 보네. 얼마나 지밖에 모르고 얼마나 본성이 더러우면, 쯧쯧."

"저 차는 뭔가요."

남자가 떠나간 문을 계속 응시하며 여자가 물었다. 나는 담배연기를 길게 뿜고 재를 털었다.

"저거? 귀하디귀한 차. 신들의 무덤에서나 자라는 거지. 시내 명신백화점 앞에 서 있는 위령비 근처에서도 간혹 자라는데 거기서 나는 건 매연에 찌들어서 아무도 먹지 않아. 저 차를 마시면 속에 있는 이야길 다 털어놓게 돼. 남들에게 보이려고 쓴 가면 따윈 다 소용없어지지. 그래서 본심초라고도 해. 저건 마시면 마실수록 해갈이 되는 게 아니라 점점 목이 타들어가. 욕심 많고 자제력 없는 사람들일수록 차를 많이 마시지. 많이 마시는 만큼 갈증도 심해지고. 이제 저 새끼는 영~원히 죽을 것 같은 갈증에 시달리게 될걸."

나는 영원히라는 말을 길게 늘여 강조해 말했다. 여자가 만족스러운 미소를 지었다. 나는 여자가 걱정됐다.

"괜찮겠어? 정말로?"

"네, 괜찮아요."

"복수 때문에 자기 인생까지 버릴 필요가 있을까…."

하얀 담배연기가 뭉게뭉게 내 얼굴을 가렸다. 연기들이 춤을 추다 사라지자 뿌연 미용실 내부에 걸린 그림 한 점이 보였다. 만을 그리고 있는 바닷가 한쪽 언덕에 하얀 집이 있는 그림이었다.

"괜찮아요. 제 인생 모든 게 박살나버렸는데요 뭐. 저승에 가도 남편 볼 면목이 없고 살아서 딸아이 볼 면목도 없고, 어차피 매일 잠도 못 자는데 내가 어떻게 되건 무슨 상관인가 싶어요. 그냥… 저 새끼가 매일 벌을 받고 있다고 생각하면 내가 받는 벌도 견딜 수 있을 거 같아요."

여자가 슬프게 웃었다. 가슴이 조금 쓰렸다. 인간은 참으로 어리석고 무지한 존재다. 여자는 당장의 복수를 위해 영원의 고통을 택했다. 그것이 얼마나 지루하고 고통스러울지 상상도 못하고 있을 것이다. 나 역시….

아니다. 쓸데없는 생각은 빨리 머릿속에서 지워버려야 한다. 그저 주어진 대로 하루씩 살아가는 것만이 단 하나의 선택지일 뿐이다. 복수엔 책임이 따르니까.

짤랑. 도어벨이 울리며 누군가 들어섰다. 나는 깜짝 놀라 문을 바라보았다. 이 공간에 불청객이라니. 여기는 이승도 저승도 아닌 무의 공간이고 내가 부르지 않는 이상 누구도 들어올 수 없다. 나는 긴장으로 솜털까지 바짝 곤두서는 걸 느꼈다.

"여, 누가 업장에서 이렇게 담배를 피워?"

뿌연 공기 사이로 등장한 건 '도깨비복덕방' 주인이었다. 긴장이 풀려 주저앉을 것 같았다.

"웬일이야, 여기까지? 아니 그거보다 어떻게 여기까지 들어온 거야?"

도깨비는 아까 남자가 앉아 있던 미용의자에 털썩 주저앉더니 담배를 꺼내 물었다. 라이터를 꺼내 불을 붙이며 웅얼거리며 말했다.

"지나가다보니 차원의 틈이 보이더라고. 그 틈으로 들어왔지. 들어오면서 메워놓긴 했는데… 요즘 월영시의 시공간이 자꾸 뒤틀려서 큰일이야. 재개발이니 뭐니 하면서 자꾸 여기저기 뒤집어놓는 통에… 이러다 언젠간 정말 큰일이 일어나지 싶다고. 펠리치따 오피스텔엔 별일 없어?"

도깨비가 뱉어내는 연기가 길게 뿜어져 나왔다. 담배연기는 둥글게 맴돌며 미용실 안을 떠돌았다.

"얼마 전에 그 처녀 니가 불러들였지? 양쪽에 다 거주하는 인간은 처음이야. 나 완전 살 떨렸다고. 고독사한 아랫집 할머니 발견하고는 서둘러 이사 갔기에 망정이지 그 여자 거기 계속 살았으면 미쳐버렸거나 우리처럼 되거나 했을걸."

"왜, 니 자리가 불안해?"

얄미운 표정으로 도깨비가 빈정댔다.

"불안할 게 뭐가 있어. 어차피 죽지도 못하는 종신형인데."

"그렇지 뭐."

도깨비가 절반쯤 피운 담배를 아까 그 남자가 차를 마시던 종이컵에 비벼 껐다. 마지막 담배연기가 짙게 올라오다 곧 사그라들었다.

"저 여자, 온 김에 데려가지. 내가 그에게 데려다주고 올게. 넌 여기 떠나지도 못하잖아."

그가 내 옆에 조용히 앉아 있는 여자를 가리켰다. 나는 작게 고갯짓으로 답했다. 여자는 조용히 일어나 도깨비를 따라나섰다.

여자는 복수를 하는 대가로 꿈공장에 종신계약을 했다. 잠을 빼앗긴 자들이 불면의 밤을 걸고 어떻게 계산을 해도 손해나는 계약을 하는 곳. 잠깐의 잠을 위해 죽는 날까지 평생의 노동을 바쳐야 하는 곳으로 여자는 도깨비와 함께 떠났다.

유독 고단한 하루를 마치고 간판의 불을 껐다. 흰색 간판도, 푸른색 간판도, 황금색 간판도 모두 빛을 거두었다. 셔터를 내리고 느릿느릿 펠리치따 오피스텔 옥탑으로 올라가 작은 구슬이 든 상자를 들여다보았다. 부드러운 융 재질로 안을 덧댄 상자 안에는 구슬이 스무 개 남짓 들어 있다. 어제 머리를 하고 간 젊은 처녀에게 받은 영롱한 구슬을 골라 든다. 오늘은 이 정도 사치도 괜찮을 것 같다. 구슬을 잡고 바삭 깨뜨린다. 나른한 잠이 봄처럼 살금살금 다가와 아주 짧은 단잠에 빠져들었다. 내일도 챠밍 미용실은 손님이 북적일 것이다.

당신은 낯선 길을 걷고 있어요. 허름한 주택가 골목을 지나던 검은 고양이가 당신과 눈이 마주쳐도 도망가지 않고 유유히 활보하는 곳. 처음 보는 동네인 것도 같고 언젠가 한 번쯤은 와본 것도 같은 그런 동네.

혹시 당신 앞에 챠밍 미용실이 보이시나요?

어서 오세요. 산자와 망자가 모두 찾아오는 곳, 이곳은 챠밍 미용실입니다.

수상한 알바

김선민

뜬금없이 고등학교 친구에게 연락이 왔다. 졸업한 지 8년이나 지나서였다. 알바 때문에 한 달 정도 월영시에 머물러야 하는데 아는 사람이 나밖에 없어서 잠시 신세 좀 지겠다는 거였다. 매일 있는 것도 아니고 주말에만 잠깐 머무는 데다 숙박비조로 술도 산다고 해서 나는 친구의 제안을 받아들였다.

내가 사는 곳은 월영시의 재개발 구역에 있는 다세대주택 지대였다. 워낙 건물들이 노후화된 데다가 재개발 목적으로 알박기를 해놓은 빈집들이 많아 분위기는 을씨년스러웠지만 월세는 엄청나게 저렴했다. 목돈이 좀더 있었으면 위쪽의 아파트를 전세로 구할 수도 있었겠지만 계약직 월급으로는 욕심이다 싶었다. 그래도 이 정도 금액에 다용도실이 딸린 투룸을 구하는 건 서울에서는 상상도 못할 일이다.

친구가 집에 도착한 것은 연락이 된 뒤 일주일 뒤였다. 오랜만에 본 녀석의 얼굴은 고등학교 때와 별반 달라진 것이 없었다. 살이 좀 붙었고, 머리가 짧아진 정도의 변화만 있었다. 나는 현관문 앞에서 친구와 악수를 했다.

"동석이, 오랜만이네."

"그러게. 용우야, 이게 몇 년 만이냐."

동석이와 오랜만에 만났지만 그다지 어색하지는 않았다. 고등학교 3년 내내 같은 반이라서 같이 어울리는 무리에 항상 속해 있었다. 고등학교를 졸업하고 서로 다른 지역으로 대학을 간 데다가 내가 군대를 좀 늦게 가는 바람에 중간에 친구들과 연락이 끊겼다. 그 덕분에 동석이와도 자연스럽게 멀어졌었다. 나는 동석이가 들고 있는 가방에 시선이 갔다.

"그거 하나 들고 온 거야? 한 달은 있어야 한다면서."

"웬만한 건 병원에 다 있다고 해서."

병원이라는 말에 깜짝 놀랐다.

"병원? 어디 아파?"

그러자 동석이가 고개를 흔들며 손사래를 쳤다.

"그런 거 아냐. 짐 어디다 두면 되냐?"

나는 미리 치워둔 옷방을 가리켰다. 동석이는 가벼운 가방 하나만 덜렁 들고 방으로 들어갔다. 그리고는 가방을 두고 곧바로 나왔다.

"오자마자 미안한데 인사는 좀 이따가 술 한잔 하면서 하자. 바로 나가봐야 되거든."

"어, 그래. 조심히 다녀와. 위치는 어딘지 알아?"

"백화점 앞에 있는 공원인가 쪽으로 오라고 하더라고."

"아하. 그쪽 가면 어딘지 알 거야. 공원 안에 큰 탑 같은 게 있어. 이 동네에서는 보통 거기가 만남의 광장 같은 거야."

"용우, 이 동네 토박이 다 됐네."

"야, 그래도 벌써 여기 온 지 3년 다 돼간다."

"아무튼. 일단 다녀올게. 저녁에 보자."

동석이가 나가고 나는 혼자서 고개를 갸웃했다. 아픈 것도 아닌데 한 달이나 병원에 있을 일이 뭐가 있을까 싶었다. 그때 머릿속을 스치는 것이 있었다.

'혹시 생동성 알바 그런 건가.'

간혹 병원에서 신약 개발을 위해 임상실험이나 생동성실험을 위한 지원자 공고를 올릴 때가 있다. 시간 대비 시급이 좋아서 한때 고수익 알바로 인기가 많았다. 주로 돈이 부족한 대학생들이 많이 지원을 했었다. 나 역시 군대 제대 후 후임의 추천으로 대학병원에서 생동성 알바를 했던 적이 있었다.

'알바 끝내고 몸이 안 좋아서 병원비가 더 나왔었지.'

고수익 알바라는 이름에 혹할 수는 있지만 어쨌든 몸이 상할 수 있기 때문에 특별한 이유가 없는 이상에는 하지 않는 것이 좋았다. 나는 동석이 가방을 두고 나온 방을 보면서 생각에 잠겼다. 고등학교 때 동석이네 집이 특별히 어렵거나 하지 않았던 것 같은데 굳이 이런 알바까지 할 필요가 있나 싶었다.

'뭐, 그것까지 내가 참견할 건 아니지만.'

볼일을 보러 나간 동석은 저녁 9시가 넘어서야 들어왔다. 손에 든 봉지에는 금방 튀긴 치킨과 수입 캔맥주와 소주병이 잔뜩 들어 있었다.

"뭔 치킨이랑 맥주를 이렇게 많이 샀어?"

"숙박비 값은 제대로 해야지. 한잔하면서 근황 토크나 해보자고."

우리는 작은 밥상 위에 치킨을 산처럼 쌓아두고 이가 빠진 컵에 맥주와 소주를 섞어서 따랐다.

"한잔합시다!"

동석이가 기분이 좋은지 컵에 가득 든 소맥을 벌컥벌컥 마셨다. 나 역시 동석이를 따라 소맥을 원샷했다. 빈속이라서 알코올이 온몸에 쫙 퍼지는 것이 느껴졌다. 우리는 사이좋게 닭다리를 뜯었다. 나는 동석이에게 궁금한 걸 물어봤다.

"근데 무슨 알바길래 월영시까지 온 거야?"

동석이는 닭다리 하나를 금세 해치우고 기름이 잔뜩 묻은 손으로 다른 닭다리를 집어 들었다. 그러고는 별거 아니라는 말투로 말했다.

"병원에서 하는 건데. 좀 커서."

나는 동석의 눈치를 보다가 슬며시 말을 꺼냈다.

"임상실험 알바 그런 거야?"

예상외로 동석은 아무렇지 않게 고개를 끄덕였다.

"맞아. 서울에서 하면 좋은데 병원이 이쪽에 있다고 꼭 내려와야 한다더라고. 왔다갔다하기 귀찮아서 한 달만 있을라고."

"야, 동석아. 근데 그거 잘못하면 몸 상해."

내 말에 동석이는 소맥을 한 잔 더 쭉 들이켜더니 크게 트림을 했다.

"누가 모르냐. 돈 되니까 하는 거지."

아까보다는 좀더 날이 선 말투였다. 나는 더 말하지 않고 치킨 한 조각을 집어 베어 물었다. 살짝 식었는지 기름냄새가 훅 풍겼다. 동석은 말없이 자기 잔에 맥주와 소주를 콸콸 쏟아부었다. 다시 소맥을 들이킨 동석은 아까보다 얼굴이 붉게 달아올랐다. 동석이가 천천히 입을 열었다.

"용우야, 나 곧 아빠 된다."

갑작스러운 말에 깜짝 놀랐다.

"너 결혼했어?"

동석이 말없이 고개를 내저었다. 나와 동석이 사이에 묘한 침묵이 흘렀다. 동석이는 연거푸 소맥을 몇 잔 더 들이켰다. 그러고 나서야 입을 열었다.

"내 새끼가 생긴다는데 아비가 돼가지고 집 하나 못 구해서야 되겠냐."

"서울에다가 구할라고?"

"서울 씨발. 별 거지같은 동네도 전세가 수억이야. 나 같은 놈은 길바닥에서 뒤지라는 거냐 뭐냐."

취기가 오르는지 동석이의 말투가 점차 거칠어졌다.

"부모님은 뭐라셔."

"그 양반들이라고 뭐 별수 있냐. 평생 벌어서 자기 집 한 채 있는 게 전부인데. 그 집 팔아서 전셋값 달라고 하면 지밖에 모르는 누나 년이 잘도 가만히 있겠다."

"그럼 전셋값 때문에 여기까지 온 거야? 암만 고수익이라도 그 정도까지는…."

순간 동석이의 표정이 변했다. 뭔가를 말하려다가 입을 다물고 다시 잔을 들고 소맥을 들이켰다. 녀석은 반쯤 풀린 눈으로 무의식적으로 치킨을 집어 입에 넣었다. 동석이의 손과 입 주변이 기름으로 번들거렸다. 밥상 위에 쌓여 있던 치킨을 어느 정도 먹고 나자 동석이 자리에서 일어났다.

"나 먼저 잔다."

그러고는 방안으로 휙 들어가버렸다. 나는 수북이 쌓인 닭뼈와 찌그러진 맥주캔을 치웠다. 남은 치킨은 따로 담아서 냉장고에 넣어뒀다. 평소에는 치킨이라면 사족을 못 쓰는 나였는데 뭔가 찝찝한 기분에 먹고 싶은 생각이 들지 않았다.

'괜히 재워준다고 했나.'

오랜만에 본 동석이는 변한 것 같지 않으면서도 낯설었다. 고등학교 졸업하고 친구들과 딱 한 번 같이 호프집에서 술을 마셨던 것이 기억났다. 그때의 동석이는 맥주 한 잔에 그대로 잠이 들었었다. 8년이라는 시간이 흐르고 스물여덟 살의 동석은 소맥을 연거푸 먹어도 끄떡없는 사람으로 변해 있었다. 갑작스럽게 밀려온 복잡한 낯설음을 애써 떨치고 나 역시 방에 들어가 잠을 청했다.

다음날 일어나 보니 동석이는 먼저 나갔는지 방에 없었다. 나 역시 출근을 해야 했기 때문에 동석이에 대해 깊이 생각할 시간이 없었다. 이번 주가 특히 들어오는 물량이 많을 시기였기 때문에 정신없는 한 주가 될 것이 분명했다. 어차피 주중에는 들어오지 않고 주말에나 올 것이기 때문에 따로 신경쓸 것은 없었다. 그렇게 며칠이 휙 지나가고 주말이 됐다.

동석이가 일찍 나가는 바람에 따로 열쇠를 주지 않아서 언제 들어올지 몰라 어디 가지 않고 하루종일 집에 있었다. 그런데 밤이 돼도 동석이 오지를 않는 것이었다. 나는 혹시라도 뭔가 문제가 있나 싶어서 동석이에게 전화를 해봤다.

　〔휴대폰이 꺼져 있어….〕

　아무리 전화를 해도 연결이 되지 않았다. 그때였다. 문을 두드리는 소리가 났다.

　"동석이냐?"

　나는 재빨리 문을 열었다. 그런데 문 앞에 낯선 얼굴이 있었다.

　"어?"

　동석이였지만 동석이가 아니었다. 며칠 전에 봤을 때는 살집이 꽤 두둑했었는데 완전히 딴 사람처럼 핼쑥해져서 돌아왔기 때문이었다.

　"야, 너 괜찮냐?"

　동석은 말없이 안으로 들어왔다. 손에는 족발과 소주 몇 병이 들려 있었다. 11시가 넘은 시간이었지만 나는 말없이 밥상을 펴고 앉았다. 동석이 모자를 벗자 마치 스님처럼 파르스름한 민머리가 드러났다. 물컵에 소주를 가득 따르더니 물처럼 꿀꺽꿀꺽 삼켰다.

"야야. 그러다 훅 간다. 천천히 마셔."

내 말에도 동석이는 다시 잔에 소주를 가득 채워 한숨에 들이켰다.

"후우…."

거의 소주 한 병을 원샷한 것이나 다름없는데도 동석이의 얼굴에는 취기가 하나도 보이지 않았다.

"안주도 좀 먹어. 그러다 속 버린다."

내 말에 동석이는 겨우 나무젓가락을 들어 족발을 한 점 집었다. 젓가락을 들고 있는 손이 미세하게 떨렸다. 족발이 입으로 들어가지 못하고 바닥에 툭 떨어졌다. 동석이는 떨어진 족발을 보다가 젓가락을 내려놨다. 동석이의 반응이 이상했다. 그때 나는 동석이의 뒤통수에 작은 구멍처럼 생긴 흉터를 발견했다. 아무래도 단순한 임상실험이 아닌 듯했다.

"왜 그래? 거기서 뭔 일 있었어?"

순간 동석의 표정이 굳었다. 그러고는 다시 잔에 소주를 가득 따라 꿀꺽꿀꺽 마셨다. 급하게 마셨음에도 저번에 소맥을 먹었을 때와는 달리 전혀 취하지 않았다. 잔을 내려놓은 동석이가 한참을 머뭇거리다가 입을 열었다.

"야, 용우야."

나는 족발을 한 점 집어서 새우젓에 찍어 먹으면서 대답했다.

"왜 임마."

"너 병원에서 임상실험 알바 해본 적 있냐."

"임상실험은 아니고 생동성 알바. 제대하고 바로 한 번 해봤지."

"여기서?"

"아니. 그때는 서울에서."

동석이는 숨을 크게 내쉬었다. 알코올 냄새가 입에서 훅 풍겼다.

"너 그때 그거 하고 얼마 받았냐?"

"얼마였더라. 하도 오래돼서 잘 기억이 안 나네. 한 90만 원 받았나? 일주일 정도 있었는데 그것도 세금 떼고 뭐 하고 얼마 안 남더라."

"90만 원."

나는 족발을 집어 먹으며 동석의 얼굴을 살폈다. 며칠 만에 사람 얼굴이 이렇게 핼쑥해질 수 있나 싶을 정도로 안색이 안 좋았다.

"너 괜찮은 거 맞아? 거기 혹시 불법적으로 실험하는 데 아냐?"

내 말에 동석이 잠시 움찔하더니 고개를 저었다.

"아냐, 그런 건. 근데… 좀 이상한 건 있어."

"이상하다니 뭐가?"

"소리가 들려."

"소리? 무슨 소리?"

동석이 다시 잔에 소주를 가득 따르고 한 번에 들이켰다.

"방이 있어. 들어가면 아무것도 안 보이고, 아무 소리도 안 들려."

"아, 들어봤던 것 같은데. 그 방에 들어가서 얼마나 견디는지 실험하는 그런 거야?"

"그런 평범한 실험이 아니야."

"뭐? 그럼 그 방에서 뭘 하는데."

"가만히 있어. 근데… 그러다보면 뭔가 소리가 들려."

"아무 소리도 안 들리는 방이라면서. 뭔가 틀어주는 거야?"

"아니, 그런 게 아니야. 완전히 캄캄한데 그 안에서 뭔가가 어른거리면서 나한테 속삭이는 거야. 아주 낮게, 우우우 하면서."

동석이의 말에 나는 순간 오싹 소름이 돋았다. 속삭이는 소리를 흉내내는 동석이의 표정이 심상치 않았기 때문이었다.

"야, 동석아. 그거 괜찮은 거냐? 뭔가 좀 이상한 것 같은데. 아니다 싶으면 그만두는 게 낫지 않겠냐."

동석이는 입을 열어서 뭔가 말하려고 하다가 이내 입을 닫았다. 그러고는 자리에서 일어났다.

"나 먼저 들어간다. 내일 하루종일 잘 거니까 깨우지 마."

"어? 어, 알았어."

족발은 한 점도 안 먹고 깡소주만 몇 병을 마신 동석이였다. 나는 혼자서 몇 점 더 집어 먹다가 남은 건 냉장고에 넣고 상을 치웠다. 동석이 들어간 방에서는 낮게 코 고는 소리만 규칙적으로 들려왔다. 걱정이 되기는 했지만 정확히 뭐가 문제인지는 알 수가 없었기에 나는 방관자로 남을 수밖에 없었다.

다음날에도 동석이는 방문을 닫은 채 잠만 잤다. 밥도, 물도 마시지 않고 그대로 누워 있었다. 만약 코 고는 소리가 들리지 않았다면 동석이가 죽었다고 생각할 뻔했다. 밥때가 됐을 때 방문을 몇 번 오갔지만 깰 기미가 보이지 않아 그냥 두었다. 그리고 다음날이 되자 역시나 저번주처럼 동석의 모습은 방에서 사라지고 없었다. 나는 방구석에 처박혀 있는 동석의 가방을 물끄러미 보다가 방문을 닫았다.

심상치 않은 일이 벌어진 것은 그 주 금요일 밤 저녁이었다. 평소와 다름없이 근무를 끝내고 집으로 돌아오는 길이었다. 핸드폰 벨소리가 요란하게 울렸다. 화면을 확인해보니 발신자표시제한으로 뜨는 것이었다. 스팸이겠거니 생각하고 전화를 받지 않고 끊었다. 그런데 다시 핸드폰이 계속 울렸다. 두 번째 끊고 세 번째 벨이 울렸을 때 뭔가 이상한 낌새를 눈치챘다.

'설마?'

평소 같으면 절대 안 받았을 테지만 갑자기 동석이 얼굴이 떠올랐다. 나는 재빨리 전화를 받았다.

"여보세요?"

전화는 수신 상태가 안 좋은지 계속 치지직거렸다. 노이즈 사이에서 뭔가 소리가 들렸다.

〔…쪽으로. 도와….〕

"여보세요? 잘 안 들립니다. 다시 말씀하세요."

심한 노이즈 때문에 무슨 소리인지 제대로 알아들을 수 없었다. 그때 그 사이에서 다급한 목소리가 뚫고 나왔다.

〔…용우야!〕

그 한마디 후에 전화는 끊겼다. 나는 다시 벨이 울리기를 기다렸지만 핸드폰은 고요했다. '용우야'라고 부른 한마디가 방금 전화를 건 사람이 동석이라는 걸 알려줬다.

'동석이한테 뭔가 일이 생긴 것이 틀림없어.'

나는 경찰에 신고하기 위해 112를 눌렀다. 그런데 순간 어떻게 신고를 해야 할지가 떠오르지 않았다. 동석이가 어느 병원에서 어떤 임상실험을 하고 있는지 전혀 들은 바가 없었다. 고민하다가 재빨리 집으로 뛰어 들어갔다. 동석이가 놓고 간 가방이 떠올랐기 때문이다. 나는 방안에 들어가 가방을 뒤집어 내용물을 바닥에 쏟아냈다.

속옷이나 양말, 편의점에서 산 칫솔 같은 것이 후두두 떨어졌다. 임상실험에 대한 정보 같은 것은 찾을 수 없었다. 그러다가 가방 앞주머니에 있는 주머니를 살펴보니 구깃구깃 접힌 종이가 한 장 들어 있었다. 인터넷페이지를 프린트한 것이었는데 임상실험 지원자를 모집한다는 내용이 적혀 있었다. 그런데 적혀 있는 내용이 심상치 않았다.

"미친. 이게 뭐야."

'정신자극 감내 임상실험 지원자 모집'이라는, 슬쩍 봐도 수상쩍기 그지없는 제목이 위에 떡하니 적혀 있었다. 놀라운 것은 지원자에게 지급하는 급여였다.

"칠천만 원?"

동석이가 전세금을 마련하느라 지원을 했다고 하더니 한 달 임상실험 대가치고는 지나치게 높았다. 실험 내용 역시 수상쩍기 그지없었다.

[건장한 체격의 남성 / 23~30세 / 군필자, 비흡연자 우대합니다. 실험 전 신체검사 및 혈액검사, 간단한 심리테스트를 거치게 되며 전체 실험기간은 약 한 달 정도입니다. 주차별로 각 단계별 정신자극 상황에 노출됩니다. 중도 포기는 불가능합니다. (*중도포기 시 위약금을 계약금의 2배로 지불하셔야 합니다.) 실험 기간 내내 숙련된

의료진이 상시 대기하고 있고, 신체적 후유증은 전혀 없습니다.]

'도대체 어디서 이딴 이상한 실험을 하는 거야.'

나는 어디서 진행되는 임상실험인지를 찾아봤다. 하단에 아주 조그맣게 병원 이름이 적혀 있었다.

"명신의과대학교?"

처음 들어보는 이름이었다. 월영시에 그런 대학이 있는 줄도 몰랐다. 나는 핸드폰을 꺼내 명신의과대학교를 검색해봤다. 아무리 검색을 눌러봐도 명신의과대학교라는 곳은 뜨지 않았다.

"뭐야 이거."

나는 의과대학을 지우고 명신과 월영시라는 이름만 넣고 검색해봤다. 명신재단이라는 곳이 뜨기는 했지만 중학교, 고등학교를 운영하는 사립재단이라 의과대학하고는 상관없는 곳이었다. 아무런 검색결과가 뜨지 않자 나는 점차 초조해졌다. 그때 페이지 가장 끝부분 쪽에서 뭔가 이상한 내용을 찾아낼 수 있었다.

[여기 개쩐다. 흉가 방송 한번 하려다가 뒤질 뻔. 곤지암 저리 가

라임.]

내용을 읽어보니 월영시 재개발 구역 북쪽에 위치한 폐쇄 병동에 관한 내용이었다. 그 병원이 있던 자리와 옆에 위치한 저수지는 예전부터 귀신이 나온다는 둥 기괴한 소문이 많이 나는 곳으로 유명한 곳이었다. 나는 페이지에 올라온 사진을 넘겨보다가 중간에 찍혀 있는 글자를 보고 손가락을 멈추었다. 사진 구석에 희미하게 '명신의과'라고 적힌 글자가 라이트불에 반사되어 보였기 때문이다.

'폐쇄된 병원에서 임상실험을?'

아무리 봐도 수상쩍었다. 인터넷에서 돌아다니는 장기밀매 조직 같은 것이 아닐까 의심됐다. 급하게 112에 전화를 걸어서 신고를 했다. 하지만 돌아오는 것은 장난전화하지 말라는 대답이었다.

'지금 거기 병원 하도 흉가 체험한다는 외부인들이 많이 들어와서 다 막아놨어요. 폐쇄된 지가 언젠데 임상실험이라니…. 참나.'

경찰은 전화를 툭 끊었다. 나는 아까 봤던 페이지를 다시 살펴봤다. 무려 5년 전에 올린 게시글이었다. 본래 있던 병원

건물을 무너뜨리고 다른 건물을 지으려고 했다가 중간에 시공업체가 부도나면서 폐쇄된 건물이 몇 년째 방치된 상황이라고 했다. 전화를 끊고 난 뒤 나는 혼란 속에서 어찌할 바를 몰랐다.

"젠장⋯⋯."

어쩔 수 없이 일단 혼자서라도 그쪽으로 가보기로 했다. 집밖으로 나가 큰길 쪽으로 가서 택시를 잡아타려 했다. 그런데 골목 쪽에서 택시 한 대가 오고 있었다. 마음이 급한 나는 곧장 택시를 잡아타고 병원이 있는 쪽 위치를 말했다.

"모텔촌 위쪽으로 쭉 올라가서 저수지 건너가기 전에 내려주세요."

내 말에 택시기사 아저씨가 이상하다는 표정을 지었다.

"거긴 왜 갑니까?"

"거기 혹시 아세요? 폐쇄병동 있는 쪽이요."

택시기사 표정이 묘하게 변했다.

"거기 왜요?"

"뭐 좀 확인해볼 게 있어서요."

택시기사는 계속 고개를 갸웃거리면서 헛기침을 했다.

"일단 가라니까 가긴 하는데⋯. 뭐 일단 갑니다."

"네, 빨리 가주세요."

내가 살던 동네 거의 반대편에 위치한 데다가 그쪽으로 바로 가는 길이 없어서 외곽길을 따라 꽤 가야 했다. 중간중간 비포장도로가 나와서 차가 크게 덜컹거렸다. 나는 초조하게 핸드폰으로 시간을 봤다. 아까 전화가 끊긴 지 벌써 한 시간이 다 되어갔다. 그때 택시기사가 혼잣말을 내뱉었다.

"여기도 참 진짜 오랜만이네."

나는 핸드폰에서 시선을 떼고 택시기사에게 물었다.

"예전에 여기 오신 적 있으세요?"

"몇 년 전에는 그래도 좀 왔다갔다 많이 했지. 저쪽 저수지가 꽤 크니까 낚시꾼들이 알음알음해서 오기도 하고. 근데 요즘에는 이쪽 오자는 사람이 없어요."

"왜요?"

"거참, 내가 이런 말 하기 뭐한데. 저쪽에서 하도 뭔 말들이 많이 나와서 말입니다."

"말들이요?"

택시기사는 머뭇거리다가 입을 열었다.

"그러니까, 귀신이라든지 사람이 없어진다든지 그런 얘기들 있잖습니까."

나는 두려운 기색을 애써 감추며 말했다.

"그냥 뜬소문 아니에요?"

"내가 이쪽에만 몇 년인데, 저기서 뭐 이상한 거 봤다는 사람이 한둘이어야지."

택시기사의 말을 듣고 나는 창밖을 내다보았다. 좁은 골목에 빈집들이 쭉 늘어서 있었다. 사람이 사는 곳이 아니라 귀신들이 사는 마을 같았다. 택시기사는 집들을 보면서 몸을 부르르 떨었다.

"재개발이다 뭐다 하면서 사람 나가기 시작하니까 여기도 많이 변했네. 예전에는 그래도 사람들 많이 살던 곳이었는데."

어느새 택시는 골목을 빠져나왔다. 주변은 이미 캄캄해졌는데 가로등이 하나도 없어서 아무것도 보이지 않았다. 우거진 숲 사이에 난 비포장도로라 차가 계속 덜컹거렸다.

'이런 데서 임상실험을 한다고?'

으스스한 기분이 들어 택시기사에게 물었다.

"아저씨. 혹시 여기 병원에 대해서 들어보신 거 있으세요?"

"병원?"

"네. 명신의과대학이라고 혹시 아세요?"

"거기 없어진 지 한참 됐지. 예전에 정신병원 쪽으로 유명했었는데."

"네? 정신병원이요?"

"10년 전쯤인가? 거기서 사고 크게 나서 병원 그대로 문 닫았는데. 지금은 건물만 남았을 거요. 혹시 지금 거기 가는 겁니까? 뭐, 유튜브인지 뭔지 찍으러? 요즘 젊은 사람들 죄다 그거 하더만."

"아, 아뇨. 그런 건 아니에요."

나는 택시기사의 말을 듣고 혼란스러웠다. 폐쇄된 지 10년도 더 된 병원에서 어떻게 임상실험을 한다는 걸까. 나는 주머니에서 가져온 임상실험 안내문을 펼쳐봤다. 누군가의 질 나쁜 장난 정도라면 다행이지만 다급한 동석이의 목소리로 봤을 때 보통 일은 아닌 듯싶었다.

그때였다. 끼이익! 소리를 내며 차가 급브레이크를 밟았다. 뭔가가 부딪힌 듯 큰 소리가 났다. 나와 택시기사는 모두 앞으로 고꾸라졌다.

"뭐, 뭐야?"

앞을 보니 환자복을 입은 빼빼 마른 남자가 길에 쓰러져 있었다. 택시기사가 당황했다.

"씨, 씨발. 갑자기 튀어나와서. 소, 손님도 봤죠? 저놈이 갑자기 튀어나온 거."

갑작스러운 사고에 나는 놀라서 아무 말도 못하고 멍하니 앞만 봤다. 그런데 죽은 듯이 쓰러져 있던 환자가 갑자기 벌떡 일어났다. 그러고는 갑자기 운전석 쪽으로 뛰어왔다.

"뭐, 뭐야!"

택시기사가 놀라서 문을 잠갔다. 머리를 빡빡 민 미라 같은 환자가 운전석 쪽에 붙어서 손잡이를 잡아당겼다. 당황한 택시기사가 액셀을 밟았다. 그런데 이상하게도 차바퀴가 헛돌면서 앞으로 나가지를 않았다.

"제, 젠장. 이게 도대체…."

그때 환자가 손바닥을 택시 창문에 탁 붙였다. 갑자기 이이잉! 하는 날카로운 소리가 고막을 뒤흔들었다. 나와 택시기사는 귀를 찌르는 소리에 순간적으로 눈을 질끈 감고 손바닥으로 귀를 막았다.

동시에 드드드 소리가 나더니 운전석 차창이 우수수 깨졌다. 비쩍 마른 손이 우악스럽게 깨진 창문 안을 비집고 들어와 잠긴 차문을 열었다. 철컥 소리가 나며 택시 문이 열렸다. 환자가 택시기사를 잡아 밖으로 집어던졌다. 그러고는 그대로 운전석에 앉았다. 그는 지체하지 않고 곧바로 액셀을 밟았다. 헛바퀴가 돌던 아까와는 달리 택시는 그대로 앞으로 나갔다.

비쩍 마른 환자는 전혀 거리낌 없이 택시를 몰았다. 나는 엉거주춤한 자세로 백미러를 통해 운전석에 앉은 정체불명의 환자를 봤다. 그때 그가 입을 열었다.

"용우야."

그제야 나는 앞에 앉은 사람이 동석이라는 것을 깨달을 수 있었다.

"동석이?"

동석이는 집에 왔을 때와 모습이 완전히 달라져 있었다. 피골이 상접하고 피부는 완전히 하얗게 떠 있어서 몇 년 동안 수용소에 갇혀 있다가 나온 듯한 모습이었다. 나는 동석이를 붙잡고 물었다.

"도대체 뭐가 어떻게 된 거야?"

"빨리 여기서 나가야 돼."

"뭐? 진짜 불법시술을 한 거야? 그럼 경찰에 신고를…!"

"그런 게 아니야. 여긴… 더 끔찍해."

"끔찍하다니? 그 이상한 소리가 난다는 방 말이야?"

동석이의 얼굴은 심각했다. 그가 어두운 비포장도로를 거칠게 달리며 말했다.

"그놈들… 정상이 아냐. 절대로 열어서는 안 되는 문을 열어버렸어."

"동석아, 그게 무슨 말이야. 하나도 이해가 안 돼."

"용우야, 난 봤어. 그 방에서, 문 저편에 있는 그 끔찍한 존재들을."

"뭐? 저편이라니. 동석아, 도대체 병원에서 무슨 실험을 한 거야."

그때였다. 택시를 몰고 가는 길목 앞에 사람들이 어른거렸다. 얼굴에 마스크를 쓰고 방역복을 입고 있는 사람들과 의사가운을 입고 있는 사람들이었다. 모두가 동석을 향해 손을 흔들며 멈추라는 신호를 보냈다. 하지만 동석은 그 사람들과 가까워져도 속도를 줄일 생각이 없었다.

"야, 동석…."

동석이가 앞으로 손을 뻗었다. 아까보다 더 날카로운 소리가 울려 퍼졌다. 드드드 소리와 함께 차 앞 유리가 가루가 돼서 날아갔다. 동시에 길에 서 있던 사람들 역시 순식간에 가루가 돼서 흩어져버렸다.

"어, 어?"

나는 너무 놀라서 말을 잇지 못했다. 방금 전까지 사람들이 있던 곳은 붉은 물안개만 남아 있었다. 동석이 몰던 차가 붉은 물안개를 지나치니 기분 나쁜 비린내가 콧속으로 스며들었다. 사이드미러를 통해 뒤를 살펴보니 어디선가 나타난 검은 차량이 바짝 뒤를 쫓아오고 있었다.

"저게 무슨…."

비포장도로를 택시가 빠르게 달렸다. 그때 옆을 보니 숲 너머에 불빛이 환하게 켜져 있는 큰 건물이 있었다. 어두운 곳에서 언뜻 봐도 규모가 상당한 건물이었다. 큰 도시에서나 볼 법한 대학병원 건물처럼 보였다. 폐쇄됐다고 들었던 병원에는 곳곳에 환한 불이 들어와 있었다.

"분명 폐쇄됐다고 들었는…."

그때였다,

쿠구구구구구!

병원 건물 위에 뭔가가 있었다. 처음에는 검은 연기인 줄 알았다. 하지만 자세히 보니 그렇지 않았다. 건물을 휘감고 있는 거대한 무엇인가가 분명하게 움직이고 있었다. 이 세상에 존재할 리 없는 기괴한 존재가 점차 건물을 휘감으며 천천히 움직이고 있었다.

"도, 동석아! 저, 저거…."

동석이는 내 말에 대답하지 않고 재빨리 택시를 몰아 병원이 있는 곳을 벗어나려 했다. 병원을 감싼 검은 존재는 점점 더 몸을 뒤틀며 몸에서 촉수 같은 연기를 내뻗었다.

동시에 뒤에서 다른 차들이 계속 우리를 쫓아왔다. 쉴 새 없이 빵빵거리면서 멈추라고 신호를 보냈다. 나는 병원을 휘감은 불가해의 존재와 우리를 쫓아오는 의문의 조직을 보며 동석이에게 소리쳤다.

"야! 도대체 이게 무슨 일이야!"

"문이 너무 크게 열려버렸어. 빌어먹을 새끼들. 사고는 지들이 쳐놓고. 나한테 수습하라고 떠밀다니. 좆 까라 그래."

동석은 멈추지 않고 맨발로 액셀을 더 세게 밟았다. 택시가 뒤틀린 소리를 내면서 앞으로 내달렸다. 동석이 앞을 보며 중얼거렸다.

　"저수지… 저수지 쪽으로 가면 저 새끼들도 못 따라올 거야."

　"저수지라니. 갑자기 거기는 왜?"

　"거기에 더 무서운 게 있어."

　"뭐?"

　동석이는 미친 사람처럼 계속 저수지를 되뇌며 비포장도로를 달렸다. 그때 비포장도로가 끝나고 건너편에 저수지 지역이 보였다. 동석이는 더 빠르게 차를 몰았다.

　"난 절대 안 잡힌다, 이 새끼들아!"

　동석은 도로를 가로질러 가드레일을 박고 그대로 저수지가 있는 지역으로 차를 몰고 들어갔다. 가드레일과 충돌한 택시는 그대로 미끄러지더니 저수지 들어가는 길목에 서 있는 거대한 은행나무를 들이박았다. 안전벨트도 매지 않았던 나는 그 충격에 그대로 차창에 머리를 처박았다.

"끄윽…."

머리에서 피가 흐르고 사방이 빙빙 도는 것 같았다. 나는 겨우 비틀거리며 차에서 내렸다. 뒤를 보니 쫓아오던 차가 도로를 넘어오지 못하고 비상등만 깜박거리는 것이 보였다. 뭔가 싶었다. 그때였다. 병원에서 스멀스멀 퍼지던 검은 연기 같은 촉수가 차를 휘감은 것이 보였다. 그 연기에서 도저히 이 세상 것이 아닌 것 같은 소리가 퍼져 나왔다.

나는 머리가 지잉 울려서 그대로 바닥에 쓰러졌다. 검은 연기 같은 촉수가 쫓아오던 차를 집어삼키고 도로를 건너 내가 있는 쪽으로까지 오려 했다. 그런데 도로를 경계로 촉수가 움찔하더니 뒤로 서서히 물러가는 것이었다.

마치 안개가 걷히듯 숲을 꽉 채운 검은 연기가 서서히 물러갔다. 마치 수천만 명이 동시에 비명을 지르는 듯한 끔찍한 소리가 내 귓가를 맴돌았다. 내가 감당할 수 있는 범위를 넘어서자 결국 의식이 그대로 끊겼다.

내가 정신을 차린 곳은 저수지 앞이 아닌 신시가지 시내 쪽에 있는 월영센트럴병원 응급실이었다. 어젯밤 누군가의 신고로 119에 실려 와서 응급실에 입원했던 것이다. 이해할 수 없는 건 어제 내가 발견된 곳이 저수지가 아닌 모텔촌 입구 쪽 길거리였다는 점이다. 택시를 타고 그곳에서도 한참을 지나갔는데 정신을 잃은 상태에서 어떻게 그곳으로 가게 됐는지 여전히 알 수 없었다.

또 한 가지 의문점은 나와 함께 있던 동석이는 물론 함께 타고 있던 택시까지 자취도 없이 사라졌다는 점이었다. 퇴원해서 집에 돌아와 보니 동석이의 가방과 옷가지는 사라져 있었다. 심지어 내 주머니에 들어 있던 임상실험 안내문도 없었다. 동석이와 관련된 어떤 흔적도 발견할 수 없었다. 그날 밤 있었던 일 자체가 일어나지 않았던 것 같았다.

병원에서 나오자마자 나는 곧장 경찰서로 가서 내가 겪은 일을 말하고 동석이를 찾기 위해 신고를 했다. 하지만 경찰은 그날 택시를 도둑맞았다는 신고 자체가 없다고 했다. 도둑맞은 택시가 없는데 신고가 접수될 리가 없었다. 나는 직접 월영시의 택시회사로 연락해 사라진 택시가 없는지 물었다. 택시회사 역시 경찰과 똑같이 말했다. 사고 난 택시도 없고, 다친 기사도 없다는 것이다.

그날 밤 있었던 일의 진상을 알아보기 위해 나는 낮에 그 폐쇄병동이 있던 곳을 다시 찾아갔다. 그런데 폐쇄병동은 내가 그날 밤 보았던 거대한 병원건물과는 전혀 달랐다. 오랜 시간 건물을 방치해두어서 많이 허물어져 있는 데다가 문이란 문은 죄다 녹슨 사슬로 묶어놓고 막아놔서 사람이 들어갈 수조차 없었다. 내가 그날 밤 보았던 거대한 존재도, 검은 연기도, 연기와 함께 사라져버린 의문의 조직들도 흔적을 찾을 수 없었다. 하지만 택시기사도, 동석이도 사라진 상황에서 진실을 아는 사람은 아무도 없었다.

그 일이 있고서 1년이 지난 뒤 나는 월영시를 나와 서울로 이직을 했다. 그때 이후로 여전히 동석이의 소식은 알 수 없었다. 곧 태어날 아이를 위해 집을 구하려고 했던 동석이였기에 갑작스럽게 자취를 감춘다는 건 말이 안 된다고 생각했다. 나는 주변 동창들에게 동석이의 소식을 계속 물어보았지만 연락이 끊긴 지 오래라는 답만 돌아왔다. 그럼 동석이는 어떻게 내가 이곳에 있다는 것을 알고 찾아온 걸까.

서울로 이사 온 후 몇 년이 지나 그날의 기억이 희미해져 갈 때쯤 난 우연찮게 동석이의 연락을 받을 수 있었다. 그날처럼 발신자표시제한으로 전화가 온 것이다.

"여보세요?"

　심한 잡음과 노이즈만 지지직거리며 들렸다. 잘못 걸린 전화인 줄 알고 끊으려는 찰나 그 목소리가 들렸다.

〔용우야.〕

　또렷한 동석이의 목소리. 나는 핸드폰을 붙잡고 동석이를 불렀다. 이내 전화에서는 기괴한 노이즈만 나오다가 뚝 끊어졌다. 그리고 그 뒤로 동석이의 전화는 다시는 오지 않았다. 여전히 동석이가 어디에 있는지, 그날 일은 어떻게 된 것인지 나는 알지 못한다. 동석이가 말했던 저편의 존재들이라는 것이 무엇인지 영원히 알 수 없을 것이다. 존재하지 않았던 것처럼 사라져버린 그날과 마찬가지로 동석이 역시 그렇게 사라져버리고 말았다.

죽음의 전령

홍성호

나는 죽음의 전령이다.

이 일은 나의 직업이자 소명이다. 나는 세상에 태어나 처음 얻은 이 직업을 사랑한다. 지금 나란히 앉아 있는 나의 파트너 토미도 마찬가지다. 나는 토미를 사랑한다. 만약 토미가 없다면 죽음의 전령이란 거창한 이름의 직업을 계속 영위하지 못할 것이다.

에스프레소의 묵직한 향을 맡으며 건너편 도로가에서 박스를 자신의 리어카에 싣는 노인을 바라봤다. 토미도 노인을 응시했다.

노인은 시선을 느꼈는지 허리를 펴고 커피숍 윈도우에 액

자처럼 박힌 우리 모습을 바라봤다. 눈이 마주친 노인의 무뚝뚝한 얼굴에 이내 미소가 번졌다. 노인은 양손의 엄지와 검지로 동그라미를 만들더니 안경처럼 자신의 눈가에 가져갔다. 나와 토미를 재촉하는 것 같았다. 노인은 허리를 굽혀 길가에 쌓아둔 박스를 다시 리어카에 옮겼다.

노인은 욕심쟁이다. 포르말린에 통조림처럼 재워둔 죽음의 공포가 깊이 각인된 물건을 벌써 몇 개나 가지고 있는데 말이다.

나는 테이블 위에 올려둔 아이패드를 들고, 아까 검색했던 최근 신문기사를 다시 봤다.

'월영시 외곽 저수지 부근 야산에서 아이로 추정되는 신원미상의 유골 발견.'

나는 혀를 찰 수밖에 없었다.

언제 적 일인데, 지금 그걸 찾아서 어쩌겠다는 거야.

나는 조금 화가 났지만, 지금이라도 나의 유골이 발견되었으니 다행이라고 스스로 위안하며 북마크해둔 오늘자 다른 신문기사를 열었다.

바로 이거야.

기사를 보자마자 희열을 느꼈다. 나는 주변 시선을 아랑곳

하지 않고 토미의 뺨에 키스를 했다. 그리고 토미에게 속삭였다.

"다음 차례야."

***

죽음의 냄새가 후각을 자극했다.

불길한 냄새는 사람들 웅성거림과 함께 밑에서 올라왔다. 나는 열린 창문 사이로 고개를 빼꼼히 내밀고 아래쪽을 살폈다. 아무것도 보이지 않았지만, 소음과 한덩어리가 된 망자의 체취가 확연하게 느껴졌다. 몸이 부르르 떨렸다. 서둘러 주차장으로 내려갔다.

현관을 나서 건물 모퉁이에 바짝 붙어 고개를 내밀자 3층짜리 건물을 이고 있는 필로티 사이로 사람들의 뒷모습이 보였다. 주차장 램프는 3년 전부터 들어오지 않았다. 해는 동쪽 하늘에 걸려 있었지만, 건물 밑 주차장은 죽음의 냄새에 걸맞은 그늘이 짙게 드리워 있었다. 시체를 둘러싼 건장한 남자들의 다리 사이로 익숙한 얼굴이 보였다. 불길한 예감대로였다. 할머니.

고개를 모로 돌린 할머니는 눈을 뜨고 있었다. 순간 눈시울이 뜨거워졌다. 할머니는 거칠지만 따뜻한 손으로 나에게 온기를 전해준 사람이었다. 하지만 지금은 예전의 나처럼 눈도 감지 못한 채 차가운 콘크리트 바닥에 외로이 누워 있다.

나는 할머니 눈을 뚫어지게 쳐다보며 물었다.

대체 무슨 일이 있었죠. 누가 당신의 목숨을 앗아갔죠.

할머니와 대화를 하려고 눈을 마주치며 혼신의 힘을 다했지만, 아무런 대답이 없었다. 망자의 영혼은 홀연히 떠난 것 같았다. 생전에 평소 이야기했던 것처럼 이 세상에 아무런 미련이 없었나보다.

할머니가 완벽하게 떠났다는 생각이 들자 이내 자책감이 찾아왔다. 불과 한두 해 전만 해도 청각과 후각 그리고 시각이 남보다 뛰어나다고 자부했다. 하지만 요사이 그런 감각과 더불어 근력마저 눈에 띄게 감퇴한 것을 느낄 수 있었다. 아무래도 육체 수명은 정해져 있는가보다. 만약 예전처럼 예민한 감각이 있었다면, 주차장에서 벌어지는 어떤 일을 느낄 수 있었을 거고, 할머니가 이렇게 허무하게 떠나는 걸 막을 수 있었을 거다.

쾅하고 문이 닫히더니 또각거리는 하이힐 소리가 2층 계단을 타고 내려왔다. 나는 소리를 피해 현관을 지나 건물 반대편으로 몸을 숨겼다. 오늘 같은 날 의뭉한 얼굴의 발소리 주인공과 마주치기 싫었다. 여자가 현관을 나서는 걸 확인하고 나는 몸을 돌려 낮은 옹벽을 올라 빌라 뒤편으로 자리를 옮겼다.

건물은 야트막한 산 끝자락에 맞닿아 있는 월영시 최외곽에 서 있었다. 구릉 같은 완만한 산을 조금 타고 올라가면 도로가 나오는데, 그 도로는 월영시와 외부를 잇는 구터널이 있는 도로였다. 빌라가 있는 곳은 그야말로 월영시 변두리 중 변두리였다.

빌라 뒤편으로 온 것은 이유가 있었다. 산은 옹벽을 경계로 끝나는데, 옹벽과 빌라의 거리는 불과 2미터 정도밖에 되지 않는다. 그곳은 산과 빌라가 마주하고 있어서 옹벽 위 수풀에 몸을 숨기면 빌라 뒤편과 주차장을 조망할 수 있는 자리였다. 나는 수풀에 몸을 숨기고 주차장을 주시했다.

"수사관이라고요?"

201호 여자는 눈을 동그랗게 뜨고 확인하듯 물었다.

"네, 변사사건 때문에 그렇습니다. 이 할머니 아시죠? 102호에 사시는 분이라는데."

"앗! 돌아가신 건가요?"

"네. 혹시 어젯밤부터 오늘 새벽까지 이 근처에서 수상한 사람을 보거나, 주차장에서 다투는 소리를 들은 적 없나요?"

"없어요."

형사의 질문은 계속됐고, 201호 여자는 질문에 대해 대부분 잘 모른다고 대답했다. 형사와 201호 여자가 이야기하는 동안 다른 사람들은 할머니의 이 세상에서 마지막 모습을 여러 각도에서 찍더니 택배상자를 짐칸에 싣듯 할머니를 들것으로 옮겨 구급차에 실었다. 구급차는 떠났고, 할머니가 떠난 자리엔 핏자국만 남았다.

201호 여자가 무슨 이야기를 하나 귀기울이고 있을 때 익숙한 목소리가 형사와 여자의 이야기 소리 사이를 비집고 들어왔다.

"이제 이거 주인 없는 물건이니까 내가 가져가도 되겠구먼."

검은색 더블정장에 검정 넥타이를 맞춰 입은 할아버지가 이젠 할머니의 유품이 된 폐지를 들춰보며 말했다.

"어?! 뭐예요?"

형사가 놀란 눈으로 할아버지를 아래위로 훑으며 말했다.

나야 종종 보는 모습이었지만, 처음 보는 사람들은 기괴하다고 느낄 수 있었다. 피마자기름을 잔뜩 발라 올백으로 빗어 넘긴 백발노인이 검은색 더블정장에 검정 셔츠와 검정 넥타이의 올블랙 차림으로 군데군데 허연 먼지를 묻힌 채 폐지가 실린 리어카를 끌고 왔으니 아연실색할 수밖에.

"뭔 말인지 몰라? 이제 주인이 죽었으니 이거 다 버릴 거잖아. 그러니 내가 대신 치워준다는 말이지."

백발노인은 빌써 묶어놓은 폐지 몇 덩어리를 자신의 리어카에 옮겨 싣고 있었다.

"그만, 정지! 이거 증거물로 쓸 수 있으니 내려놔요."

"뭐? 이게 증거라고? 예끼, 나이든 사람이라고 놀리는 건가. 이건 그냥 쓰레기잖아."

"사람이 죽었다고 그 사람 물건을 함부로 가져가면 절도죄로 처벌받을 수 있어요. 어서 그거 제자리에 두고 가세요!"

모여 있는 형사 중 제일 우두머리로 보이는 사람이 관자놀이에 핏대를 드러내며 백발노인을 노려봤다.

"죽는 게 대수야? 다 때가 되면 죽는 거야. 니들도 언젠간 다 죽을 거잖아. 죽은 사람 대신 산 사람이 입에 풀칠 좀 하자고 폐지를 가져간다는데 뭐가 그리 박해. 이 싸가지 없는 것들. 재수없어서 안 가지고 간다. 퉤."

백발노인은 침을 뱉으면서 자신의 리어카에 옮겼던 할머니의 폐지를 땅바닥에 내팽개쳤다.

"아니, 이 노인네가 노망이 들었나! 어디서 침을 뱉고, 악담이야!"

"팀장님, 참으세요. 저 노인네 치매인가봅니다."

201호 여자에게 질문하던 형사가 팀장 곁으로 다가가 말했다.

"난 내 일 하러 간다. 어째 할망구가 좋은 선물을 줄 거 같은 예감이 들어서 찾아왔더니 불청객들 때문에 허탕 치네. 쳇. 어여 니들은 빨랑 범인을 잡아들여. 그게 니들이 할 일이잖아. 밥값은 해야지, 밥값! 안 그려?"

백발노인은 이 상황에서 뭐가 그리 좋은지 휘파람을 불며 리어카와 함께 주차장을 유유히 빠져나갔다. 나는 백발노인과 아는 사이이다. 죽은 할머니와 소통하는 것과 결이 다르긴 했지만 백발노인도 나와 이야기가 통하는 사람이었다.

"대학생이라고 하셨죠? 그럼, 지금 수업 들으러 가는 길이겠네요. 어서 가시죠. 그리고 뭔가 생각나는 게 있으면 여기로 연락주시고요. 아참, 이름이 뭐라고 하셨죠?"

"이미진이요."

형사는 201호 여자의 이름과 전화번호를 핸드폰에 저장하고, 자신의 명함을 건넸다.

"할머니 참 불쌍해요. 폐지를 주우면서 어렵게 살던 분 같던데, 어떤 사람이 이런 일을 저질렀는지. 에휴."

201호 여자는 눈을 살짝 찡그리며 쌓아둔 폐지를 바라보더니 이내 등을 돌렸다.

"이제 각 호실마다 방문해서 목격자를 찾아보자고."

팀장의 지시에 따라 형사들이 건물 안으로 들어갔다.

곧 내가 살고 있는 옥탑에도 형사들이 찾아올 것이다. 괜히 형사들을 마주치지 않으려면 방으로 돌아가지 않고 자리를 피하는 게 좋겠다.

한데 당장 갈 곳이 떠오르지 않았다. 어디로 갈까 생각하면서 한동안 제자리에 웅크리고 앉아 있다보니 다리가 저려왔다. 하는 수 없이 기지개를 켜고 자리에서 일어났다. 일단 발길 닿는 대로 걷기로 했다.

오랜만에 내가 사는 빌라촌 골목을 걷다보니 처음 이 동네에 들어왔을 때가 생각났다. 예전에는 무리지어 뛰어다니는 아이들, 야쿠르트 아줌마, 우체부 아저씨, 택배 아저씨, 배

달 오토바이, 세탁소 아저씨 등이 쉴 새 없이 좁은 골목을 오갔다. 하지만 지금은 도로정비가 제대로 되지 않아 할머니의 등처럼 굽고 초라한 골목길에서 사람을 마주치는 일은 쉽지 않았다. 저녁때 옥상에서 동네를 둘러보면 불이 켜진 집보다 꺼진 집이 더 많았다. 언젠가부터 활기찬 기운을 전혀 느낄 수 없는 동네로 바뀌었다.

동네는 재개발이 예정되어 있다. 집주인들은 머지않은 미래에 허물기로 예정되어 있는 집에 굳이 돈을 쓰려고 하지 않았다. 그 덕분에 이 동네 집들은 다른 동네보다 한층 빨리 낡아가고 있었다.

동네 분위기가 이렇다보니 전세든 월세든 세입자들은 낡은 집에 들어오는 걸 꺼려했고, 빈집이 늘어갔다. 그렇지 않아도 우중충한 동네였는데 빈집이 늘어나자 그나마 있던 세입자들도 편의시설과 방범이 더 좋은 곳으로 하나둘 떠났다. 지금은 정말 돈 없는 사람들만 모이는, 마지못해 들어오는 슬럼가 같은 동네로 전락해버렸다. 재개발을 위해 포클레인과 불도저가 언제 들어올지 정확히 알 수 없지만, 아마도 그 전에 이 동네사람들은 모두 사라져버릴 것이다. 할머니가 돌아가셨으니 나도 조만간 이 동네를 떠나게 될 테지만.

개가 컹컹대는 소리가 들렸다. 요사이 어디서 들어와 동네에 자리를 잡았는지 떠돌이 개들이 사람을 대신해서 동네를 활보하고 있었다. 저번에 옥상에서 무리지어 다니는 떠돌이 개들을 본 적이 있었다. 그들의 눈빛은 집에서 사람과 함께 사는 개들의 그것과 달랐다. 불안감과 적개심이 공존하는 섬뜩한 눈빛이었다. 나는 혹시 물리지나 않을까 하는 마음에 개 짖는 소리가 들리는 골목과 반대 방향으로 발길을 돌렸다.

떠돌이 개들을 피해서 걷다보니 어느덧 모텔촌으로 들어섰다. 모텔촌은 구시가지에서 그나마 제일 에너지가 넘치고 화려한 곳이다. 지금은 오전이라서 모텔의 네온사인은 모두 꺼져 있다. 길거리엔 수거를 기다리는 종량제 쓰레기봉투만 서로의 어깨를 맞대고 이방인처럼 늘어서 있다. 모텔촌은 밤이 되면 짙은 화장을 하고 자신의 진면목을 드러냈다. 친구 말에 의하면 모텔촌의 주고객은 구터널과 신터널을 통해 외지에서 들어오는 사람들이라고 했다. 모텔이 얼마나 대단한 곳이길래 먼 곳에서도 찾아오는지 이해할 수 없었다.

도로를 부유하듯 걷다보니 폐업한 병원이 눈에 들어왔다. 병원도 우리 동네와 마찬가지로 쇠락의 길을 걷다가 얼마 전문을 닫았다. 사람들이 떠나니 환자도 줄어드는 건 당연한 일이었다. 병원을 지나쳐 북쪽으로 10여 분을 걸으면 할머니와 자주 갔던 절이 나온다. 앞으로 혼자 갈 일은 없을 터이니 이번 기회에 절에 가서 형사들이 떠날 때까지 시간을 때우자는 생각이 불현듯 들었다. 절은 출입이 자유로우니까 혼자 찾아도 남의 이목을 끄는 일은 없을 것이다.

절은 그리 크지 않았다. 할머니는 절에 오면 항상 대웅전이라는 제일 큰 건물에 들어가 소원을 빌며 수없이 절을 했다. 할머니가 비는 소원은 대부분 아들과 관련된 것이었다. 나는 할머니와 절에 자주 왔어도 대웅전에 들어가본 적이 없었다. 건물 중앙에 가부좌를 틀고 앉아 있는 금빛 불상을 보면 왠지 속이 미식거리고 어지러웠다. 나는 할머니가 절을 하는 동안 할머니를 기다리며 대웅전 오른편에 있는 작은 건물 처마밑에 앉아 있곤 했다. 특별한 이유는 없었다. 그냥 처마끝에 대롱대롱 매달려 있는 풍경이 좋았다.

바람에 따라 쨍그랑거리는 소리가 귀에 거슬리기는 했지만, 풍경에 달린 물고기가 마음에 들었다. 바람에 흔들리며 물속을 유유자적 헤엄치는 듯한 물고기 모습이 눈을 사로잡았다. 처음에 절에 갔을 때에는 저 물고기 종류가 무엇일까, 먹으면 맛있을까 하는 허접한 생각을 했지만, 어느 날 할머니가 말씀해주신 풍경에 달려 있는 물고기의 의미를 듣고는 구도자가 되고 싶다는 허튼 생각도 잠시 해봤다.

풍경에 하필이면 왜 물고기가 매달려 있느냐 하면 말이다. 물고기는 항상 눈을 뜨고 있잖아. 그래서 언제나 눈을 뜨고 부정한 기운이나 화재로부터 절을 지키라는 의미가 있기 때문이야. 또 한 가지, 물고기처럼 눈을 감지 말고 항상 깨어 있는 자세로 부지런히 수행을 하라는 뜻이 있단다. 어때, 듣고 나니 풍경이 새롭게 보이지?

언제나처럼 오늘도 매일 앉던 자리에 앉아 풍경을 물끄러미 바라보고 있으니 할머니가 옆에서 풍경에 대해 설명해주던 그날이 생각났다. 할머니가 해주신 이야기를 생각하며 물고기 눈을 가만히 들여다보고 있자, 평생 눈을 감지 못하고 뜨고 있으면 굉장히 고통스러울 것 같다는 생각이 들었다. 세상에 보기 싫은 것과 피하고 싶은 것도 있을 텐데 말이다.

"웬일이니?"

할머니와 추억을 되새기고 있는데, 노란색 스웨터를 입은 할머니가 어느새 옆에 앉아 있었다. 이 절에서 무슨 일을 하는지 잘 모르지만, 절에 올 때마다 나타나서 나에게 잘생겼다고 칭찬을 해주던 할머니다. 정확한 정체는 알 수 없었지만, 할머니는 나에 대해서 많은 걸 알고 있었고, 엄마의 과거에 대해서도 이야기해준 적이 있었다. 지금 생각해보니 나는 대체로 노인들과 말이 잘 통하는 편인 거 같다.

"할머니는 돌아가셨어요."

"그렇구나. 좋은 분이었는데."

노란색 스웨터를 입은 할머니는 별로 놀라는 기색 없이 담담하게 말했다.

"여기 오는 것도 오늘이 마지막일 거 같아요."

나는 풍경에 매달린 물고기를 바라보며 말했다.

"그래, 할머니 없이 너 혼자 오긴 좀 그렇겠지."

"할머니는 여기에서 무슨 일을 하시는 거죠? 스님이나 보살님은 아니신 거 같고."

"글쎄다. 난 월영시에 아주 오래전부터 살았어. 그래서 월영의 과거와 현재를 모조리 알고 있다고 해야 할까. 여하튼, 난 여기에 항상 있는 건 아닌데, 네가 여기 올 때마다 나도 여길 오게 되네. 너와 인연이 있나보다."

"월영시의 과거와 현재를 알고 있다고요?"

"아마도?"

"하긴, 저를 살려주신 분이고, 엄마의 과거도 아실 정도의 능력이 있으신 분이니 그것도 가능하겠네요."

"네 어머니를 아직도 원망하니?"

"아니요."

나는 솔직하게 대답했다. 이 할머니에게는 숨길 것이 없었다. 나를 살려준 사람이니까.

노란색 스웨터의 할머니는 돌아가신 할머니와는 달랐다. 죽은 할머니와의 소통이 단방향 소통이었다면, 이 할머니와의 소통은 양방향 소통이었다. 그리고 이 할머니에게는 언제나 영험함이 느껴졌다.

"이제 원망 따위는 없어요. 처음엔 복수를 위해서 나를 죽인 엄마가 살고 있는 빌라를 찾아 자리를 잡았어요. 하지만 곁에서 엄마를 지켜보고, 저번에 할머니가 해준 이야기를 듣고는 복수는 부질없는 일이라고 느꼈어요. 뭐… 사람을 죽인다는 게 현실적으로 어려운 면도 있었고요."

"왜 생각이 바뀐 거야?"

"그땐 춥고, 아팠어요. 한겨울에 발가벗겨져 베란다에 내

동댕이쳐졌죠. 너무 추워서 몸을 최대한 움츠렸어요. 몇 시간이 흘렀을까 맨발을 통해 전해지는 바닥의 냉기를 도무지 참을 수 없었죠. 다리도 저렸고요. 그래서 웅크리고 앉으려고 했는데, 옷걸이로 맞은 허벅지와 종아리가 퉁퉁 부어 쪼그리고 앉을 수가 없었죠. 결국 다리를 꼿꼿이 편 채로 바닥에 앉았어요. 처음엔 바닥의 찬 기운이 맞은 부위의 통증을 가라앉게 해줘서 참을 만했어요. 그렇지만 그것도 잠깐이었어요. 찬 기운은 금세 온몸으로 퍼졌고, 앉지도 서지도 못하는 상황에 다다랐을 때는 울음조차 나오지 않았죠. 어린 나이였지만, 고통을 참을 수 없어서 베란다 밖으로 뛰어내릴 생각도 했었는데, 그것도 불가능했어요. 엄마가 밖으로 뛰어내리지 못하게 하려고, 내 목에 개줄을 묶어 수도꼭지에 단단하게 붙들어 맸기 때문이었죠. 고통의 끝은 오히려 평온했어요. 아무 생각도 없어지고, 차츰 깊은 잠이 들게 되었죠. 그런 죽음을 경험했으니 엄마도 나와 똑같은 죽음을 경험하게 해주고 싶었어요. 그런데 그 전에 엄마가 왜 그렇게 날 미워했는지 알고 싶었어요. 나중에 그 이유를 할머니를 통해 알고는 좀 허탈했지만, 나만큼 엄마도 불쌍한 사람이란 생각이 들었어요. 복수를 해봤자 자신의 잘못을 깨닫거나 후회할 사람이 아니었죠. 제대로 된 사랑을 받지 못한 사람이 사랑에 대해 뭘 알겠어요?"

"그래, 그런 생각하기 힘들었을 텐데 대견하구나. 너 때문에 걱정이 많았는데, 스스로 많은 것을 깨달았네. 부처님이 따로 없구나."

할머니는 온화한 얼굴로 나의 등을 천천히 쓰다듬어주었다. 돌아가신 할머니의 손길처럼 따뜻했다.

"엄마 과거를 이야기해주신 할머니 덕도 있었지만, 돌아가신 할머니 덕도 컸지요. 같이 밥 먹을 때마다 좋은 말씀을 많이 해주셨거든요. 아픈 일을 잊는 법, 사람을 용서하는 법, 스스로 사랑하는 법 등등이요. 아주 많은 이야기를 해주셨어요."

"아, 그랬구나. 그런데 네가 그렇게 좋아했던 할머니가 세상을 떠나서 이제 어떡하니."

"갑작스럽게 일어난 일이라 지금 뭘 해야 할지, 앞으로 어떻게 살아야 할지 막막하네요. 할머니랑 살면서 맛있는 음식도 많이 먹고 했었는데… 당장 오늘 끼니부터가 걱정이에요."

"너무 걱정하지 마. 이제 너도 많이 컸으니 네 앞가림을 스스로 할 수 있을 거다."

"그렇긴 하지요. 저도 여태 살아오면서 이것저것 어깨너머로 많이 배워 아는 것도 꽤 있어요. 요즘엔 유튜브도 있어서 그걸 시청하면서 요리하는 것도 배우고, 화장하는 것도 배우고요. 하지만…."

나는 여태 내가 살아온 햇수를 계산해봤다.

"전 아직 열다섯 살밖에 안 됐어요. 그런데 요사이 늙어가고 있다는 걸 느껴요. 감각도 그렇고 근력도 그렇고요. 돌아가신 할머니가 잘 챙겨주셨는데도 나이 먹는 건 어쩔 수 없나봐요."

"네 입에서 늙는다는 이야기가 나오니 좀 이상하구나. 외모는 아직 젊어 보이는걸?"

"할머니, 전 이 세상에서 얼마나 더 살 수 있을까요?"

"글쎄다."

"제가 또다시 죽으면 어디로 가나요?"

"아마도 이번엔 돌아가신 할머니가 계신 곳으로 가지 않을까?"

"아참, 우리 할머니는 좋은 곳으로 가셨나요? 특별한 능력이 있으니 그것도 아실 거 같은데."

"할머니가 비명에 가시긴 했지만, 지금은 편안한 곳에서 쉬고 계신단다. 너무 걱정하지 않아도 돼."

"아, 다행이네요!"

할머니가 누군가에 의해 죽음을 맞이했지만, 지금은 편히 계신다는 이야기를 들으니 기뻤다. 할머니의 안부를 확인하고 나니 할머니를 죽인 사람을 알고 싶었다.

"할머니를 죽인 사람을 알고 계시죠?"

"그건 왜?"

대답하는 할머니의 낯빛이 어두워졌다.

"누군가 죄를 지었으면 벌을 받아야죠. 범인이 누구인지 알려주세요. 경찰에 신고할 거예요."

"네가 신고를 한다고? 어떻게?"

할머니는 나를 훑어보며 말했다.

"그 일은 그냥 경찰에 맡겨. 경찰이 알아서 잘 처리할 거다. 네가 나설 일이 아니야. 그럼, 난 이만."

짧은 인사와 함께 옆에 앉아 있던 할머니는 자리에서 일어나서 대웅전 뒤편으로 난 산길을 향해 걸었다. 나는 시야에서 천천히 사라지는 노란색 스웨터를 응시했다.

시간이 꽤 흘렀다. 빌라에 있던 경찰은 모두 돌아갔을 것이다. 나는 왔던 길을 되돌아 집으로 향했다.

나는 골목 어귀에 다다라서 전봇대 뒤에 몸을 숨기고 빌라 주변을 살폈다. 오전에 죽음의 그림자가 드리워져 있던 빌라는 마치 아무 일도 없었던 것처럼 시치미를 떼고 여느 때와 같이 조용하게 서 있었다. 건장한 어깨들도 모두 경찰서로 복귀했는지 보이지 않았다.

"여기서 뭐해?"

나지막이 속삭이는 듯한 소리가 뒤통수에 와 달라붙었다.

"깜짝이야!"

"놀랬다면 미안."

내 뒤에 리어카를 끄는 백발노인과 같은 올블랙의 톰슨이 긴 속눈썹을 휘날리며 서 있었다.

"톰슨, 넌 이 시간에 여기 웬일이야?"

"할머니가 돌아가셨다는 소식을 듣고 위로해주려고 너희 집에 가는 길이었어."

톰슨이라는 이름은 제2차 세계대전에서 미군 장교가 사용하던 기관단총의 이름에서 따온 것이라고 했다. 톰슨은 자신의 이름에 대해 무척 자부심을 가졌다. 재빠르고 영리한 자신의 이미지와 딱 맞아떨어진다는 이유였다. 톰슨은 내가 이사 왔을 때 이미 이 동네에 살고 있었다. 누구보다도 활동적인 톰슨은 아는 친구도 많았고, 잘생긴 외모로 친구들로부터 인기도 많았다. 톰슨은 무슨 이유에서인지 날 처음 만났을 때부터 잘 챙겨줬고, 내 부탁을 한 번도 거절한 적이 없었다. 처음에는 동네에 하나씩 꼭 있는 붙임성 좋은 친구로만 생각했는데, 시간이 흐를수록 나를 대하는 톰슨의 태도가 예사롭지 않다는 것을 느꼈다. 톰슨은 나를 사랑하고 있었다. 나도차츰 톰슨을 좋아하게 되었다.

"역시, 너는 뭐든 빠르구나. 몇 시간 지나지 않은 일인데 벌써 알았다니 말이야."

"내가 괜히 톰슨이겠어. 그런데 널 아껴주셨던 할머니가 돌아가셔서 마음이 많이 아프겠다."

"나에게 사랑을 베풀어주신 분이셨는데, 예전에 나처럼 차가운 바닥에서 외롭게 세상을 떠나셨다는 게 더 마음 아파. 이럴 줄 알았으면 항상 할머니를 따라다니는 건데…. 어떤 놈이 할머니를 죽였는지 반드시 찾아내고, 꼭 복수해줄 거야."

"너무 자책하지 마. 네가 곁에 있더라도 이런 일을 어떻게 막겠어. 네 자그마한 몸집으로 말이야. 그런데 범인을 찾는 거야 그렇다 치고, 복수는 어떻게 할 건데? 그게 가능해?"

톰슨의 유일한 단점이라면 너무 현실적이라는 것이다.

"흐음."

하지만 톰슨의 지극히 현실적인 물음에 나는 어떤 대답도 할 수 없었다. 머릿속에 구체적인 계획은 그려지지 않았다. 머릿속에는 아까 절에서 봤던 풍경에 매달린 물고기의 뜬눈만 생각날 뿐이었다. 항상 눈을 뜨고 있어서 불운이 들어오는 걸 감시하고 막을 수 있다는 물고기. 물고기를, 아니 물고기의 뜬눈을 빌라 입구에 걸어놓았더라면 오늘 같은 비극을 막을 수 있지 않았을까 하는 비현실적인 생각만이 머릿속을 물고기처럼 헤엄치고 있었다.

"범인에 대해서는 내가 친구들과 알아볼게. 이 동네는 외지인 출입이 별로 없는 동네이니 평소 못 보던 차들이나 사람들이 너희 빌라 주변에서 목격된 게 있는지 먼저 알아봐야 할 거 같아. 너는 빌라 사람들을 조사해봐. 빌라에 같이 사는 사람이 저질렀을 수도 있으니까 말이야."

역시 톰슨은 영리했다. 나는 생각지도 못한 것들을 마치 형사처럼 금세 떠올렸다. 톰슨의 말대로 하는 게 옳을 것 같았다.

"친구들과 이번 일에 대해서 알아보고 밤늦게 옥탑방으로 갈게."

톰슨은 몸을 돌려 급하게 뛰어갔다.

빌라로 돌아온 나는 조심스럽게 계단을 오르며, 인기척이 느껴지는 집이 있나 살폈다. 이 빌라는 3층으로 내가 있는 옥탑을 제외하고는 한 층에 두 개 호수씩 총 여섯 개의 호수가 있다. 그중 네 가구만 사람이 살고, 나머지는 빈집이다. 201호에는 등하교시간이 일정치 않은 20대 초반 여대생이, 202호에는 저녁에 나가서 새벽 2시쯤에 들어오는 30대 중반의 여자가 살았다. 마지막으로 302호에는 40대 후반의 남자가 살았다. 예전에 할머니랑 몇 마디 나누는 걸 들었는데, 일정한 직업은 없고 가끔 편의점에서 알바를 하면서 사는 사람 같았다. 이 남자는 일을 할 때도 있고, 안 할 때도 있어 집에 있는 시간이 일정치 않았다.

지금 인기척이 느껴지는 집은 202호뿐이었다. 202호 여자는 항상 이 시간에 일어나 아점으로 라면을 끓여 먹었다. 오늘도 달그락거리는 소리와 함께 라면스프 냄새가 202호 앞을 맴돌았다.

그때 뜻하지 않은 곳에서 인기척이 느껴졌다. 그곳은 다름 아닌 할머니가 살던 102호였다. 현관문에 귀를 바짝 갖다 댔다. 집중하니 집안에서 말소리가 들렸다. 남녀가 대화를 하고 있었다. 건물 뒤편으로 돌아갔다. 환기 때문에 항상 열어 놓는 창문이 보였다. 나는 열린 창문을 통해 조심스럽게 베란다로 들어갔다. 베란다 쪽으로 뚫린 주방 창문을 통해 보니 남자와 여자의 모습이 보였다. 남자는 어디에서 본 사람인 것처럼 익숙한 얼굴이었다. 그 남자를 어디서 마주쳤는지 기억하려고 애를 썼다. 하지만 쉽게 기억나지 않았다.

"이야, 로또나 마찬가지네."

남자는 통장을 들춰보며 만족스러운 표정을 지었다. 남자가 들고 있는 통장은 할머니 것이다.

"통 장사가 안 돼서 가게 문을 닫을 판이었는데 이런 재수가 있나. 자그마치 1억이나 되네. 엄마가 가시면서 주는 마지막 선물이라고 생각해야겠어."

통장을 물끄러미 바라보고 있는 남자는 바로 할머니의 아들이었다. 할머니로부터 귀에 딱지가 앉을 정도로 이야기를 들었던, 서울에서 크게 장사를 한다는 외동아들이었다. 어째 얼굴이 익숙하다 했더니 할머니가 아들 이야기를 할 때마다 보여주던 사진 속 남자였다. 할머니 핸드폰에 저장해둔 사진은 아들 결혼식장에서 함께 찍은 기념사진을 핸드폰 카메라로 찍은 것이었다. 사진 속 아들을 나에게 보여줄 때마다 흐뭇한 표정으로 자랑하시던 할머니의 모습이 머릿속에 그려졌다. 할머니의 아들은 사진과 달리 살이 쪄서 볼이 불도그처럼 축 늘어졌고, 머리숱도 많이 없어진 탓에 한번에 할머니 아들인 줄 알아보지 못했다.

"엄마도 참 답답하시다니까. 예금이자도 얼마 되지 않는데 이런 돈을 은행에 넣어두다니 말이야. 진작 나한테 보태주셨으면 지금보다 더 좋은 곳에 가게를 얻었을 텐데. 그럼 장사도 잘됐을 테고 말이야. 하여간 노인네들은 머리를 쓸 줄 몰라."

"근데, 이 집 보증금은 얼마나 할까?"

남자 옆에 있던 여자가 얼굴을 찌푸리고 누렇게 변색된 벽지를 바라보며 말했다.

"집 꼬락서니를 봐. 이게 얼마나 하겠어."

"어서 계약서 찾아봐. 월세라면 모르겠지만, 전세라면 보증금이 최소한 천만 원은 넘을 거야. 어머니가 예전에 그랬잖아. 본인은 돈이 많지는 않지만, 그래도 평생 사글세로 살아본 적은 없다고 말이야."

"아, 그러네. 우리 엄마는 월세를 싫어했지. 월세는 매달 호주머니에서 돈을 빼가는 기분이라고 하면서 곧 죽어도 전세를 고집하셨어. 자기 말대로 이 집이 전세라면 보증금도 쏠쏠하겠네. 빨리 계약서를 찾아봐야겠다."

할머니 아들은 서랍장과 화장대를 차례대로 열었다.

"어머니 장례식 비용 나가는 건 나중에 그 보증금으로 벌충하면 되겠네."

여자가 말했다.

"장례식은 무슨 장례식. 엄마는 아는 사람도 별로 없어서 장례식장에 찾아와서 부조금 낼 사람도 없을 거야. 괜히 장례식장 빌리느라 돈 쓸 필요 없을 거 같아. 좋게 돌아가신 것도 아니잖아. 그냥 부검 끝나면 장례식 없이 바로 화장하자. 그게 깔끔하지. 아마 어머니도 그렇게 해주길 바라실 거야."

할머니 아들은 자신의 말에 스스로 고개를 끄덕였다.

"하긴, 장례식장에 조문객이 없어서 텅텅 비어 있으면 그것도 보기 안 좋더라. 그래, 자기 말대로 하는 게 좋겠다."

"아! 찾았다."

아들은 방금 장롱 서랍에서 찾은 계약서를 보며 말했다.

"오, 대단한데. 이런 지저분한 빌라 전세보증금이 무려 5천만 원이나 하네. 아무래도 엄마가 부동산 아저씨나 집주인한테 눈탱이 맞은 거 같은데. 생각보다 꽤 돼. 장례식 끝나면 주인한테 연락해서 바로 돈 빼야겠다."

아들 얼굴이 환해졌다.

"혹시."

여자가 미소를 띠며 말했다.

"혹시 뭐?"

"어머니 재산 말이야. 이거 말고 또 없겠지?"

"모르지. 그건 엄마 사망신고하고 은행에 가서 조회해보자고. 이거 말고 노인네가 저금해둔 돈이 더 있으면 정말 대박인데."

"그랬으면 좋겠다."

나는 아들내외의 이야기를 더 듣고 싶지 않았다. 할머니 집 베란다를 살며시 빠져나왔다. 옥탑으로 올라와 모포 위에 앉자마자 방금 들었던 할머니 아들과 며느리의 대화가 떠올랐다. 아무리 좋게 생각해도 할머니가 평소 말했던 능력 있는 데다가 살갑기까지 한 아들은 아니었다. 할머니가 거짓말을 하신 걸까. 아니면 아들이 변한 걸까.

답이 없는 생각을 계속하다보니 아래층에서 짙게 화장을 하고 밖에 나갈 준비를 하고 있을 엄마 모습이 떠올랐다. 집에서는 라면으로 끼니를 때우고, 매일 유튜브 뷰티 채널을 보며 어리게 보이는 화장법에 열광하는 술주정뱅이 엄마. 아마 오늘도 저녁에 나가 2시쯤 술과 담배 냄새에 찌들어 휘청대며 걸어올 게 뻔했다. 자신은 유튜브 뷰티 채널 진행자처럼 동안 얼굴로 화장이 됐을 거라 착각하겠지만, 화장으로 할머니 아들처럼 처지고 생기 잃은 피부를 가리기에는 역부족이었다. 실제 나이는 30대 중반이지만, 겉으로 보이는 모습은 40대 중반이었다. 그 사실을 모르는 건 엄마 자신뿐이었다.

노란색 스웨터 할머니로부터 들은 엄마의 과거 이야기를 돌이켜보면 지금 왜 이 모양으로 사는지 이해할 수 있었다. 내가 엄마란 사람에 대한 복수를 포기한 이유이기도 했다.

엄마는 직업도 없는 마약쟁이인 남자와 술집 종업원인 여자 사이에서 태어났다. 그 남자와 여자는 나에겐 할아버지, 할머니가 되겠지만, 나에겐 아무 의미도 없는 존재들이기 때문에 그냥 그 남자, 그 여자이다.

그 남녀는 당연히 술집에서 만났다. 엄마는 피임을 깜박한 그들의 사소한 실수로 태어난 천덕꾸러기였다. 맞는 도구만 달랐지, 매맞고 학대당한 건 나랑 똑같았다. 다만 나랑 다른 건, 다행인지 불행인지 모르겠지만, 아직 죽지 않았다는 거다. 남자는 엄마의 존재를 여자에게 들어서 알았고 실제로 본 적은 없었다. 그 여자는 기르다가 질려서 버리는 애완견처럼 보육원에 엄마를 버렸다.

엄마는 어려서 학대당한 경험 때문에 대인기피증이 있었지만, 마음속에서는 주제넘게도 사랑을 갈구하고 있었다. 그런데 엄마가 생각했던 사랑은 보통 사람들이 생각하는 그것과는 많이 달랐다. 엄마를 사랑해주는 남자친구가 여럿 있었는데, 그들 사이에서 뜻하지 않게 나를 낳았다. 엄마와 마찬가지로 나도 의도치 않은 실수로 태어났다. 그런 탓에 누가 내 아빠인지, 엄마와 나를 포함한 이 세상사람 누구도 알지 못했다.

이렇게 태어났으니 엄마에게 난 눈엣가시 같은 존재였다. 친구들과 놀러갈 때, 게임할 때, 술을 마실 때 나는 언제나 거추장스러운 존재였다. 자신의 앞길을 가로막는 장애물일 뿐이었다. 나를 보기만 하면 분노가 치밀어 올랐던 것이다.

나도 엄마 입장이었다면 똑같았을 것 같다는 생각도 해보았다. 사실 창피한 이야기지만, 내가 죽는 순간에도 엄마는 어떤 남자랑 안방에 같이 있었다.

엄마에 대한 복수를 포기한 지금도 아쉬운 마음은 여전하다. 키우기 싫었다면 핏덩이일 때 날 보육원에 버리는 게 오히려 좋았을 거라는 생각을 가끔 한다. 아직도 해외 입양이 있다는데, 만약 내가 해외로 입양되었더라면 톰슨처럼 폼나는 외국 이름, 이를 테면 그레이스나 올리비아 같은 이름을 가질 수 있었을 것이다. 할머니가 차려주던 음식보다 더 맛있는 음식도 많이 먹었을 거고, 유튜브 뷰티 채널을 보고 예쁜 화장을 한 후 친구들에게 한껏 뽐낼 수도 있었을 것이다.

이 모든 건 부질없는 상상이지만, 그런 상상을 하는 것 자체만으로도 내 삶의 활력소가 된다. 하지만 이런 상상을 할 날도 얼마 남지 않은 것 같다. 이 동네처럼 나날이 쇠락해가는 육체가 느껴진다. 아마도 몇 년 안에 다시 죽음을 맞이하게 될 거 같다.

누워서 이런저런 생각을 하다보니 설핏 잠이 든 것 같았다. 할머니의 죽음으로 신경이 곤두섰는지 잠든 사이에도 201호 대학생이 들어오는 하이힐 소리, 202호 엄마가 밖에 나가는 소리, 302호 남자가 먹방 유튜브를 보면서 혼잣말을 친구 삼아 소주 마시는 소리가 귓속으로 스며들었다.

얼마나 지났을까. 나를 부르는 소리가 들렸다. 톰슨이었다. 톰슨은 할머니가 폐지를 쌓아둔 주차장에 앉아 있었다.

"뭣 좀 알아낸 게 있어?"

"그날 사건을 목격한 친구를 찾았어."

"그래?"

"어제 새벽 3시쯤 차 한 대가 너희 빌라 주차장에 들어왔어."

"그 차에 누가 타고 있었어?"

"남자와 여자가 타고 있었는데, 여자는 너희 빌라에 사는 사람이야."

나는 두 남녀가 누군지 알 수 있었다.

"201호 여자와 남자친구!"

"그 차가 주차하려고 후진을 하려다가 마침 폐지를 묶어서 정리하고 있던 할머니를 칠 뻔했어."

"아….."

"여자가 먼저 내려서 할머니랑 몇 마디 하다가 언성이 높아졌고, 뒤이어 남자가 내렸어. 무슨 이유에서인지는 몰라도 남자가 할머니를 몇 대 때렸어. 할머니는 그대로 쓰러졌고 말이야. 할머니 상태를 확인한 남자는 차를 몰고 그대로 달 아났고, 여자는 아무 일도 없었던 것처럼 바로 집으로 들어 갔어. 너희 빌라 맞은편 옥상에서 내 친구가 목격한 거야."

"남자가 할머니를 왜 때린 거지?"

"그건 모르겠어."

201호 여자의 남자친구는 주차장에서 몇 번 본 적 있었다. 남자는 늦은 밤이나 새벽에 들어와 여자를 내려주곤 했는데, 여자와 나이 차이가 많이 나는 중년이었다. 나는 폐지더미 위에서 그들의 대화를 엿들은 적이 있었다. 그들의 대화는 매번 비슷했다. 여자는 누추한 빌라에서 더는 버티기 힘들다 는 이야기를 했고, 그때마다 남자는 조금만 더 기다려달라는 대답을 했다. 여자는 빌라가 싫다면서 애꿎은 할머니와 나에 대한 험담도 늘어놓았다. 빌라도 빌라지만, 우리 때문에 빌 라가 더 싫다는 것이었다.

나는 톰슨 이야기를 듣고 짚이는 게 있었다. 할머니와 여 자, 아니 여자와 나의 악연이 떠올랐다.

"톰슨, 고마워."

"이제 어쩔 건데?"

괴이한 미스터리

"글쎄."

"거 봐. 내 말이 맞잖아. 범인을 알아내도 우리는 할 수 있는 일이 없다니까. 되지도 않는 일에 괜히 힘쓰지 마."

"집에 올라가서 시간을 두고 곰곰이 생각해볼게."

나와 톰슨은 어두운 주차장에서 나와 빌라 현관으로 나란히 걸었다.

이때, 엄마와 정면으로 마주쳤다. 할머니 일에 신경을 쓰느라 톰슨과 나 모두 엄마의 발소리를 인지하지 못했다.

"앗, 깜짝이야! 이 개새끼들!"

엄마가 놀란 표정으로 욕지거리를 했다. 톰슨은 본능적으로 등을 곧추세우며 하악질을 했고, 난 난데없는 불청객의 등장에 얼음처럼 굳어 있었다.

"헤헷. 이건 개새끼들이 아니고, 고양이새끼들이구나. 내가 오늘 술이 과했나. 고양이가 개로 보이네. 히히히. 야, 이 새끼들아! 너희 발정나서 붙어 돌아다니는 거지? 재수없으니까 꺼져!"

엄마는 혼자 웃었다가 성을 냈다가 하면서 우리를 향해 발길질을 했다.

"어이쿠."

발길질을 하다가 몸의 중심을 잃은 엄마는 땅바닥에 철퍽 주저앉았다.

"아이, 젠장. 재수없는 고양이새끼들아! 니들까지 나를 무시하냐!"

엄마 입에서 진동하는 지독한 술내를 피해 우리는 주차장 어둠 속으로 몸을 숨겼다.

"할아버지."

나는 폐지를 자신의 리어카에 차곡차곡 싣는 올블랙 정장 할아버지를 뒤에서 조심스럽게 불렀다.

"어, 너는 야옹이 아니냐. 이른 시간에 여기 웬일이야. 할망구가 떠난 지 닷새나 됐는데, 혹시 경찰처럼 너희 할망구 폐지를 가져가지 말라는 소리를 하려고 이 시간에 여기 서 있는 건 아니겠지?"

나는 돌아가신 할머니의 모든 게 다 좋았지만, 딱 하나, 할머니가 붙여준 이름은 마음에 들지 않았다. 너무 촌스러웠다.

"옆에 있는 놈은 네 친구지?"

"네, 톰슨이에요."

"고놈 시커머니 잘생겼다. 옛날에는 너 같은 애들을 전령으로 잘 써먹었는데, 요즘은 세상이 변해서 고양이를 활용할 만한 일이 없어. 사람들이 많이 영악해졌거든."

"할아버지한테 부탁할 게 있어요. 예전부터 고양이인 저랑 말이 통하는 거로 봐서 할아버지도 보통 사람이 아니라는 걸 알 수 있었어요. 그래서 할아버지는 제 부탁을 들어줄 수 있는 능력이 있을 거 같아서 말씀드리는 거예요. 제 부탁 들어주실 수 있나요?"

"그런 부탁은 네가 잘 아는 할망구한테 하지 그러냐?"

"할머니는 돌아가셨잖아요."

"죽은 양반 말고, 노란색 스웨터를 입은 할망구 말이야."

"아! 그 할머니를 아시나요?"

"알고말고. 아주 오래전부터 알고 있었지. 맨날 내 일에 훼방 놓는 할망구야."

"알고 계셨군요. 그 할머니는 이런 부탁은 들어주실 거 같지 않아서 할아버지한테 부탁하는 거예요."

"무슨 부탁인데?"

"돌아가신 할머니와 관련된 일이에요. 복수하고 싶어요."

"내가 그런 능력이 있어 보여?"

"네, 할아버지한텐 그 할머니와 달리 음험한 기운이 느껴져요."

"허허. 고양이 몸에 갇힌 어린애 주제에 꽤 그럴싸하게 이야기하는군. 그럼, 내가 만약 네 부탁을 들어주면 너는 나를 위해서 뭘 해줄 수 있냐? 이것도 일종의 거래니까 말이야."

"할아버지도 원하는 게 있나요?"

"그렇지."

"말씀해보세요. 제 부탁을 들어주신다면, 저랑 옆에 있는 톰슨이 할아버지가 원하는 걸 해드릴게요."

"그놈, 당돌하구먼. 그래, 내가 원하는 걸 이야기해주지. 난 소일거리로 폐지를 모으지만, 따로 모으는 게 있어. 이 세상에서 저주받은 물건을 모으는 게 내 취미이자, 소명이지. 그걸 나에게 가져다줄 수 있겠니?"

"저주받은 물건이 뭐지요?"

"그걸 나한테 물으면 안 되지. 그건 네가 스스로 찾아야 해. 내 마음에 쏙 들 만한 물건으로 말이다. 아마 찾기 힘들걸. 허허허."

"흐음."

옆에 있던 톰슨은 나와 할아버지의 대화에 고개를 갸웃

괴이한 미스터리

했다.

"너 지금 이 할아버지랑 무슨 이야기 하고 있는 거야? 항상 느끼는 거지만, 이 할아버지 되게 위험해 보여. 이제 이야기 그만하고 가자."

자신은 알아들을 수 없는 나와 할아버지와의 대화가 길어지자 톰슨이 가자고 재촉했다.

"할망구가 엄청 부지런했구먼. 쌓아둔 폐지가 생각보다 많네. 이렇게 폐지를 팔아서 돈을 차곡차곡 모으면 뭐하나. 결국 자식놈이 와서 그 돈 다 털어먹고 있구먼. 그 돈 아끼지 말고 맨날 삼겹살이나 사서 구워 먹었더라면 좋았을 텐데 말이야. 안 그러냐, 야옹아? 너도 좋고 말이야. 허허허. 부지런한 할망구, 헛고생하셨수. 그래도 다행이네. 평소 밥 챙겨주던 하찮은 고양이가 할망구 복수를 한다고 나서니 말이야."

할아버지는 리어카에 폐지를 실으면서 혼잣말처럼 나와 죽은 할머니에게 말을 걸었다.

"이제 가야겠다. 오늘 짐을 다 못 실어서 다시 와야 할 거 같으니 정확히 내일 이 시간에 여기서 만나자. 내일은 나랑 거래할 물건도 가져와야 한다. 만약 가져오지 못하면 네 부탁은 못 들어준다. 야옹아, 알겠냐?"

올블랙의 할아버지는 통보하듯이 나에게 말하고는 리어카를 끌고 주차장을 빠져나갔다.

어둠이 세상을 완벽하게 지배하고 있는 시간이었다.

옥탑에서 건물 뒤편 배수관을 타고 내려오면서 302호 남자와 202호 엄마 집을 창문을 통해 들여다보고 왔다. 302호는 여느 때와 같이 핸드폰과 연결된 TV 속에서 유튜브 출연자가 혼자 떠들고 있었고, 남자는 소주병을 바닥에 일렬로 진열해놓은 채 소파에서 웅크린 채 잠을 자고 있었다. 202호도 마찬가지였다. 며칠 전 발길질을 하다가 넘어져 발을 접질린 엄마는 일을 나가지 못하고, 혼자 TV를 보면서 술을 마시다가 잠이 든 모양이었다. 새벽 3시. 이 빌라가 모두 깊이 잠드는 시간이었다.

"왔구나. 그래, 뭘 가지고 왔니."

먼저 와 있던 할아버지는 나에게 눈길 한 번 주지 않고 남은 폐지를 자신의 리어카에 옮겨 실으며 시큰둥하게 말했다.

"아직 못 찾았어요."

"흐흐. 그럼, 그렇지. 네깐 녀석이 그런 걸 물고 올 리가 없지. 사실 기대도 안 했다."

"대신 좋은 생각을 가지고 왔어요."

"생각?"

"네."

나는 머릿속에 그려둔 계획을 할아버지에게 말했다. 할아버지도 만족시키고, 할머니 복수도 할 수 있는, 그리고 나의 오래된 상상을 실현시킬 수 있는 계획.

"오호, 괜찮은데. 나도 간만에 좋은 물건 하나 건질 수 있겠구나."

내 이야기를 들은 할아버지의 눈이 커졌다.

또다시 새벽 3시. 빌라는 잠들어 있다.

나는 할아버지의 당부대로 톰슨과 함께 201호 뒤 베란다에 대기하고 있었다. 주차장에서 인기척이 느껴졌다. 새로운 삶의 시작을 알리는 신호였다. 열린 주방 창문을 통해 201호 안으로 들어갔다. 잠시 후 일어날 일을 전혀 모르는 톰슨도 내 뒤를 따랐다.

안방으로 들어가 곤히 잠들어 있는 여자 머리맡에 앉았다.

여자 숨결이 느껴질 정도로 얼굴을 가까이 들이밀었다. 나는 앞발로 여자 얼굴을 툭툭 쳤다. 고른 숨소리를 내며 잠에 빠져 있는 여자는 아무 반응도 없었다.

이번에는 발톱을 세우고 생채기가 나지 않을 정도로 여자의 감고 있는 눈을 쓱 긁었다. 여자가 움찔하더니 스르륵 눈을 떴다. 아직 잠에서 완전히 빠져나오지 못한 눈이 내 눈과 마주쳤다. 순간 여자의 동공이 커지는가 싶더니 자리에서 벌떡 일어났다.

"악!"

외마디 비명과 함께 여자가 용수철이 튕긴 듯 벌떡 일어나 거실로 나갔다. 나와 톰슨은 여자를 따라 황급히 거실로 나갔다. 나는 털을 바짝 세우고 등을 둥글게 말아 여자를 위협했다. 무슨 영문인 줄 몰랐지만, 톰슨도 나를 따라 낮은 울음소리를 내며 여자 주위를 맴돌았다.

"아악! 저리 가! 난 고양이가 싫단 말이야!"

여자가 울부짖기 시작했다.

"저리 가란 말이야!"

여자는 소파 쿠션을 우리에게 던지며 현관 쪽으로 몸을 피했다. 현관문에 기댄 여자는 더 피할 데가 없다는 걸 깨달았는지 맨발인 채로 현관문 손잡이를 잡아 돌렸다. 밖으로 도망칠 심산인 거 같았다. 이윽고 문이 열리고 여자가 밖으로 몸을 돌린 순간, 헉하고 숨이 막히는 소리가 들리더니 통나무처럼 뻣뻣하게 몸이 굳어 뒤로 자빠졌다. 넘어지면서 바닥에 머리를 찧는 소리가 집 전체를 울렸다. 그 소리를 듣고 여자가 죽지는 않았을까 걱정됐다.

현관에는 할아버지가 서 있었다. 집안으로 성큼 걸어들어온 할아버지는 무표정한 얼굴로 바닥에 나뒹그러져 있는 여자를 밟고 올라서 여자를 내려다봤다.

"눈 떠."

할아버지는 여자에게 짧게 명령했다.

여자가 눈을 떴다. 방금 전까지 소리를 지르던 여자는 없었다. 언제 그랬냐는 듯이 여자는 고른 숨소리를 내고 있었다. 할아버지가 여자의 몸을 밟고 서 있지만, 그 무게를 느끼지 못하는지 아니면 무게가 없는 것인지 여자는 평온한 상태였다. 여자의 눈은 마치 다음 명령을 기다리는 것처럼 할아버지 눈을 직시하고 있었다.

할아버지가 천천히 입을 열었다.

"왜 내게 그런 짓을 했는지 말해줘."

순간 온몸에 털이 곤두섰다. 할아버지 입에서 할머니의 음성이 흘러나왔다. 그뿐만이 아니었다. 어느 순간부터였는지 할아버지의 모습이 헌옷수거함에서 꺼내 온 색바랜 카디건과 등산바지로 어색하게 차려입은 평소 할머니 모습으로 바뀌어 있었다. 내 눈에 보이는, 내 귀에 들리는 건 분명히 할머니였다.

"난 이 빌라가 싫었어요. 부모님 몰래 쓴 카드빚 때문에 부모님이 마련해준 풀옵션 오피스텔을 정리하고 마지못해 흘러들어온 곳이지만, 처음엔 정을 붙이고 살려고 했어요. 근데 그게 쉽지 않았어요. 매일 술에 절어 사는 아줌마, 아저씨를 빌라에서 마주치는 것도 싫었고, 만날 울어대는 시끄러운 고양이한테 먹이를 챙겨주면서 미친 사람처럼 고양이한테 혼잣말을 하는 할머니도 꼴 보기 싫었어요. 노란색 줄무늬 고양이를 죽이면 울음소리와 할머니의 혼잣말을 듣지 않을 수 있을 거 같아 고양이 사료에 쥐약을 섞어서 주차장에 놓아둔 적도 있어요. 평소 고양이한테 싫은 내색을 했던 내가 고양이 사료를 주차장에 놓는 모습을 보고 할머니가 그 사료를 버려서 실패로 끝났지만요. 그리고 그 할머니가 주차장에 모아둔 폐지가 습기를 먹어 썩어가는 냄새도 싫었어요.

그 냄새를 맡으면 마치 내 폐가 썩어들어가는 느낌이었어요. 미안해요. 그날 일은 사고였어요. 뜻하지 않은 사고 말이에요. 차가 할머니를 칠 뻔했고, 나는 할머니에게 이 시간에 무슨 폐지 정리냐고 언성을 좀 높였을 뿐이에요. 그런데 할머니가 예전 쥐약 이야기까지 들먹이면서 내 성질을 자극했고, 나에게 욕을 했어요. 참다못해 아저씨가 차에서 튀어나와 할머니에게 손찌검을 한 거고요. 후회되고, 안타까워요. 아저씨가 좀더 일찍 다른 곳으로 옮길 돈을 지원해줬으면 좋았을 텐데. 그랬다면 저도 이곳을 떠났을 거고, 아저씨가 절 데려다줄 일도 없었을 거고, 할머니도 죽지 않았을 거예요⋯. 정말 미안해요."

여자는 모노드라마의 배우처럼 또렷한 목소리로 소름끼치도록 담담하게 자신의 이야기를 했다.

"단지 미안한 것뿐인가."

할머니 음성도 차분했다.

"사고였어요⋯. 그리고 할머니를 죽인 건 내가 아니에요, 아저씨지⋯."

"그렇군. 그런데 지금 네 목숨이 내 손아귀에 있는 건 알겠지?"

"네에."

"살고 싶니?"

"네에."

"그렇다면 살려주지. 네가 원하는 삶은 아니겠지만."

할머니는 주름지고 거친 손을 여자의 목에 가져갔다.

"야옹아, 내 곁으로 오너라."

할머니의 음성을 따라 옆으로 다가갔다.

여자의 목을 조이고 있는 손에 힘이 들어갈 무렵 할머니는 사라지고 할아버지가 다시 나타났다. 한동안 여자의 목을 힘껏 조이던 할아버지는 손을 뗀 후, 나를 확인하듯 바라보더니 여자를 들고 베란다로 나가 건물 뒤편에 휙 던져버렸다. 옆에 있던 톰슨이 몸을 부르르 떨었다.

"나 이제 이 빌라를 떠날 거야."

"갑자기 왜?"

"지긋지긋해서."

"맨날 똑같은 소리. 내가 여유가 생길 때까지 조금만 기다리라고 했잖아."

"더는 기다릴 수 없어. 정말 갈 거야."

"너, 돈 없잖아."

"돈 생겼어."

"그래? 어디서? 다른 남자 생겼어?"

"여기로 오면 이야기해줄게."

"내가 거길 어떻게 가. 아직도 경찰이 어슬렁거릴지 모르잖아."

"벌써 3주가 지났어. 남자가 무슨 걱정이 그리 많아. 그리고 이젠 여기에 경찰 따위는 없어."

"그래도 가기 싫어. 너 이사한다며? 이사 가면 집들이해. 그때 찾아갈게."

"아니, 꼭 여기로 와야 해. 안 오면 나랑 아저씨한테 불행한 일이 생길 거야."

"오늘 너 이상하다. 꼭 뭐에 홀린 사람 같아."

"여기로 오면 모든 게 다 해결되니까 걱정하지 말고 와."

"알았어. 갈게. 언제 갈까?"

"눈에 안 띄게 빌라 사람들이 모두 잠든 시간에 와. 새벽 3시."

"그래."

"현관문은 잠그지 않을 테니 그냥 열고 들어오면 돼."

통화종료 버튼을 누른 나는 입꼬리가 저절로 올라가는 걸 느꼈다.

그때, 노크와 함께 방문이 열렸다.

"누구랑 통화를 그렇게 오래하니. 밥 먹으라는 소리도 못 듣고 말이야. 어서 나와서 저녁 먹어라. 근데 너 요즘 조금 수상하다. 학기 중인데 수업도 안 가고 집에 올라와서 며칠씩 있으면서 방에 콕 틀어박혀 있고 말이야."

나의 새로운 엄마다. 같이 생활한 건 며칠밖에 되지 않지만, 술에 찌들어 사는 예전 엄마와는 전혀 다른 사람이라는 걸 대번에 느낄 수 있었다.

"별일 아니에요. 요즘 컨디션이 안 좋아서 엄마가 해주는 밥 먹고 푹 쉬려고 올라온 거예요. 조만간 다시 월영시 오피스텔로 내려갈 거니 걱정 마세요."

"별일이네. 엄마한테 안 쓰던 존댓말을 다 쓰고 말이야."

엄마의 말을 들으니 이젠 나도 가족으로서 이 집 분위기에 빨리 적응해야겠다는 생각이 들었다.

"쳇. 딸이 컨디션 안 좋다는데, 핀잔은. 내일 바로 내려갈 거니 걱정 말아. 나 전화 한 통만 더 하고 곧 나갈게."

서울 집에 올라오면서 빌라의 얼마 안 되는 가재도구는 정리했다. 그 아저씨가 현관문을 열면 나와 짐이 모두 사라진 휑한 빈집과 마주할 거다. 그리고 나 대신 기다리고 있는 톰슨과 동네 이방인들이 그 아저씨를 격하게 반길 것이다.

　"할아버지, 약속한 물건은 톰슨이 주차장 폐지더미 위에 올려둘 거니까, 시간 맞춰 찾아가시면 돼요."

　"알았다. 물건에 흠집 나지 않게 잘 가져오길 바란다."

　할아버지의 목소리에 묘한 기대감이 묻어 있었다. 할아버지와 짧은 통화를 마치고, 나는 거실로 나갔다.

　경찰로부터 전화가 왔다. 톰슨이 성공한 것이다.

　아저씨가 죽기 몇 시간 전 통화한 사람이니, 나를 찾는 건 당연했다. 난 엄마에게 월영시로 다시 내려간다고 하고 월영시 신시가지에 있는 커피숍에서 형사를 만났다.

　"어젯밤에 어디 계셨죠?"

　"서울 집에서 부모님과 함께 있었어요."

　"본인이 살던 빌라 201호에는 아무것도 없던데, 거처를 완전히 옮긴 건가요?"

"네. 짐을 모두 정리하고, 일주일간 서울에 있었어요."

"돌아가신 분하고 평소 전화 통화한 기록이 많던데, 둘이 무슨 사이죠?"

맞은편에 앉은 형사가 물었다.

"그 아저씨는 스폰서였어요."

"흐음, 그랬군요."

"그런데 어젯밤에는 그 사람하고 왜 통화를 한 거죠?"

"제가 헤어지자고 통보한 거였어요."

"갑자기 왜?"

"이제 이런 식으로 살면 안 될 거 같아서요. 그 아저씨는 카드빚 때문에 만나기 시작한 거였는데, 저 자신이 되게 초라해 보였어요. 그리고…."

"그리고?"

"그 아저씨는 살인자였어요. 1층 할머니를 죽인 살인자."

"네!?"

"할머니가 돌아가시고 며칠 지나서 저에게 실토했어요. 주차장에서 후진을 하다가 할머니를 칠 뻔했는데, 그 일로 할머니와 말다툼을 하다가 화가 나서 몇 대 때렸다고 하더군요."

"왜 저에게 그 사실을 알리지 않았죠? 제가 명함도 드렸잖아요."

"그 아저씨가 협박했어요. 그 사실을 다른 사람한테 알리면 내가 남자를 만나면서 용돈벌이를 하고 있다는 걸 부모님과 학교 친구들한테 알리겠다고 말이에요."

"그랬군요."

형사의 표정을 살피니 내 이야기를 의심하는 것 같지 않았다.

"그런데 그 아저씨는 왜 내가 살던 집에서 죽은 거죠?"

나는 짐짓 아무것도 모르는 척 물었다.

"글쎄요. 저희도 아직 정확히 알 수 없어요. 이번 사건이 좀 미스터리해서요."

"미스터리하다니요? 무슨 말씀이신지."

"피해자는 이미진 씨 맞은편에 사는 202호 아줌마의 신고로 발견됐어요."

"아, 그 노래방 도우미로 일하시는 여자분이요?"

"네. 그 여자분이 저녁 무렵 밖에 나가다가 201호 현관문 밑으로 새어나온 피를 보고 경찰에 신고했어요. 신고를 받고 출동한 경찰이 피해자를 발견했을 때 피해자는 아직 숨이 붙어 있었죠. 그런데 피해자 상태가 너무 괴기스러워서…."

"어땠길래요?"

"마치 맹수가 물어뜯은 것처럼 온몸의 살점이 뜯겨져 나가서 뼈가 드러날 지경이었어요. 그리고 두 눈도 사라졌습니다. 누가 깨끗이 도려낸 것처럼 없어졌어요. 출동한 지구대 경찰의 이야기를 들어보니 피해자는 그야말로 맹수가 사냥해서 먹다 버린 먹잇감의 모습이었다고 하네요. 그런데 그 상태로 숨이 붙어 있었다는 거 자체가 매우 미스터리한 일이었죠. 물론 병원으로 옮기자마자 사망하긴 했지만요."

"아… 너무 끔찍해요."

나는 새어나오는 웃음을 참으면서 일부러 얼굴을 찌푸리고 눈물을 흘려보려고 했지만, 눈물은 나오지 않았다. 하는 수 없이 고개를 숙이고 어깨를 들썩이며 흐느끼는 소리를 냈다.

***

나는 죽음의 전령이다.

이 일은 나의 직업이자 소명이다. 나는 세상에 태어나 처음 얻은 이 직업을 사랑한다. 지금 나란히 앉아 있는 나의 파트너 토미도 마찬가지다. 나는 토미를 사랑한다. 만약 토미가 없다면 죽음의 전령이라는 거창한 이름의 직업을 계속 영위하지 못할 것이다.

톰슨은 자신에게 주어진 삶의 만료일까지 충실하게 살다 죽었다. 할아버지가 지금의 나와 바꿔치기한 예전의 나였던 노란색 줄무늬 고양이도 죽었다. 베란다 밖으로 내던져진 그 고양이는 다리를 절룩이며 동네를 돌아다니다가 길고양이를 싫어하는 누군가가 놓아둔 쥐약 섞은 사료를 먹고 죽었다. 고양이로서의 삶에 익숙하지 않은 201호 여자가 부주의하게 아무거나 덥석 먹고 화를 당한 것이다.

지금 내 옆에 있는 토미는 톰슨의 아들이다. 토미라는 이름은 내가 지어주었다. 토미는 아버지의 일을 물려받았다. 내가 제물로 바쳐질 인간을 찾아내고 유인하면 토미는 자신의 아버지처럼 내가 원하는 대로 떠돌이 개들을 불러모으고, 제물이 된 인간의 공포에 질린 안구를 수거한다.

오늘 할아버지가 우리에게 모습을 드러낸 걸 보니 또 그 물건이 필요한가보다.

언젠가 할아버지가 나에게 해준 말이 생각난다.

공포가 아로새겨진 눈을 자세히 들여다보면 그 안에 회한과 후회 그리고 참회가 보인다고 했다. 자신은 그걸 보면 마음이 편안해진다고 했다.

하지만 그런 것들은 살아 있을 때는 보이지 않는다. 죽음의 순간에, 자신이 더는 피할 수 없는 막다른 골목에 다다랐다는 것을 깨달았을 때, 더는 변명이 통하지 않는다는 걸 깨달았을 때 비로소 그런 것들이 보이는 것이다.

한심한 인간들이 아닐 수 없다.

이 모든 일은 나의 삶을 연장해주는 대가로 내가 먼저 제안한 일이니 나는 앞으로도 할아버지가 바라는 대로 할아버지의 노예처럼 공포에 질린 눈을 수거해서 할아버지에게 바칠 것이다. 후회는 없다. 내가 자청한 일이니까.

이 일은 생각보다 굉장히 흥미롭고, 보람찬 일이다.

이 세상엔 없어져야 할 인간들이 너무 많다. 인간이란 진정한 반성을 할 줄 모르는 존재이다. 세상은 정화가 필요하다. 인간으로 태어나 인간답지 않은 5년의 짧은 삶과 죽음을 겪고 고양이 몸으로 다시 10년. 그리고 다시 인간이 되어 5년간 살면서 느낀 인간과 이 세상에 대한 나의 결론이다.

"다음 차례야."

나는 토미에게 아이패드 화면에 떠 있는 기사를 보여주었다.

'여중생을 수년간 상습적으로 집단 성폭행, 일부 피의자는 불구속, 여론의 뭇매 맞아.'

새까만 토미가 갸르릉거리며 나에게 다가와 머리를 비빈다.

이번에는 할아버지에게 드릴 선물이 여러 개일 것 같다.

기획 후기

김선민·괴이학회 회장

《괴이한 미스터리》는 한국추리문학의 전통을 이어온 한국추리작가협회와 괴담·호러 콘텐츠의 부흥을 위해 만들어진 괴이학회의 콜라보로 이루어졌습니다. 본래 미스터리, 추리, 호러는 떼려야 뗄 수 없는 관계이기에 괴이학회와 한국추리작가협회의 콜라보는 큰 시너지를 만들어낼 수 있을 것이라 생각했습니다.

더불어 《계간 미스터리》를 리뉴얼하여 새롭게 발간하게 될 스토리 전문 출판사인 나비클럽이 이 프로젝트에 동참하면서 더욱 힘을 얻게 되었습니다. 《괴이한 미스터리》를 통해 출판계에서 비선호 장르라 할 수 있는 미스터리, 추리, 호러에 대해 더 많은 분들이 관심을 갖고 장르적 재미를 느낄 수 있으면 좋겠습니다.

《괴이한 미스터리》는 '월영시'라는 기괴한 공간에서 일어나는 여러 가지 사건들을 다루고 있습니다. 월영시라는 무대는 괴이학회의 두 번째 도시괴담 앤솔러지인 《괴이, 도시》에 처음 등장한 도시입니다. 온갖 괴이들과 초자연적 존재들은 물론 이 어두운 기운에 끌려 흘러들어온 범죄자들까지 아우르는, 무슨 일이든 일어날 수 있는 곳입니다.

《괴이한 미스터리》에서는 이 월영시에서 일어나는 미스터리한 사건들에 초점을 맞춰보았습니다. 그 미스터리한 사건은 사람이 일으킨 것일 수도 있고, 인간이 아닌 다른 존재가 일으킨 것일 수도 있습니다.

또한 함께 고려한 것은 이 미스터리한 사건을 통해 우리 사회의 어두운 단면과 이로 인해 드러나게 되는 인간 심연의 공포를 다루고자 했습니다. 장르적 재미와 함께 작품을 읽고 나서 우리 사회 전반에 펼쳐져 있는 사회적 문제들 혹은 사각지대에 숨겨져 있어 인지하지 못하고 넘어간 사건사고들을 포착할 수 있는 시선을 담아내고자 했습니다.

'초자연 편'의 경우에는 《괴이한 미스터리》 시리즈의 작품들 중 '환상성'을 갖춘 작품들입니다. 괴이하고 미스터리한 소재 속에 몽환적인 분위기와 인간의 인지 범위로 파악하기 어려운 사건을 다루고 있습니다.

초자연 편의 이야기를 읽다보면 인간이라는 존재에 대해 다시 한 번 생각을 해보게 됩니다. 인간이 아닌 존재들의 시각에서 바라본 인간 혹은 우주적 존재의 입장에서 바라보는 인간은 하찮거나 혹은 불가해의 존재로 비쳐질 수 있을 겁니다. 초자연적인 현상과 초월적 존재에 대해 다루고 있지만 반대로 핵심은 인간에 대한 이야기라는 점을 주목해주시길 바랍니다.

한이 · 한국추리작가협회 회장

추리소설에 에드거 앨런 포가 있다면, 공포소설에는 H. P. 러브크래프트가 있죠. 그 이름은 몰라도 다음의 인용구는 여러분도 여러 곳에서 봤을지도 모릅니다.

"가장 오래되고 강력한 인간의 감정은 공포이며, 그중에서도 가장 오래되고 강력한 것이 바로 미지에 대한 공포이다."

어쩌면 이해할 수 없는 것이야말로 가장 공포스러운 존재일지 모릅니다. 그것은 인간에게 선의도 악의도 없이 그저 존재할 뿐인데도 말입니다.

요즘 이삼 십대에게는 아무런 희망도 없는 지금의 현실이 가장 이해하기 어렵고 공포스러워 보입니다. 허설 작가의 〈산다는 것은 끝없이 도망치는 것〉에 등장하는 '나'처럼 말이죠. 그이는 그저 '이곳'에서 도망쳐서 '4천5백짜리 전세 하나 얻고, 조금 쉬다가 재취업'하는 것이 바라는 것의 전부인데도 말입니다. 과연 '나'는 제목처럼 끝없이 도망칠 수 있을까요? 때때로 현실은 '나'에게만 악의를 갖고 있는 것처럼 보입니다.

실없는 소리입니다만, 반대인 작가의 〈이매지너리 프렌드〉를 읽으며 '코로나바이러스감염증-19' 이후에 생겼다는 프랑스의 농담이 떠올랐습니다. 자가 격리가 많아진 프랑스에서 벽이나 식물에게 말을 건네는 정도는 괜찮지만 대답을 하기 시작하면 얼른 병원으로 찾아오라고 했다는. 어린 송이의 말벗이 되어주는 그것이 내뿜고 있는 것은 선의일까요, 악의일까요?

제가 이번 《초자연》 편에서 가장 인상 깊게 본 작품 중 하나가 사마란 작가의 〈챠밍 미용실〉이었습니다. 아마 죽었다 깨어나도 이런 몽환적이고 따뜻한 작품을 쓰지 못하리란 것을 알고 있기 때문일 겁니다. 드라마 〈호텔 델루나〉를 연상케 하는 '챠밍 미용실'은 '낮에는 이승의 손님을 받고 밤에는 죽은 자들을 상대하는' 곳입니다. 혹시 우연히 들어간 그곳에서 당신에게 차를 권하거든 한 번 더 생각해보고 드시기를.

딘 쿤츠의 《팬텀》과 《겨울의 달》, 스티븐 킹의 〈미스트〉, 제임스 허버트의 《어둠》과 같은 작품들의 공통점이 무엇일까요? 모두 '다른 세계'에서 온 이질적인 존재를 다룬다는 것입니다. 흔히들 '코스믹 호러'라고 표현하죠. 김선민 작가의 〈수상한 알바〉 역시 같은 계열의 작품이라고 할 수 있습니다. 인간의 이기심은 '절대로 열어서는 안 되는 문'을 열어버리고, 그 너머를 엿본 친구는 돌아오지 못합니다. 언젠가 장편으로 확장된 작품이 보고 싶습니다.

〈죽음의 전령〉을 쓴 홍성호 작가는 현재 법원에서 양형조사관이라는 독특한 일을 하고 있습니다. 그 때문인지 평소 작품 스타일이 냉정하고 드라이한 편이었는데, 이번에는 전혀 다른 스타일의 작품이라 놀랐습니다. 한 번 더 놀란 것은 최근에 이슈가 된 아동학대 사건과 디테일까지 비슷하게 묘사되어 있다는 것이었습니다. 물론 원고를 읽은 것은 언론보도 한참 전이었습니다.

'초자연'적인 소재를 다룬다 해도, 그 속에 있는 것은 언제나 선의나 악의를 갖고 있는 인간입니다. 어쩌면 여전히 가장 이해할 수 없는 존재가 '인간'이기 때문이 아닐까 생각합니다.

공산당 선언

돋을새김 푸른책장 시리즈 **017**

공산당 선언 [개정판]

초판 발행 2010년 6월 28일
개정 3쇄 2019년 9월 10일

지은이 | 카를 마르크스 · 프리드리히 앵겔스
옮긴이 | 권혁
발행인 | 권오현

펴낸곳 | 돋을새김
주소 | 경기도 고양시 일산동구 중산동 1730-1 K시티빌딩 301호
전화 | 031-977-1854~5 팩스 | 031-976-1856
홈페이지 | http://blog.naver.com/doduls 전자우편 | doduls@naver.com
등록 | 1997.12.15. 제300-1997-140호
인쇄 | 금강인쇄(주)(031-943-0082)

ISBN 978-89-6167-231-3 (03160)
Korean Translation Copyright ⓒ 2010, 2015, 권혁

값 10,000원

돋을새김
푸른책장
시 리 즈
0 1 7

공산당 선언

마르크스 · 엥겔스 | **권혁** 옮김

돋을새김

철학자들은 세계를 다양하게 해석해왔을 뿐이다.
그러나 중요한 것은 세계를 변화시키는 것이다.

– 카를 마르크스

「공산당 선언」 런던 초판본 (1848)

카를 마르크스 Karl Marx 1818~1883

프리드리히 엥겔스 Friedrich Engels 1820~1895

14

II.

Proletarier und Kommunisten.

In welchem Verhältniß stehen die Kommunisten zu den Proletariern überhaupt?

Die Kommunisten sind keine besondere Partei gegenüber den andern Arbeiterparteien.

Sie haben keine von den Interessen des ganzen Proletariats getrennten Interessen.

Sie stellen keine besondern Prinzipien auf, wonach sie die proletarische Bewegung modeln wollen.

Die Kommunisten unterscheiden sich von den übrigen proletarischen Parteien nur dadurch, daß einerseits sie in den verschiedenen nationalen Kämpfen der Proletarier die gemeinsamen, von der Nationalität unabhängigen Interessen des gesammten Proletariats hervorheben und zur Geltung bringen, andrerseits dadurch, daß sie in den verschiedenen Entwicklungs-Stufen, welche der Kampf zwischen Proletariat und Bourgeoisie durchläuft, stets das Interesse der Gesammt-Bewegung vertreten.

Die Kommunisten sind also praktisch der entschiedenste immer weiter treibende Theil der Arbeiterparteien aller Länder, sie haben theoretisch vor der übrigen Masse des Proletariats die Einsicht in die Bedingungen, den Gang und die allgemeinen Resultate der proletarischen Bewegung voraus.

Der nächste Zweck der Kommunisten ist derselbe wie der aller übrigen proletarischen Parteien: Bildung des Proletariats zur Klasse, Sturz der Bourgeoisieherrschaft, Eroberung der politischen Macht durch das Proletariat.

Die theoretischen Sätze der Kommunisten beruhen keineswegs auf Ideen, auf Prinzipien, die von diesem oder jenem Weltverbesserer erfunden oder entdeckt sind.

Sie sind nur allgemeine Ausdrücke thatsächlicher Verhältnisse eines existirenden Klassenkampfes, einer unter unsern Augen vor sich gehenden geschichtlichen Bewegung. Die Abschaffung bisheriger Eigenthumsverhältnisse ist nichts dem Kommunismus eigenthümlich Bezeichnendes.

Alle Eigenthumsverhältnisse waren einem beständigen geschichtlichen Wechsel, einer beständigen geschichtlichen Veränderung unterworfen.

Die französische Revolution z. B. schaffte das Feudal-Eigenthum zu Gunsten des bürgerlichen ab.

Was den Kommunismus auszeichnet, ist nicht die Abschaffung des Eigenthums überhaupt, sondern die Abschaffung des bürgerlichen Eigenthums.

Aber das moderne bürgerliche Privateigenthum ist der letzte und vollendetste Ausdruck der Erzeugung und Aneignung der Produkte, die

auf Klassengegensätzen, die auf der Ausbeutung der Einen durch die Andern beruht.

In diesem Sinn können die Kommunisten ihre Theorie in dem einen Ausdruck: Aufhebung des Privat-Eigenthums zusammenfassen.

Man hat uns Kommunisten vorgeworfen, wir wollten das persönlich erworbene, selbsterarbeitete Eigenthum abschaffen; das Eigenthum, welches die Grundlage aller persönlichen Freiheit, Thätigkeit und Selbstständigkeit bilde.

Erarbeitetes, erworbenes, selbstverdientes Eigenthum! Sprecht Ihr von dem kleinbürgerlichen, kleinbäuerlichen Eigenthum, welches dem bürgerlichen Eigenthum vorherging? Wir brauchen es nicht abzuschaffen, die Entwicklung der Industrie hat es abgeschafft und schafft es täglich ab.

Oder sprecht Ihr vom modernen bürgerlichen Privateigenthum?

Schafft aber die Lohnarbeit, die Arbeit des Proletariers ihm Eigenthum? Keineswegs. Sie schafft das Kapital, d. h. das Eigenthum, welches die Lohnarbeit ausbeutet, welches sich nur unter der Bedingung vermehren kann, daß es neue Lohnarbeit erzeugt, um sie von Neuem auszubeuten. Das Eigenthum in seiner heutigen Gestalt bewegt sich in dem Gegensatz von Kapital und Lohnarbeit. Betrachten wir die beiden Seiten dieses Gegensatzes. Kapitalist sein heißt nicht nur eine reinpersönliche, sondern eine gesellschaftliche Stellung in der Produktion einnehmen.

Das Kapital ist ein gemeinschaftliches Produkt und kann nur durch eine gemeinsame Thätigkeit vieler Mitglieder, ja in letzter Instanz nur durch die gemeinsame Thätigkeit aller Mitglieder der Gesellschaft in Bewegung gesetzt werden.

Das Kapital ist also nicht persönliche, es ist eine gesellschaftliche Macht.

Wenn also das Kapital in gemeinschaftliches, allen Mitgliedern der Gesellschaft angehöriges Eigenthum verwandelt wird, so verwandelt sich nicht persönliches Eigenthum in gesellschaftliches. Nur der gesellschaftliche Charakter des Eigenthums verwandelt sich. Es verliert seinen Klassen-Charakter.

Kommen wir zur Lohnarbeit.

Der Durchschnittspreis der Lohnarbeit ist das Minimum des Arbeitslohns, d. h. die Summe der Lebensmittel, die nothwendig sind, um den Arbeiter als Arbeiter am Leben zu erhalten. Was also der Lohnarbeiter durch seine Thätigkeit sich aneignet, reicht blos dazu hin, um sein nacktes Leben wieder zu erzeugen. Wir wollen diese persönliche Aneignung der Arbeitsprodukte zur Wiedererzeugung des unmittelbaren Lebens keineswegs abschaffen, eine Aneignung, die keinen Reinertrag übrig läßt, der Macht über fremde Arbeit geben könnte. Wir wollen nur den elenden Charakter dieser Aneignung aufheben, worin der Arbeiter nur lebt, um das Kapital zu vermehren, nur so weit lebt, wie es das Interesse der herrschenden Klasse erheischt.

In der bürgerlichen Gesellschaft ist die lebendige Arbeit nur ein Mittel, die aufgehäufte Arbeit zu vermehren. In der kommunistischen

「공산당 선언」 독일어판 서문

독일 트리어에 있는 마르크스의 생가
현재 마르크스 박물관으로 일반에게 공개돼 있으
며 마르크스의 유품, 원고, 편지 등이 전시돼 있다.

독일 부퍼탈에 있는 엥겔스의 생가
1820년 엥겔스가 태어난 부퍼탈은 섬유, 기계, 인쇄기 등의 제조업이 발달
한 산업의 중심지였다.

마르크스와 엥겔스의 동상

런던 하이게이트 묘지에 있는 마르크스의 묘

묘비에는 「공산당 선언」의 마지막 문장인 "전 세계 노동자들이여, 단결하라"라는 문구가 쓰여 있다.

젊은 시절의 엥겔스(왼쪽)와 마르크스(오른쪽)

마르크스와 그의 아내 예니
가난한 혁명가의 아내였지만 헌신적이었던 예니는
누구보다 든든한 마르크스의 지원군이었다.
1882년 아내 예니가 병으로 죽자 큰 충격을 받은
마르크스는 그 다음 해 숨을 거두었다.

엥겔스와 마르크스의 가족사진
마르크스와 엥겔스, 그들은 서로가 없
었다면 어떠한 연구 실적도 남기지 못
했을 정도로 가장 가까운 친구이자 동
료였다.

「민중을 이끄는 자유의 여신」, 외젠 들라크루아, 1830년 작(위)
「시민들에게 공격받는 바스티유 감옥」, 장 피에르 휴엘, 1789년 작(아래)

1789년 프랑스에서 일어난 거대한 시민혁명은 프랑스는 물론, 이후 전 세계에까지 큰 영향을 미쳤다. 프랑스혁명은 왕족과 귀족에게 몰려 있던 힘이 시민에게로 옮겨가게 되는 전환점이 된 혁명으로, 마르크스와 엥겔스의 사상에도 큰 영향을 미쳤다.

영국과 세계의 산업혁명을 촉진한 제임스 와트의 증기기관

산업혁명

산업혁명은 거대한 자본의 부흥을 가져왔으나, 인간을 기계의 부품으로 전락시키고 말았다.

산업화로 오염된 도시의 모습

산업이 발달하면서 도시에는 거대한 공장들이 들어서기 시작했다. 공장 굴뚝에서 나오는 연기는 하늘을 시커멓게 만들었으며, 하수구로 배출되는 폐수는 도시의 물을 오염시켰다.

길을 가득 메운 노동자들의 모습

수천 명의 노동자들은 이른 아침부터 일을 하기 위해 집을 나섰으며, 하루에 14시간이라는 장시간 노동을 해야만 했다.

어른들과 함께 일하는 어린아이들
생계를 유지하기 위해 어린아이들조차도 산업 현장에서 일을 해야만 했다.

THE STRONG MAN: A CARTOON FOR LABOUR DAY
May." Yes, there can be no doubt about your strength if you can support all those; but don't you think it's time to take a holiday?"

노동자의 현실을 그린 그림

19세기 영국을 대표하는 일러스트레이터 월터 크레인의 작품들.
쓰러져 있는 노동자의 피를 빨고 있는 자본주의란 흡혈귀, 넘칠 정도의 이익과 땅을 품에 안고 서는 고용되지 못한 어린아이를 쫓아내는 여자, 이윤과 이득을 품에 가득 안고 여유로운 표정으로 늙은 노동자 위에 얹아 있는 세 명의 귀족을 표현한 이 그림들은 노동자의 비참한 현실을 그대로 전해주고 있다.

산업화가 진행될수록 노동자들의 삶은 피폐해져만 갔다. 그들이 먹고 마시는 것은 오염된 것이었으며, 얼굴에는 늘 어둠이 짙게 깔려 있었다. 또한 어린아이들은 생계를 위해 마치 상품처럼 노동자로 팔려나갔다.

DEATH'S DISPENSARY.
OPEN TO THE POOR GRATIS BY PERMISSION OF THE PARISH.

자본가들은 더 많은 이윤을 얻기 위해 노동자들이 받는 임금보다 훨씬 더 많은 일을 시키거나 일한 것에 비해 너무나도 적은 임금을 주면서 노동자들을 착취했다.

서문

당시의 상황에서는 당연히 비밀 조직일 수밖에 없었던 국제 노동자 단체인 공산주의자 동맹은 1847년 11월 런던에서 개최된 회의에서 세상에 공표하기 위한 이론적이며 실천적인 당 강령을 작성할 것을 아래에 서명한 우리에게 위임했다. 다음 『선언』은 그렇게 해서 작성된 것이며, 우리는 (1848년 프랑스의) 2월 혁명이 일어나기 몇 주 전에 인쇄를 위해 원고를 런던으로 보냈다.

독일어로 처음 출판된 『선언』은 독일과 영국 그리고 미국에서 적어도 12종의 독일어 판본이 재출판되었다. 영어로는 1850년 런던에서 헬렌 맥팔레인의 번역으로 『붉은 공화주의자』에 처음으로 발표됐으며, 1871년에는 적어도 3종의 서로 다른 번역본들이 미국에서 출

판되었다. 프랑스어 판본은 1848년의 6월 봉기 직전에 처음으로 파리에서 선보였으며, 최근에는 뉴욕의 『사회주의자』에 수록되었고, 현재 새로운 번역본이 준비 중에 있다. 폴란드어 판본은 독일에서 처음 출판된 직후에 런던에서 출판되었다. 러시아어 번역본은 1860년대에 제네바에서 출판되었다. 덴마크어로는 『선언』이 처음 발표된 직후에 번역되었다.

지난 25년 동안 상황이 아무리 많이 변화되었다 해도, 이 『선언』에 작성해놓은 일반적 원칙들은 오늘날에도 대체적으로 타당하다. 물론 여기저기 몇몇 세부적인 내용은 개선되어야 할 것이다. 『선언』 자체가 설명하고 있듯이, 그러한 원칙들의 실천적 적용은 언제 어디에서나 당대의 역사적 조건들에 좌우될 것이다. 그렇기 때문에 2장의 말미에서 제안된 혁명적 조치들을 특별히 강조하지는 않는다.

오늘날 이 구절들은 여러 가지 면에서 전혀 다르게 작성되어야 할 것이다. 1848년 이후 현대 산업이 보여준 엄청난 발달과 그와 함께 개선되고 확장된 노동계급 조직의 관점, 처음에는 2월 혁명에서 그리고 더 나아가 프롤레타리아가 처음으로 두 달 동안 정치권력을 장악했던 파리코뮌을 통해 얻은 실제적인 경험에 비추어볼 때, 이 강령의 일부 세부 항목은 시대에 뒤떨어져 있다. 특히 '노동계급은 단

순히 기존의 국가기구를 장악하여 그것을 자신의 목적만을 위해 운용할 수 없다'는 것이 코뮌에 의해 증명되었다(1871년, 『프랑스 내란: 국제 노동자 협회 총평의회의 격문』에 이 점이 더 깊이 논의되어 있다).

더 나아가 사회주의 문헌에 대한 비판은 1847년까지 발표된 것들만을 다루고 있으므로 현재와 관련해서는 미흡하다는 것이 자명하다. 또한 다양한 반대 정당들에 대한 공산주의자들의 태도를 언급한 부분(4장)도 비록 원칙적으로는 옳지만, 정치 상황이 전적으로 달라졌으며 그곳에 열거된 당파들이 역사의 진전에 따라 대부분 지상에서 사라져버렸기 때문에 시대에 뒤떨어진 내용이 되었다.

그렇다 해도 이 선언은 더 이상 우리가 고쳐 쓸 권한이 없는 역사적인 문서가 되었다. 이후에 출판될 판본에는 아마 1847년부터 현재까지의 간격을 메워줄 서론이 수록될 것이다. 하지만 이 판본은 예상치 못했던 것이어서 우리에겐 서론을 작성할 시간이 없었다.

카를 마르크스와 프리드리히 엥겔스
1872년 6월 24일, 런던

들어가는 말

하나의 유령이 유럽을 떠돌고 있다 – 공산주의라는 유령이다. 교황과 차르, 메테르니히[1]와 기조[2], 프랑스의 급진파와 독일의 경찰 등 낡은 유럽의 모든 세력들이 이 유령을 몰아내기 위해 신성동맹을 맺었다.

권력을 쥐고 있는 상대로부터 공산주의라 비난받지 않았던 반정부당이 있었던가? 그 반정부당 역시 자신들에게 반대하는 당은 물

---

1. 메테르니히(1773~1859): 오스트리아의 정치가, 수상. 19세기 초 유럽 전역에서 타올랐던 자유주의, 사회주의 운동을 탄압했으며 흔히 보수 반동 정책의 대명사로 불린다. 1848년 독일 3월 혁명 직후 영국으로 망명했다.

2. 기조(1787~1874): 프랑스의 정치가, 역사가. 7월 왕정(1830~1848) 밑에서 수상을 지냈으며 대부르주아 계급의 이익을 옹호하는 보수적인 내정과 외교를 폈다.

론, 조금 더 진보적인 반정부당을 향해 공산주의라는 비난 섞인 낙인을 되돌려주지 않은 적이 있었던가?

이러한 사실로부터 다음과 같은 두 가지 결론이 도출된다.

1. 공산주의는 유럽의 모든 세력들로부터 이미 하나의 세력임을 인정받고 있다.
2. 지금이야말로 공산주의자들이 전 세계를 향해 공개적으로 자신들의 견해와 목적과 취지를 발표하고, 공산주의라는 유령에 대한 옛이야기에 당 자체의 선언으로 맞서야 할 최적의 시기이다.

이러한 목적을 위해 다양한 국적의 공산주의자들이 런던에 모였으며, 영어·프랑스어·독일어·이탈리아어·플랑드르어 그리고 덴마크어로 발표하기 위해 다음과 같은 『선언』의 초안을 작성했다.

1장
부르주아와 프롤레타리아

지금까지 존재했던 모든 사회의 역사는 계급투쟁의 역사다.

자유민과 노예, 귀족과 평민, 영주와 농노, 길드의 장인과 직인職人 등 한마디로 말해 언제나 적대 관계에 있던 억압자와 피억압자는 때론 은밀하고 때론 공공연하게 끊임없는 투쟁을 벌여왔으며, 이 투쟁은 매번 사회 전체가 혁명적으로 재편되거나 다투던 계급들이 함께 몰락하는 것으로 끝이 났다.

우리는 각 시대마다 다양한 서열로 이루어진 복잡한 사회제도와 사회적 계급의 다양한 계층이 있었음을 알 수 있다. 고대 로마에는

귀족과 기사, 평민과 노예가 있었고, 중세에는 봉건영주와 가신家臣, 길드의 장인과 직인 그리고 농노가 있었으며, 또한 이러한 계급들에 종속된 계층이 있었다.

봉건사회의 몰락으로부터 싹을 틔웠던 현대 부르주아 사회는 계급 간의 반목을 없애버리지 못했다. 부르주아 사회는 단지 낡은 것들을 대치하는 새로운 계급, 새로운 억압의 조건 그리고 새로운 투쟁의 형태들을 확립했을 뿐이다.

하지만 우리 시대, 즉 부르주아의 시대는 계급 간의 적대 관계를 단순화했다는 뚜렷한 특징을 지니고 있다. 사회는 점점 더 직접적으로 대립하는 부르주아와 프롤레타리아라는 두 개의 커다란 계급, 두 개의 커다란 적대 진영으로 분열되고 있다.

중세 농노로부터 초기 자치도시의 공민公民이 생겨났으며, 이러한 공민들로부터 부르주아 계급의 기초 요건들이 발전되었다.

아메리카 대륙과 아프리카 항로航路의 발견은 부상 중이던 부르주아 계급에게 신천지를 열어주었다. 동인도와 중국 시장, 아메리카의 식민지화, 식민지들과의 교역, 교환 수단과 상품의 증가는 상업과 항해술과 공업에 그 전에는 전혀 겪어보지 못한 충격을 주었으며, 비틀거리고 있던 봉건사회 내의 혁명적 요건을 급격히 발전시켰다.

폐쇄적인 동업조합이 공산품을 독점했던 봉건적 공업 경영 방식으로는 더 이상 새로운 시장의 커져가는 요구를 충족시킬 수 없었으므로, 매뉴팩처가 그 자리를 대체했다. 동업조합의 장인들은 제조에 종사하는 중간계급에게 밀려났으며, 개별적인 동업조합 사이의 분업은 개별적인 작업장 간의 분업으로 사라져버렸다.

그러는 동안 시장이 지속적으로 확장되고 수요가 계속 늘어나자, 매뉴팩처로도 더 이상 수요를 충족시킬 수 없게 되었다. 게다가 증기와 기계가 공업 생산에 혁명을 일으켰다. 거대한 현대적 공업이 매뉴팩처의 자리를 차지하게 되었으며, 공업에 종사하던 중간계급의 자리는 공업에 종사하는 백만장자들과 전체 공업 진영의 우두머리들, 즉 현대 부르주아들의 차지가 되었다.

현대 산업은 아메리카 대륙의 발견으로 세계 시장을 확립하게 되었다. 세계 시장은 상업과 해운, 육상 교통을 엄청나게 발전시켰다. 그리고 이러한 발전이 이번에는 공업의 확장에 영향을 끼쳤다. 부르주아 계급은 공업, 상업, 해운, 철도가 확장되는 규모와 함께 발전하여 자본을 증대시키며 중세 시대부터 세습돼오던 모든 계급을 뒷전으로 밀어내버렸다.

그러므로 우리는, 현대 부르주아 계급 자체가 기나긴 발전 과정의

산물이며, 생산과 교환 방식에서 발생한 혁명의 산물이라는 것을 알수 있다.

부르주아 계급의 발전 단계마다 이 계급의 정치적 발전이 수반되었다. 봉건귀족의 지배하에서는 억압받는 계급이었고 중세의 코뮌에서는 무장한 자치단체였으며, 어떤 곳에서는(독일과 이탈리아에서와 같이) 독립적인 도시 공화국이었고 또 다른 곳에서는(프랑스에서와 같이) 납세의무를 지닌 군주 국가의 제3신분이었다. 그 후 진정한 매뉴팩처의 시기가 되었을 때는 반봉건제 혹은 전제군주국의 귀족에 맞서는 세력이 되었다. 그리고 대군주 국가의 실질적인 토대였던 부르주아 계급은 마침내 현대 공업과 세계 시장이 형성된 이후 현대 대의제 국가에서 독점적인 정치적 지배권을 스스로 쟁취했다. 현대 국가의 권력은 전체 부르주아 계급의 공동 관심사를 처리하는 위원회에 지나지 않는다.

부르주아 계급은 역사적으로 가장 혁명적인 역할을 수행했다.

지배권을 획득한 부르주아 계급은 어디에서나 모든 봉건적·가부장적·목가적牧歌的 관계를 종식시켰다. '타고난 상전들Natural Superiors'에게 사람들을 얽매어놓았던 잡다한 봉건적 속박을 냉정하게 갈기갈기 끊어놓았으며, 사람과 사람 사이에는 노골적인 사리사

욕과 무정한 '현금 계산' 외에는 아무런 관계도 남겨두지 않았다. 그들은 종교적 열광, 기사적騎士的 열중, 속물적 감상주의 등의 거룩한 황홀경을 이기적 타산이라는 얼음처럼 차가운 물속으로 빠뜨려버렸다. 부르주아 계급은 사람의 인격적 가치를 교환가치로 변형시켜버렸으며, 무수히 많은 공인된 자유를 단 하나의 부당한 자유인 자유무역으로 대체해버렸다. 한마디로 말해 종교적·정치적 환상으로 가려져 있던 착취를 적나라하고 파렴치하며 직접적이고 잔인한 착취로 대체한 것이다.

부르주아 계급은 사람들이 경외심을 품고 우러러보던, 존중받아온 모든 직업들의 후광을 없애버렸다. 그들은 의사, 법률가, 성직자, 시인, 학자들을 자신들에게서 임금을 받는 노동자로 전락시켰다.

부르주아 계급은 가족을 감싸고 있던 감성적 장막을 갈가리 찢어없애, 가족 관계를 단순한 금전 관계로 격하시켜버렸다.

부르주아 계급은 반동주의자들이 그토록 칭찬하는 중세 시대의 야만적인 힘의 과시가 어떻게 지극히 나태한 게으름으로 적절히 보완되어 실현될 수 있었는지를 들추어냈다. 부르주아 계급은 인간의 활동이 어떤 일을 해낼 수 있는지를 처음으로 보여주었다. 그들은 이집트의 피라미드나 로마의 수도교水道橋 그리고 고딕 양식의 성당

을 훨씬 뛰어넘는 불가사의를 이루어냈으며, 그 전에 있었던 민족의 대이동이나 십자군 원정을 무색하게 만드는 원정을 수행했다.

부르주아 계급은 생산도구의 변혁과 그에 따른 생산관계 그리고 전체 사회관계의 끊임없는 혁신 없이는 존재할 수 없다.

이와는 달리 과거 모든 산업 계급들의 우선적인 생존 조건은 변화 없이 낡은 생산양식을 고수하는 것이었다. 생산의 지속적인 변혁, 모든 사회 조건들의 끊임없는 교란, 영속적인 불확실성과 선동은 부르주아의 새 시대를 그 이전의 모든 시대와 구별해준다. 단단히 굳어버려 고정된 모든 관계는 아주 오래전부터 존중되어온 일련의 관념이나 견해와 함께 일소되며, 새로 생겨나는 것들조차 미처 골격을 갖추기도 전에 모두 낡은 것이 되고 만다. 확고하게 정립돼 있는 것들은 모두 허공으로 사라져버리고, 신성한 것들은 모두 더럽혀지며, 인간들은 마침내 냉철한 판단으로 자신의 현실적인 삶의 조건들과 인류와 자신의 관계를 정면으로 마주할 수밖에 없게 된다.

생산품 판매를 위한 끊임없는 시장 확대의 필요성은 부르주아 계급을 지구상의 모든 곳으로 내몰고 있다. 이들은 모든 곳에 다가가야 하고, 정착해야 하며, 모든 곳에서 관계를 확립해야만 한다.

부르주아 계급은 세계 시장의 개척을 통해 모든 나라의 생산과 소

비에 범세계적인 성격을 부여했다. 보수주의자들에게는 매우 유감스럽게도 부르주아 계급은 산업이 딛고 서 있던 민족적 기반을 그 발밑에서 빼내버렸다.

오래전부터 정립돼 있던 민족적 산업들은 이미 파괴되었거나 일상적으로 파괴되고 있는 중이다. 이 민족적 산업들은 더 이상 토착 원료가 아닌 가장 멀리 떨어진 지역에서 가져온 원료를 가공하며, 국내뿐 아니라 지구상의 모든 지역에서 그 생산물이 소비되는 새로운 산업에 의해 쫓겨났다. 그리고 이러한 새로운 산업의 도입은 모든 문명국들의 사활이 걸린 문제가 되었다.

자국의 생산물로 충족되었던 과거의 욕구 대신, 우리는 멀리 떨어진 낯선 풍토의 생산물을 요구하는 새로운 욕구를 확인하게 된다. 과거의 지역적이고 민족적인 고립과 자급자족 대신 모든 방면의 상호 교류와 국가들의 보편적 상호 의존이 나타난다. 물질적 생산뿐 아니라 정신적 생산에도 똑같은 현상이 일어난다. 개별 민족의 정신적 창조물은 공동의 자산이 된다. 민족적 편향성과 편협성은 점점 더 불가능해지며, 수많은 민족과 지역의 문학으로부터 하나의 세계 문학이 나타나게 된다.

부르주아 계급은 모든 생산도구의 급격한 개선과 한없이 편리해

지는 교통수단을 통해 모든 국가들을, 가장 미개한 국가들조차도 문명화로 이끌어간다.

부르주아 계급이 생산해낸 값싼 상품들은 모든 만리장성을 무너뜨리고 외국인에 대한 야만인들의 완고한 증오까지도 항복하게 만드는 엄청난 중포병 부대이다. 부르주아는 모든 국가들에게 사멸死滅되고 싶지 않다면 부르주아적 생산양식을 받아들이라고 강요한다. 자신들이 문명이라고 부르는 것을 받아들일 것을, 즉 부르주아가 될 것을 강요하는 것이다. 한마디로 말해 부르주아들은 자신들의 형상을 닮은 세계를 창조하고 있다.

부르주아 계급은 농촌이 도시의 지배를 받도록 만들었다. 거대한 도시를 만들어내 농촌인구에 비해 도시인구를 엄청나게 늘렸으며, 인구의 상당 부분을 농촌 생활의 우매함으로부터 구해냈다. 또한 농촌을 도시에 의존하도록 만들었듯이, 미개국과 반半미개국들을 문명국에, 농업 국가를 부르주아 국가에, 동양을 서양에 의존하도록 만들었다.

부르주아 계급은 인구와 생산수단 그리고 자산이 뿔뿔이 흩어져 있는 상태를 없애버리려고 노력하고 있다. 생산을 한 덩어리로 만들고, 자산을 소수의 손아귀에 집중시켰다. 이러한 과정의 필연적 결

과는 정치의 중앙 집중화였다. 서로 다른 이해관계와 법률, 별도의 정부와 조세제도를 갖추고 독립적으로 존재하거나 느슨하게 연결돼 있던 지역들을 하나의 정부, 하나의 법률, 하나의 국가적 계급 이익과 관세 제도로 운영되는 하나의 국가로 합치도록 했다.

부르주아 계급은 100년도 채 되지 않는 지배 기간 동안 과거의 모든 시대에 만들어냈던 것보다 더 단단하고 더 거대한 생산력을 창조해냈다. 인간에게 종속된 자연의 힘, 기계, 공업과 농업에 적용된 화학, 증기선, 철도, 전신, 경작을 위한 모든 대륙의 개간, 운하, 마치 마술처럼 땅에서 솟아난 듯한 엄청난 인구 등, 과거의 어떤 시기에 사회적 노동계급의 품속에 이러한 생산력이 잠재해 있었다는 것을 예감이나 할 수 있었을까!

우리는 이제, 부르주아 계급 스스로가 건립한 생산과 교환 수단의 기반이 봉건사회에서 기인한 것임을 알 수 있다. 생산과 교환 수단의 발전이 일정한 단계에 이르자, 봉건사회의 생산과 교환 조건들, 농업과 제조 산업의 봉건적 조직, 한마디로 말해 봉건적 자산 관계는 이미 발전된 생산력과 더 이상 조화를 이룰 수 없게 되었다. 그것들은 오히려 심각한 족쇄가 되었으므로 철저히 붕괴되어야만 했으며, 결국 그렇게 되고 말았다.

그 자리를 대신 차지한 것은 사회적 · 정치적 제도와 부르주아 계급의 경제적 · 정치적 지배를 동반한 자유경쟁이었다.

이와 유사한 움직임이 현재 우리의 눈앞에서 진행되고 있다. 나름대로의 생산과 교환 그리고 자산 관계를 갖춘 현대 부르주아 사회, 즉 어마어마한 생산과 교환 수단을 출현시킨 그 사회는 마치 자신이 주문으로 불러낸 저승사자의 힘을 더 이상 통제할 수 없게 된 마법사와도 같다. 지난 수십 년 동안 공업과 상업의 역사는 현대적 생산조건, 즉 부르주아 계급의 존재와 지배의 조건이라 할 소유관계에 대한 현대적 생산력의 반란의 역사에 지나지 않기 때문이다.

이것에 대해서는 주기적으로 되풀이되면서 매번 부르주아 사회 전체의 존립을 더욱더 심각하게 위협하는 상업공황을 언급하는 것만으로도 충분히 알 수 있다. 상업공황이 발생하면 제조된 생산품뿐 아니라 그 전에 이룩해놓은 생산력도 간헐적으로 파괴돼버린다. 공황의 시기에는, 과거에는 터무니없는 일로 보였을 법한 과잉생산이라는 전염병이 발생하게 된다.

그리고 사회는 갑작스럽게 일시적인 야만의 상태로 후퇴한다. 이상태에서는 마치 흉작이나 끔찍한 전면전이 벌어져 모든 생계 수단의 공급이 단절되고, 산업과 상업이 붕괴된 것처럼 보인다. 왜 그럴

까? 과도한 문명화와 과도한 생계 수단, 과도한 공업과 상업이 존재하기 때문이다.

사회가 마음껏 운영하던 생산력은 더 이상 부르주아적 소유관계의 발전을 촉진시키지 않는다. 오히려 그와는 반대로 소유관계에 비해 생산력이 너무 강력해져 부르주아는 그것에 속박되며, 이러한 속박을 극복하자마자 부르주아 사회 전체는 혼란에 빠져들어 부르주아적 소유의 존립 자체가 위험에 빠지게 된다. 부르주아 사회의 조건들은 너무나도 협소하여 자신이 만들어낸 부富조차 포용하지 못한다.

부르주아 계급은 이러한 위기를 어떻게 극복할까? 한편으로는 대량의 생산력을 파괴하는 방법으로, 다른 한편으로는 새로운 시장을 정복하고 기존의 시장을 더욱더 철저하게 착취하는 방법으로 극복한다. 이러한 방법은 더욱 광범위하고 파괴적인 위기를 조성해 위기를 차단할 대책들을 차츰 줄어들게 만든다.

부르주아 계급이 봉건제도를 붕괴시킬 때 사용했던 그 무기가 이제는 그들 자신에게 불리하게 사용되는 것이다.

그러나 부르주아 계급은 자신들을 죽일 무기뿐 아니라 이러한 무기를 자신들에게 겨눌 사람들인 프롤레타리아라는 현대의 노동자

계급도 만들어냈다.

　부르주아 계급, 즉 자본이 발전하는 것에 비례하여 현대의 노동자 계급인 프롤레타리아 계급도 똑같이 발전한다. 이들은 오직 일자리를 찾을 수 있을 때에만 생존할 수 있으며, 오직 자신들의 노동이 자본을 증대시킬 수 있을 때에만 일자리를 찾을 수 있다. 자신을 조금씩 팔아치워야만 하는 이러한 노동자들은 다른 모든 상거래의 품목과 같은 하나의 상품이며, 이로 인해 온갖 경쟁과 시장의 흥망성쇠에 내맡겨져 있는 것이다.

　기계의 광범위한 사용과 분업으로 프롤레타리아의 노동은 독립적인 성격을 모두 잃어버렸으며, 결과적으로 노동자들에게조차 그 매력을 모두 잃어버렸다. 노동자는 기계의 부속품이 되었으며, 그들에게는 가장 단순하고 단조로우며 가장 쉽게 배울 수 있는 기술만이 요구된다. 따라서 노동자 한 명의 생산 비용은 그 자신의 생계와 자손 번식에 필요한 생존 수단으로 제한되었다. 그런데 상품의 가격은 물론 노동의 가격도 생산 비용과 동일하다. 그러므로 노동에 대한 혐오감이 늘어나면 임금은 그만큼 줄어들게 된다. 더 나아가 기계의 활용과 분업이 증가하는 만큼, 노동시간이 연장되거나, 정해진 시간 내에 처리해야 할 노동의 양이 늘어나거나, 기계의 속도가 빨라짐으

로써 고통스러운 부담 또한 증가한다.

현대의 산업은 가부장적인 장인이 지배하던 소규모 작업장을 산업자본가의 대공장으로 변환시켰다. 공장에 집결된 노동자 대중은 군인들처럼 편성된다. 노동자 대중은 산업적 군대의 사병들로서 장교와 하사관으로 이루어진 완벽한 위계질서의 통제하에 놓인다.

그들은 부르주아 계급과 부르주아 국가의 노예일 뿐 아니라, 매일매일 매시간마다 기계와 감시자 그리고 무엇보다 개별적인 부르주아 공장주의 노예가 된다. 이러한 전제주의가 자신의 목표와 목적은 영리라는 것을 노골적으로 선언하면 할수록 더욱더 인색하고 더욱 증오스러우며 더욱 비참한 것이 된다.

육체노동에 수반되는 기술과 노고가 점점 줄어들수록, 달리 말해 현대 산업이 더욱 발전해갈수록, 남성의 노동은 여성의 노동에 자리를 빼앗기게 된다. 노동계급에게 성별이나 연령의 차이는 더 이상 그 어떤 사회적 효력도 갖지 못한다. 연령과 성별에 따라 사용하는 비용이 다를 뿐 모두가 노동의 도구인 것이다.

노동자에 대한 공장주들의 착취가 끝나고 마침내 노동자가 현금으로 임금을 받게 되면, 이번에는 곧바로 또 다른 부르주아 계급인 주택주나 상점주, 고리대금업자들이 달려든다.

소상인과 상점주, 일반적인 은퇴 상인들, 수공업자와 농민 등 중간계급의 하층에 속해 있던 사람들은 모두 점차적으로 프롤레타리아 계급으로 전락한다. 현대 산업이 운영되는 규모를 감당할 수 없는 그들의 영세한 자본이 대규모 자본가들과의 경쟁에서 압도되기 때문이며, 부분적으로는 새로운 생산방식으로 인해 그들의 전문 기술이 쓸모없게 되어버리기 때문이다. 그러므로 프롤레타리아 계급은 모든 계급의 인구로부터 채워진다.

프롤레타리아 계급은 다양한 발전 단계를 거친다. 이 계급의 탄생과 함께 부르주아 계급에 대한 투쟁도 시작된다. 처음에는 개별적인 노동자들이, 그 다음에는 같은 공장의 노동자들이, 그 다음에는 같은 직종, 같은 지역의 노동자들이 직접적으로 그들을 착취하는 부르주아 개인들에 대항하여 투쟁한다. 그들은 부르주아적 생산 조건뿐 아니라 생산도구 자체에 대해서도 공격을 펼친다. 자신들의 노동과 경쟁하는 수입품을 파괴하고, 기계를 산산조각 내고, 공장을 불태우는 것으로 사라져버린 중세 시대 노동자의 지위를 복원시키려 한다.

이러한 단계의 노동자들은 여전히 전국에 흩어진 채 자신들끼리 상호 경쟁하며 지리멸렬하게 분열된 대중을 형성하고 있다. 만약 그들이 더욱 긴밀한 결합체를 이루고 있는 곳이 있다 해도, 이것은 아

직 그들 스스로가 적극적으로 연합한 결과가 아니라 부르주아 계급이 연합한 결과일 뿐이다. 자신들의 정치적 목적을 달성하기 위해 부르주아 계급이 전체 프롤레타리아 계급을 강제로 동원한 것이며, 게다가 당분간은 그렇게 할 능력도 있다. 그러므로 이러한 단계의 프롤레타리아는 자신들의 적과 싸우는 것이 아니라, 자신들의 적이 상대하는 적들, 즉 절대군주제의 잔재인 지주와 비非산업적 부르주아 그리고 소부르주아들과 싸우는 것이다. 그러므로 역사적 운동은 전부 부르주아 계급의 손아귀에 집중되고, 그렇게 획득한 모든 승리는 부르주아 계급을 위한 것이 된다.

하지만 산업이 발전하면서 단지 프롤레타리아 계급의 숫자만 늘어나는 것은 아니다. 그들은 더욱 거대한 집단으로 한데 뭉쳐 그 세력이 성장하게 되고, 그렇게 형성된 세력을 스스로 느낄 수 있게 된다. 기계가 모든 노동의 차이를 없애버리고 어디에서나 똑같이 낮은 수준으로 임금을 떨어뜨리는 것만큼 프롤레타리아 계급 내부의 이해관계와 생활 조건들은 점점 더 평준화된다.

점점 더 늘어가는 부르주아들 사이의 경쟁과, 그로 인해 발생하는 상업적 위기들은 노동자들의 임금을 더욱 요동치게 만든다. 기계가 그 어느 때보다 급속히 발달하고 지속적으로 개선되면서 프롤레타

리아 계급의 생활은 더욱더 불안정해진다.

개별 노동자와 개별 부르주아 사이의 충돌은 갈수록 두 계급 간의 충돌이라는 성격을 띠게 된다. 그 결과로 노동자들은 부르주아에 대항하여 결사체(즉 노동조합)를 조직하기 시작한다. 그들은 자신들의 임금 수준을 유지하기 위해 한데 뭉치고, 시시때때로 발생하게 될 충돌에 미리 대비하기 위해 지속적으로 유지될 단체를 설립한다. 그리고 여기저기에서 벌어지는 싸움은 폭동으로 번지게 된다.

노동자들은 이따금 승리를 거두기도 하지만 그것은 일시적인 것일 뿐이다.

그들이 거둔 투쟁의 참된 성과는 직접적인 결과에 있는 것이 아니라 지속적으로 노동자들의 동맹을 확장해나가는 데 있다. 현대 산업이 만들어낸 향상된 교통수단의 도움으로 다른 지역에 있는 노동자들이 서로 접촉할 수 있게 된다. 이러한 접촉이야말로 동일한 성격을 띠고 있는 수많은 지역적 투쟁을 하나의 전국적인 계급투쟁으로 집중시키는 데 필요한 것이다. 하지만 모든 계급투쟁은 정치투쟁이다. 초라한 도로망 때문에 중세 시민들이 동맹을 맺는 데에는 여러 세기가 걸렸지만, 현대의 프롤레타리아는 철도 덕분에 몇 년 내에 동맹을 이뤄낸 것이다.

프롤레타리아들의 조직이 하나의 계급이 되고, 그렇게 하여 하나의 정당 조직이 되는 것은 노동자 자신들 간의 경쟁으로 끊임없이 실패하게 된다. 그러나 조직은 항상 다시 세워지고 더 강해지며, 더 굳건해지고 더 거대해진다. 그 조직은 부르주아 계급 내의 분열을 이용하여 노동자들의 특정한 이해에 대한 입법적인 승인을 이끌어 낸다. 영국의 10시간 노동법은 그렇게 하여 통과되었다.

낡은 사회에서 벌어지는 모든 계급 간의 충돌은 여러 가지 방식으로 프롤레타리아 계급의 발전 과정을 진전시킨다. 부르주아 계급은 자신들이 끊임없는 투쟁 속에 개입되어 있음을 알고 있다. 처음에는 귀족과 투쟁했지만 그 후에는 산업 발전에 적대적인 이해관계를 갖게 된 일부 부르주아 계급과 투쟁했으며, 외국의 부르주아 계급과는 언제나 투쟁을 해왔다. 이러한 모든 투쟁에서 프롤레타리아 계급에게 도움을 호소할 수밖에 없었으며, 그렇게 하여 그들을 정치 영역에 끌어들였던 것이다.

이 과정에서 부르주아 계급은 자신들만의 정치교육과 일반교육의 수단을 프롤레타리아 계급에게 제공하게 된다. 다시 말해, 부르주아 계급에 맞서 싸울 무기를 프롤레타리아 계급에게 공급하는 것이다.

게다가 앞에서 살펴보았듯이, 산업의 발전으로 지배계급 전체가

갑자기 프롤레타리아 계급으로 전락하거나, 최소한 자신들의 생존 조건을 위협받게 되기도 한다. 이러한 것들 또한 계몽과 발전에 필요한 신선한 요소들을 프롤레타리아 계급에게 공급한다.

마침내 계급투쟁이 결정적인 시기에 도달하면 지배계급 내부에서 진행되고 있던, 사실상 사회 전체의 내부에서 진행되고 있던 붕괴 과정이 매우 격렬하고 강렬한 성격을 띠게 된다. 이때에는 지배계급의 일부가 스스로 떨어져 나와 미래를 손아귀에 쥐고 있는 혁명 계급에 합류한다. 그러므로 초기에 귀족의 일부가 부르주아 계급으로 넘어갔던 것과 마찬가지로 이제는 부르주아 계급의 일부, 특히 스스로를 역사적 운동 전체를 이론적으로 이해하는 수준으로 끌어올린 부르주아 사상가의 일부가 프롤레타리아 계급으로 넘어오게 된다.

오늘날 부르주아 계급과 맞서고 있는 모든 계급 중에서 프롤레타리아 계급만이 실질적인 혁명 계급이다. 다른 계급들은 현대 산업의 등장과 함께 몰락하여 결국 사라지지만, 프롤레타리아 계급은 현대 산업의 특별하고 필수적인 산물인 것이다.

중간계급의 하층, 소규모 공장주, 상점주, 기술공과 농민 등은 모두 중간계급의 일부분으로서 자신의 존재가 소멸되는 것을 막기 위해 부르주아 계급에 맞서 싸운다. 그러므로 이들은 혁명적이지 못하

고 보수적이며, 오히려 역사의 수레바퀴를 뒤로 돌리려 하기 때문에 반동적이다. 어쩌다 그들이 혁명적인 경우가 있다면 그것은 오직 자신들이 곧 프롤레타리아 계급으로 넘어가게 된다는 생각을 하게 되었을 때뿐이다. 현재가 아닌 미래의 이익을 지키기 위해 자신들의 입장을 버리고 스스로 프롤레타리아 계급의 입장을 취하는 것이다.

'위험한 계급'이며 사회적 쓰레기로서 옛 사회의 최하층으로 버림받아 수동적으로 부패한 대중은 프롤레타리아 혁명에 이리저리 휩쓸릴 수도 있겠지만, 그들의 생활 조건은 반동적 음모의 도구로 매수되기에 충분하다.

옛 사회에서 누렸던 생활 조건의 대부분이 이미 프롤레타리아 계급에게는 실질적으로 사라져버렸다. 프롤레타리아에게는 재산이 없으며, 아내·자식과의 관계도 더 이상 부르주아의 가족 관계와는 아무런 공통점이 없다. 프랑스에서처럼 영국에서도, 독일에서처럼 미국에서도 똑같이 벌어지고 있는 현대 산업 노동과 현대 자본에 대한 종속은 그들로부터 민족적 성격을 말끔히 벗겨냈다. 그들에게 법과 도덕과 종교는 부르주아의 이해관계들을 그 배후에 감추어놓은 수많은 부르주아의 편견들일 뿐이다.

지배권을 장악한 과거의 모든 계급들은 자신들이 독차지한 것에

사회 전반을 종속시켜 기득권을 강화하려 했다. 프롤레타리아는 기존에 자신들이 차지하고 있던 것은 물론 과거의 모든 전유專有 방식을 철폐하지 않고는 사회의 생산력을 지배할 수 없다. 그들에게는 지키고 강화해야 할 자신들만의 것이 전혀 없다. 그러므로 개인적 소유를 위한 기존의 모든 안전장치와 보장 방법을 파괴하는 것이 그들의 임무인 것이다.

역사상 모든 운동은 소수파의 운동이거나 소수파의 이익에 관계된 운동이었다. 프롤레타리아 운동은 엄청난 다수의 이익을 위한 엄청난 다수의 자의식을 갖춘 독립적인 운동이다. 현재 우리 사회의 최하층 계급인 프롤레타리아는 공식적인 사회의 상층계급 전체를 공중분해시키지 않고서는 스스로를 분발시키거나 일으켜 세울 수 없다.

부르주아 계급에 대한 프롤레타리아 계급의 투쟁은 실질적으로는 그렇지 않다 해도 형식적으로는 우선 국가적인 투쟁이다.

당연하게도 각국의 프롤레타리아 계급은 무엇보다 먼저 자국의 부르주아 계급과 관련된 문제들을 처리해야만 한다.

우리는 프롤레타리아 계급의 가장 일반적인 발전 단계를 통해, 기존 사회 내부에서 촉발된 내전이 공공연한 혁명으로 발전하고 부르

주아 계급을 폭력적으로 전복시켜 프롤레타리아 지배의 기반을 확립하는 과정을 추적해보았다.

이미 알고 있듯이 지금까지의 모든 사회형태는 억압하는 계급과 억압받는 계급의 반목에 기반을 두고 있다. 하지만 어떤 계급을 억압하기 위해선 적어도 억압받는 계급이 노예적 생존이라도 유지할 수 있도록 어느 정도의 조건은 보장되어야 한다.

봉건적 절대주의에 속박되어 있던 소시민계급이 부르주아 계급으로 발전했던 것처럼 농노제 시기의 농노는 스스로를 코뮌의 구성원으로 끌어올렸다. 이와는 반대로 현대의 노동자는 산업의 발전과 함께 지위 상승을 이루지 못하고 도리어 자기 계급의 생존 조건 아래로 더욱더 몰락하고 있다. 노동자는 빈민이 되었으며, 이들 빈민 집단은 인구와 부의 증가 속도보다 더 급격하게 늘어나고 있다.

이로써 부르주아 계급은 더 이상 사회의 지배계급으로 적합하지 않으며, 자신들의 생존 조건을 최우선적인 법으로서 사회에 강요할 수 없다는 것이 명확해졌다. 부르주아 계급이 사회를 지배하기에 적합하지 않은 이유는 자신의 노예들이 노예로 존재하는 것조차 보장해줄 능력이 없으며, 노예들로부터 부양받기는커녕 오히려 그들을 부양해야만 하는 상태로 노예들이 전락하는 것을 막지 못하기 때문

이다.

사회는 더 이상 부르주아 계급의 지배하에서 유지될 수 없으며, 그들의 존재는 더 이상 사회와 조화를 이룰 수 없다.

부르주아 계급의 존재와 지배의 가장 본질적인 조건은 자본의 형성과 증가이며, 자본의 필요조건은 임금노동이다. 임금노동은 오직 노동자 간의 경쟁에만 기초하고 있다. 부르주아 계급이 특별한 의욕도 없이 주도하고 있는 산업의 진보는 경쟁으로 인한 노동자들의 고립을 연합에서 비롯된 혁명적 단결로 대체시킨다. 그러므로 현대 산업의 발전은 부르주아 계급이 상품을 생산하고 전유하는 바로 그 기반 자체를 밑바닥부터 무너뜨린다. 부르주아 계급은 무엇보다 자신들의 무덤을 파줄 사람들을 양산하고 있는 것이다. 부르주아 계급의 몰락과 프롤레타리아 계급의 승리는 불가피하게 동시에 일어난다.

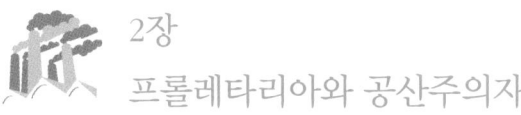

2장
프롤레타리아와 공산주의자

공산주의자들은 전체 프롤레타리아와 어떤 관계에 있을까?

공산주의자들은 다른 노동계급의 당들과 대립하는 별도의 당을 결성하지 않는다.

그들에게는 프롤레타리아 계급 전체의 이해관계와 분리된 별도의 이해관계가 없다.

그들은 자신들만의 분파적 원칙을 세워 프롤레타리아 운동을 그것에 따라 규정하거나 끼워 맞추려 하지 않는다.

공산주의자들은 오직 다음과 같은 면에서만 다른 노동자계급의

당들과 구별된다.

(1) 각 나라에서 일어나는 프롤레타리아의 투쟁에서 국가적 특성과는 관계없이 전체 프롤레타리아의 공통된 이해관계만을 제시하고 전면에 내세운다.
(2) 부르주아 계급에 저항하는 노동계급의 투쟁이 거쳐야만 하는 다양한 발전 단계에서, 언제 어디서나 그러한 운동 전체의 이해를 대변한다.

그러므로 공산주의자들은 실천적인 면에서 모든 나라의 노동계급 정당에서 가장 진보적이고 확고한 분파로서 다른 모든 당들을 앞으로 밀고 나간다. 또한 이론적인 면에서는 거대한 프롤레타리아 대중보다 프롤레타리아 운동의 진행 노선과 조건 그리고 궁극적인 결과들을 명확하게 이해하고 있다는 장점을 갖추고 있다.

공산주의자의 당면 목적은 다른 모든 프롤레타리아 당들의 당면 목적과 동일하다.

즉, 프롤레타리아를 하나의 계급으로 형성하고, 부르주아 계급의 지배를 전복시키며, 프롤레타리아 계급이 정치권력을 장악하도록

하는 것이다.

공산주의자들의 이론적 결론은 결코 이러저러한 보편적 개혁가들이 만들어내고 발견해낸 사상이나 원칙들에 근거하지 않는다. 그러한 결론들은 우리 눈앞에서 벌어지고 있는 역사적 운동으로부터 불거져 나온 현존하는 계급투쟁의 현실적인 관계들을 단순하게 설명한 것일 뿐이다. 현존하는 소유관계의 폐지는 결코 공산주의만의 독특한 특징은 아닌 것이다.

과거의 모든 소유관계는 역사적 조건의 변화에 따라 일어나는 역사적 변화에 언제나 종속되어왔다.

예를 들어, 프랑스혁명은 부르주아의 소유에 유리하도록 봉건적 소유를 폐지했다.

공산주의의 뚜렷한 특징은 전반적인 소유의 폐지가 아니라 부르주아적 소유를 폐지하는 것이다. 그런데 현대의 부르주아적 사유재산은 계급 대립과 소수에 의한 다수의 착취에 기반을 둔 생산물의 생산과 점유 체제의 최종적이고도 가장 완벽한 표현이다.

이런 의미에서 공산주의자들의 이론은 '사유재산의 폐지'라는 한마디 말로 요약될 수 있다.

우리 공산주의자들은 어느 한 사람이 노동의 결실로 취득한 재산,

이른바 모든 개인적 자유와 행동 그리고 자주성의 기반인 그 재산을 폐지하려 한다는 비난을 받아왔다.

힘들게 스스로 개척하여 벌어들인 재산이라니! 당신들은 부르주아적 재산 형태에 앞서 있었던 소기능공과 소농민의 재산을 말하는 것인가? 산업의 발전이 이미 그들의 재산을 엄청나게 파괴했으며 지금도 일상적으로 파괴하고 있으므로, 그러한 소유를 폐지할 필요는 없다.

그렇다면 당신들은 현대 부르주아의 사유재산을 말하는 것인가?

하지만 임금노동이 노동자들에게 알량한 재산이라도 만들어주고 있는가? 전혀 그렇지 않다. 임금노동은 자본을 만든다. 그것은 임금노동자를 착취하는 재산이며, 새로운 착취를 위한 임금노동의 새로운 공급 없이는 증대될 수 없는 재산이다. 현재와 같은 소유는 자본과 임금노동 간의 적대에 근거하고 있다. 지금부터 이러한 적대의 양쪽 측면을 함께 살펴보기로 하자.

자본가가 된다는 것은 생산에 있어 순수한 개인적 지위뿐 아니라 사회적 지위까지 차지하게 되는 것이다. 자본은 오직 다수 구성원들의 연합 활동으로만, 아니, 결국에는 사회 모든 구성원들의 연합된 행위를 통해서만 가동될 수 있는 집단적 산물이다.

그러므로 자본은 개인적인 권한이 아니라 사회적 권한이다.

따라서 자본이 공동재산, 즉 사회 모든 구성원들의 재산으로 바뀐다 해도 개인의 재산이 사회의 재산으로 변형되지는 않는다. 오직 재산의 사회적 성격만이 바뀔 뿐이다. 즉, 재산의 계급적 성격을 잃게 되는 것이다.

이제 임금노동의 측면을 살펴보기로 하자.

임금노동의 평균 가치는 최저임금이다. 다시 말해 노동자로서 간신히 존재하는 데 필요한 생활 수단의 총량이다.

임금노동자는 기껏해야 자신의 존재를 연장하고 재생산할 수 있는 만큼을 노동의 결과로 차지하는 것이다. 우리는 결코 이러한 노동 생산물의 사적 전유를 폐지하려는 것이 아니다. 이러한 전유는 인간적인 생활의 유지와 재생산을 위한 것일 뿐, 그것으로 다른 사람의 노동을 지배할 수 있는 여지는 없다. 우리가 없애려는 것은 노동자들이 단순히 자본의 증대를 위해 살아가며, 지배계급의 이익이 요구하는 정도 내에서만 사는 것이 허용되는 전유의 끔찍한 특성인 것이다.

현재 부르주아 사회의 노동은 축적된 노동을 증대시키는 수단일 뿐이다. 공산주의 사회에서 축적된 노동은 노동자들의 생존의 폭을

넓히고, 풍요롭게 해주며, 촉진시키는 수단일 뿐이다.

그러므로 부르주아 사회에서는 과거가 현재를 지배하지만, 공산주의 사회에서는 현재가 과거를 지배한다. 부르주아 사회에서 자본은 독립적이며 개성을 갖지만, 살아 있는 사람은 종속적이며 개성을 갖지 못한다.

부르주아는 이러한 상태의 폐지를 개성과 자유의 폐지라고 부른다. 그것은 실제로 그렇다. 분명하게 부르주아적 개성과 부르주아적 독립성, 부르주아적 자유의 폐지를 목적으로 하고 있는 것이다.

현재의 부르주아적 생산 조건하에서 자유는 자유무역과 자유매매를 의미한다.

하지만 매매가 사라지게 된다면 자유매매 역시 사라진다. 자유매매에 관한 이야기와 전반적인 자유에 대한 부르주아 계급의 모든 '호언장담'들은 단지 속박받던 중세 상인들의 제한된 매매와 대비했을 때에만 의미가 있을 뿐, 매매와 부르주아적 생산 조건 그리고 부르주아 자체에 대한 공산주의적인 폐지에 저항할 때는 아무런 의미가 없다.

당신들은 우리가 사유재산을 폐지하려 한다는 것을 두려워한다. 그러나 현재 당신들의 사회에서 9/10에 해당하는 구성원들의 사유

재산은 이미 사라져버렸다. 소수에게만 사유재산이 존재하는 것은 오로지 그 9/10의 수중에 사유재산이 존재하지 않기 때문이다. 그러므로 당신들은 사회의 광범위한 대다수가 아무 재산도 갖고 있지 않아야만 존재할 수 있는 재산의 형태를 없애려 한다고 우리를 비난하는 것이다.

한마디로 우리가 당신들의 재산을 없애려 한다고 비난하고 있는 것이다. 정확히 그렇다. 우리는 바로 그것을 의도하고 있다.

노동이 더 이상 자본과 화폐 혹은 소작료로 전환되지 않고, 독점할 수 있는 사회 권력으로 전환될 수 없는 그 순간부터, 다시 말해 개인의 소유가 더 이상 부르주아의 소유와 자본으로 변형될 수 없는 그 순간부터 개성이 사라진다고 당신들은 말한다.

그러므로 당신들이 말하는 '개인'이란 바로 부르주아를 의미하는 것이며, 재산의 중간계급 소유자를 의미하는 것이라고 당신들은 고백해야 한다. 사실 그러한 개인은 소멸돼야 하며 존재할 수도 없어야 한다.

공산주의는 어느 누구에게서도 사회의 생산물을 전유할 권력을 박탈하지 않는다. 다만 그러한 전유를 활용해 다른 사람의 노동을 종속시키려 하는 권력을 박탈하는 것일 뿐이다.

어떤 이들은 사유재산을 폐지하면 모든 작업이 중단되고 전반적인 게으름이 우리를 덮칠 것이라는 이유로 반대해왔다.

이러한 반대에 따르자면, 부르주아 사회는 완전한 게으름으로 인해 이미 오래전에 파멸되었어야 한다. 부르주아 사회에서는 일하는 사람들은 아무것도 차지하지 못하는 반면, 무언가를 차지한 사람들은 일을 하지 않기 때문이다. 이러한 반대는 자본이 없어진다면 더 이상 임금노동도 있을 수 없다는 동어반복의 또 다른 표현일 뿐이다.

물질적 생산물의 공산주의적 생산과 전유 방식에 대한 반대는 동일한 방식으로 정신적 생산물의 공산주의적 생산과 전유 방식에 대한 반대로 이어졌다. 부르주아에게는 계급적 소유의 소멸이 생산 자체의 소멸과 같다. 이와 마찬가지로 그들에게는 계급 문화의 소멸이 모든 문화의 소멸과 동일한 것이다.

자신들이 잃게 되는 것을 애통해 하는 그 문화는, 엄청난 대다수의 사람들에게는 하나의 기계로 행동하기 위한 단순한 훈련일 뿐이다.

그러나 자유나 문화, 법 따위의 부르주아적 관념의 기준을 우리가 의도하는 부르주아적 소유의 폐지에 적용시키려는 태도로는 우리와 논쟁할 필요가 없다. 당신들의 법체계는 그저 당신들의 계급 의지를

모든 사람에게 적용되는 법으로 만든 것일 뿐이다. 그러한 의지가 지닌 본질적인 특성과 방향이 당신들의 계급이 존재하는 데 필요한 경제적 조건에 의해 결정되는 것처럼, 당신들의 사상 자체는 부르주아적 생산과 부르주아적 소유 조건의 산물일 뿐이다.

생산의 진보 속에서 나타나고 사라지는 역사적 관계일 뿐인 당신들의 현재 생산방식과 소유 형태로 생겨난 사회 형태를 마치 자연과 이성의 영원한 법칙인 것처럼 바꾸려는 이기적인 망상은 앞서 존재했던 모든 지배계급도 가지고 있었던 것이다. 고대의 소유에서 당신들이 분명하게 확인하고, 봉건적 소유에서 당신들이 인정한 것을, 당신 자신들의 부르주아적 소유 형태에서는 당연히 인정하지 않으려 할 것이다.

가족제도의 폐지라니! 가장 급진적인 사람들조차도 공산주의자들의 이 악명 높은 제안에는 격분하고 있다.

현재의 가족, 즉 부르주아적 가족은 무엇에 기반을 두고 있는가? 자본과 사적인 이익에 기반을 두고 있다. 완전하게 발전된 형태의 이러한 가족은 오직 부르주아 계급에만 존재한다. 하지만 이러한 상태는 프롤레타리아 가족의 실질적 부재와 공창제도를 통해 보완된다.

이러한 보완제도가 소멸하면 부르주아적 가족은 당연하게 소멸될 것이며, 자본의 소멸과 함께 둘 다 소멸될 것이다.

당신들은 자녀에 대한 부모의 착취가 중단되기를 원한다고 해서 우리를 비난하는 것인가? 그러한 범죄라면 우리는 유죄임을 인정한다.

하지만 우리가 가정교육을 사회교육으로 대체하려 하면, 당신들은 가장 신성한 관계를 파괴하는 것이라고 말할 것이다.

그렇다면 당신들의 교육은 어떠한가? 당신들의 교육은 사회적이지 않으며, 학교 등을 통한 사회의 직접적이거나 간접적인 개입에 따른 사회 조건하에서 결정되지 않는다는 말인가? 공산주의자들은 교육에 대한 사회의 개입을 만들어내지 않는다. 다만 그 개입의 성격을 바꾸고, 지배계급의 영향으로부터 교육을 구해내려고 노력하고 있다.

부모와 자식의 신성한 상호 관계라는 가족과 교육제도에 대한 부르주아의 허튼소리는 현대 산업으로 프롤레타리아 계급 내의 모든 가족적 유대가 갈기갈기 찢기고, 그들의 자녀가 단순한 상품이나 노동의 도구로 변질되어갈수록 한층 더 혐오스러워진다.

하지만 전체 부르주아 계급은, 너희 공산주의자들은 여성 공유제

를 도입하고 싶어 하는 것이라며 목청껏 외쳐댄다.

부르주아들은 자기 아내를 단순한 생산도구로 바라본다. 그들은 생산도구는 공동으로 활용되어야 한다는 말을 들었으므로, 자연스럽게 모두가 공유하는 운명이 여성들에게도 똑같이 닥칠 것이라는 결론에만 도달할 수 있는 것이다.

그들은 단순한 생산도구로서의 여성의 지위를 없애는 것이 우리의 진정한 목적이라는 것에 대해서는 전혀 모르고 있다.

더구나 공산주의자들이 공개적이며 공식적으로 확립시키려 한다고 꾸며대고 있는 여성 공유제에 대해 우리의 부르주아들이 도덕적 의분을 느낀다는 것보다 더 우스꽝스러운 일은 없다. 그것은 아득한 옛날부터 존재해오고 있었으므로, 공산주의자들이 여성 공유제를 도입할 필요는 전혀 없다.

우리의 부르주아들은 공창은 말할 것도 없이, 프롤레타리아의 아내와 딸들을 마음껏 농락하는 것으로도 만족하지 못하여 서로의 아내를 유혹하는 것을 가장 큰 쾌락으로 삼고 있다.

부르주아의 결혼은 사실상 부인 공유제이므로, 공산주의자들이 비난받을 만한 것이 있다면 기껏해야 위선적으로 감추어진 그 제도 대신 공개적으로 공식화된 여성 공유제를 도입하려 한다는 것이어

야 할 것이다. 게다가 현재의 생산 제도가 폐지되면 이 제도 내에서 생겨난 여성 공유제, 즉 공창과 사창도 폐지된다는 것은 너무나도 자명한 일이다.

국가와 국적을 폐지하려 한다는 것 때문에 공산주의자들은 더욱 많은 비난을 받고 있다.

노동자들에게는 국가가 없다. 그들이 갖고 있지 않은 것을 그들로부터 빼앗을 수는 없는 일이다. 프롤레타리아는 무엇보다 먼저 정치적 지배권을 획득해야 하고, 민족의 지도 계급으로 올라서야 하며, 스스로 그 민족을 구성해야만 하기 때문에 비록 부르주아적인 의미는 아닐지라도 그 자체가 민족적이다.

민중들 간의 민족적 차이와 적대는 부르주아 계급의 발전, 상업의 자유, 세계 시장, 생산양식과 그에 수반된 생활 조건의 획일화로 날이 갈수록 사라지고 있다.

프롤레타리아의 지배는 그러한 것들을 더욱더 빨리 사라지게 만들 것이다. 최소한 선진문명국가들의 단결된 행동은 프롤레타리아 해방을 위한 최우선 조건 중의 하나이다.

개인에 의한 개인의 착취가 종식되는 것에 비례하여 민족에 의한 민족의 착취 또한 종식될 것이다. 민족 내 계급 간의 적대가 사라지

는 것에 비례하여 민족과 민족 간의 적대 행위는 끝나게 될 것이다.

종교, 철학 그리고 일반적인 이데올로기의 관점에서 제기되는 공산주의에 대한 비난들은 진지하게 검토할 만한 가치도 없다.

물질생활과 사회관계 그리고 사회적 삶의 조건들이 변하면 인간의 인식, 견해와 개념, 한마디로 말해 인간의 의식도 변한다는 것을 이해하는 데 그토록 심오한 직관이 필요하단 말인가?

게다가 물질적 생산의 변화에 비례하여 정신적 생산의 성격이 변해왔다는 것 외에 사상의 역사가 증명하고 있는 것은 무엇인가? 각 시대의 지배적인 사상은 언제나 사회 지배계급의 사상이었다.

사람들이 사회를 변혁시킨 사상을 이야기할 때, 그들은 낡은 사회 내부에서 새로운 사회의 요소들이 만들어졌다는 사실, 그리고 낡은 사상의 소멸은 낡은 생존 조건들의 소멸과 보조를 맞춰 이루어진다는 당연한 사실을 표현하는 것일 뿐이다.

고대 세계가 마지막 고비에 이르렀을 무렵 기독교는 고대 종교를 정복했다. 18세기에 기독교 사상이 합리주의 사상에 굴복할 무렵 봉건사회는 당대의 혁명적인 부르주아 계급과 최후의 결전을 치렀다. 종교의 자유와 양심의 자유라는 사상은 단지 지식의 영역에서도 자유경쟁이 지배한다는 사실을 표현한 것일 뿐이었다.

우리는 이런 말을 듣게 될 것이다.

"종교적 · 도덕적 · 철학적 · 법적 사상은 의심의 여지없이 역사 발전 과정에서 변형되어왔다. 하지만 종교와 도덕, 철학과 정치학 그리고 법은 이러한 변화 속에서도 변함없이 살아남았다."

"그밖에도 자유나 정의와 같이 모든 사회에 공통적인 영원한 진리들이 있다. 하지만 공산주의는 영원한 진리와 모든 종교 그리고 모든 도덕을 새로운 기반 위에 구축하는 대신 폐지한다. 그러므로 공산주의는 과거의 모든 역사적 경험과 모순되게 행동하는 것이다."

이러한 비난은 결국 무엇으로 귀결되는가? 모든 사회의 역사는 각각의 시대마다 서로 다른 형태를 갖춘 계급 적대의 진전으로 이루어져왔다.

하지만 그것들이 어떤 형태를 취했든 사회의 일부가 다른 일부를 착취했다는 사실을 공통적으로 보여준다. 그렇다면 과거 시대의 사회의식이 다종다양한 모습을 보일지라도 공통적인 형태나 일반적인 사상 안에서 움직인다는 것이며, 이것은 계급 적대가 완전히 소멸되지 않고서는 완벽하게 사라질 수 없다.

공산주의 혁명은 전통적인 소유관계와 가장 근본적으로 결별하는 것이다. 그러므로 공산주의 혁명의 전개는 전통적인 사상들과 가장

근본적으로 결별하는 것을 포함하고 있다.

자, 공산주의에 대한 부르주아 계급의 반론들은 이쯤에서 정리하기로 하자.

우리는 앞에서 노동계급 혁명의 첫걸음은 민주주의 투쟁에서 승리하기 위해 프롤레타리아를 지배계급으로 끌어올리는 것임을 알게 되었다.

프롤레타리아는 부르주아 계급으로부터 모든 자본을 점차적으로 빼앗아오고, 모든 생산도구를 국가의 지배하에, 즉 지배계급으로 조직된 프롤레타리아의 지배하에 집중시켜 최대한 빨리 총생산력을 증대시키는 데 그들의 정치적 지배력을 활용할 것이다.

물론 처음에는 소유권과 부르주아적 생산 조건들에 대한 전제적인 침해를 통해서만, 그러므로 경제적으로 불충분하고 지지할 수 없는 것처럼 보일 수도 있지만 운동의 과정에서 자신들을 극복하고, 낡은 사회질서에 대한 그 이상의 침해를 필연적인 것으로 만들며, 생산양식을 전면적으로 변혁시키기 위한 불가피한 수단이 되는 조치들을 통해서만 실행될 수 있을 것이다.

물론 이러한 조치들은 나라에 따라 다르게 적용될 것이다.

그럼에도 가장 선진적인 나라들에서는 다음 사항들이 지극히 일

반적으로 적용될 것이다.

1. 토지 소유를 폐지하고, 모든 토지는 공공의 목적으로만 임대한다.
2. 높은 비율의 누진소득세를 적용한다.
3. 모든 상속권을 폐지한다.
4. 모든 망명자와 반역자들의 재산을 몰수한다.
5. 국가 자본과 배타적 독점권을 가진 국립은행을 통해 신용을 국가의 손안에 집중시킨다.
6. 교통과 운송 수단을 국가의 손안에 집중시킨다.
7. 국가 소유의 공장과 생산도구를 확장시킨다. 황무지를 개간하고 공동의 계획에 따라 토양을 전반적으로 개선시킨다.
8. 모두가 노동에 동등한 의무를 지닌다. 산업 군대 특히 농업을 위한 산업 군대를 편성한다.
9. 농업을 제조산업과 결합시키고, 인구를 전국적으로 더 균등하게 분산하여 도시와 농촌 간의 차별을 점진적으로 폐지한다.
10. 공립학교에서 모든 어린이들을 위한 무상교육을 실시한다. 현재와 같은 형태인 어린이들의 공장 노동을 폐지한다. 교육을

산업적 생산과 결합한다. 등등.

발전 과정에서 계급적 차별이 사라지고 전국적인 거대 연합체에
모든 생산이 집중되면, 공권력은 그 정치적 성격을 잃게 될 것이다.
이른바 정치권력이라는 것은 단순히 다른 계급을 억압하기 위해 조
직된 어느 한 계급의 권력일 뿐이다. 만약 프롤레타리아가 부르주아
계급과의 투쟁 과정에서 상황에 떠밀려 어쩔 수 없이 스스로를 하나
의 계급으로 조직한다면, 또한 혁명을 통해 스스로 지배계급이 되어
낡은 생산 조건들을 무력으로 없애버리게 된다면, 그들은 이러한 생
산 조건과 더불어 계급 적대와 전반적인 계급의 존재 조건들도 함께
없애버리게 될 것이다. 그리고 그렇게 함으로써 하나의 계급으로서
차지하게 된 그들 자신의 지배권도 폐지할 것이다.

계급과 계급 적대로 구성된 낡은 부르주아 사회를 대신하여, 우리
는 각자의 자유로운 발전이 모두의 자유로운 발전을 위한 조건이 되
는 하나의 단체를 갖게 될 것이다.

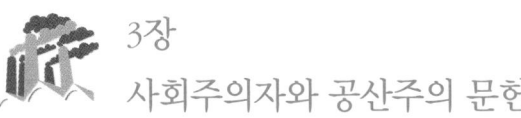

3장
사회주의자와 공산주의 문헌

1) 반동적 사회주의

A. 봉건적 사회주의

자신들의 역사적 신분으로 인해 현대 부르주아 사회에 반대하는 소책자를 집필하는 것이 프랑스와 영국 귀족들의 사명이 되었다. 1830년 프랑스의 7월 혁명과 영국의 개혁운동에서 귀족들은 다시 한 번 끔찍한 벼락 출세자들에게 굴복했다. 그 후로 심각한 정치투

쟁은 전혀 불가능한 일이 되어버렸다. 그들에게는 오직 문헌을 통한 투쟁만이 가능했다. 그러나 문헌의 지배에도 불구하고 왕정복고시대[1]의 구태한 주장들은 전혀 통하지 않았다.

귀족들은 공감을 불러일으키기 위해 짐짓 자신들의 이익은 돌보지 않고 착취당하는 노동계급의 이익만을 위해 부르주아 계급을 명확하게 고발하는 척해야만 했다. 그들은 새로운 주인에 대해 비아냥거리는 노래를 부르고, 주인의 귀에 대고 앞으로 다가올 재난의 불길한 예언을 속삭이는 것으로 복수를 시도했다.

비탄과 비아냥, 과거의 메아리와 미래에 대한 위협으로 봉건적 사회주의가 생겨났다. 때로는 신랄하고 재치 있으며 가시 돋친 비판으로 부르주아 계급의 간담을 서늘하게 했지만, 현대 역사의 진로를 파악할 능력이 전혀 없었으므로 그 결과는 늘 우스꽝스러운 것이었다.

귀족들은 사람들을 자기편으로 끌어들이기 위해 프롤레타리아의 자선함을 전면에 내세워 깃발 삼아 흔들어댔다. 하지만 사람들은 그들에게 합류할 때마다, 그들의 등짝에 찍혀 있던 낡은 봉건 문장紋章

---

1. 1814~1830년 프랑스의 왕정복고시대

을 보고는 불경스럽게 큰 웃음을 터뜨리며 떠나가버렸다.

프랑스 정통 왕당파[1]와 영국 청년단[2] 일파도 이러한 구경거리를 펼쳐보였다.

봉건주의자들은 자신들의 착취 양식이 부르주아 계급과는 달랐다는 점을 지적하지만, 자신들이 전혀 다른 상황과 조건하에서 착취를 했었다는 사실은 까맣게 잊고 있다. 또한 자신들의 지배하에서 현대 프롤레타리아는 전혀 존재하지 않았다고 밝히지만, 현대 부르주아 계급은 그들이 만든 사회 형태에서 필연적으로 태어난 후예라는 사실은 잊고 있는 것이다.

게다가 자신들의 비판이 지니고 있는 반동적인 성격을 거의 감추지도 않기 때문에, 부르주아 계급을 겨냥한 그들의 주된 비난은 부르주아 체제하에서 낡은 사회질서를 송두리째 없애버릴 운명을 타고난 하나의 계급이 발전하고 있다는 것까지 언급하고 있다.

---

1. 정통 왕당파: 1830년에 타도된 부르봉 왕조의 추종자들로 세습적인 대토지 소유 귀족의 이해관계를 대변했다. 금융 귀족과 대부르주아 계급의 지지를 받던 오를레앙 공의 왕정(7월 왕정)에 대항하여 싸우던 이들의 일부는 대중 선동에 호소하면서 부르주아 계급의 착취로부터 근로 대중을 보호하는 척했다.

2. 영국 청년단: 토리당에 속하던 영국의 정치가와 문필가들로 이루어진 집단으로 1840년대 초에 형성되었다. 토지 소유 귀족들의 불만을 대변하던 영국 청년단의 대표들은 부르주아 계급의 힘이 커지자 노동자들을 선동하여 부르주아 계급과의 싸움에 이용했다.

귀족들은 부르주아 계급이 프롤레타리아가 아니라, 혁명적인 프롤레타리아를 만들어낸다는 것에 대해 신랄하게 비판한다.

그러므로 그들은 정치적 실천에서는 노동자계급에 반대하는 모든 강압적인 조치들에 합류하고 있으며, 자신들의 허세에 가득 찬 말들에도 불구하고, 일상생활에서는 산업의 나무에서 떨어지는 황금 사과를 줍기 위해, 그리고 진리와 사랑과 명예를 양모와 사탕무 그리고 주정酒精과 교환하기 위해 기꺼이 허리를 굽히는 것이다.

성직자가 봉건영주와 손을 맞잡고 나아갔듯이, 성직자 사회주의 역시 봉건 사회주의와 손을 맞잡고 있다.

기독교적 금욕주의에 사회주의적 색깔을 덧칠하는 것만큼 쉬운 일은 없다. 기독교 역시 사적 소유와 결혼과 국가를 비난하지 않았던가? 기독교는 그러한 것들 대신 자비와 가난, 독신과 육체적 금욕, 수도원 생활과 교회를 전도해오지 않았던가? 기독교적 사회주의는 귀족들의 불만을 신성하게 해주기 위해 성직자들이 뿌려주는 성수聖水일 뿐이다.

봉건귀족만이 부르주아 계급에 의해 파멸에 이른 유일한 계급도 아니고, 현대 부르주아 사회의 분위기 속에서 존재의 조건이 열악해지고 몰락해버린 유일한 계급도 아니다. 중세의 시민과 소농민은 현대 부르주아 계급의 선구자들이었다. 산업이나 상업이 발전하지 못한 나라들에서는 여전히 이 두 계급이 부상하고 있는 부르주아 계급과 나란히 존재하고 있다.

현대 문명이 충분히 발달한 나라에서는 프롤레타리아와 부르주아 사이를 오락가락하며 부르주아 사회의 보완적인 일부로서 스스로를 쇄신하는 새로운 소부르주아 계급이 형성돼왔다. 하지만 이 계급의 구성원들은 경쟁 행위로 인해 줄곧 프롤레타리아로 전락하고 있다. 현대 산업이 발전하면서 그들은 자신들이 독립적인 일파로서는 완벽하게 사라지고 제조업·농업·상업의 관리인으로, 토지관리인과 상점주로 대체되는 순간이 다가오는 것도 확인하게 된다.

인구의 절반 이상이 농민인 프랑스 같은 나라에서 부르주아 계급에 대항해 프롤레타리아 편에 선 문필가들이 부르주아 체제를 비판

하면서 농민과 소부르주아의 기준을 사용하고 이러한 중간계급의 관점에서 노동계급을 강력히 지원한 것은 당연한 일이었다. 소부르주아 사회주의는 이렇게 생겨난 것이다. 프랑스뿐만 아니라 영국에서도 시스몽디[1]는 이 학파의 지도자였다.

이 사회주의 학파는 현대적 생산 조건의 모순을 매우 날카롭게 분석해냈다. 그들은 경제학자들의 위선적인 변명들을 적나라하게 폭로했다. 그리고 기계와 분업의 재난과 같은 결과와 소수에게 집중되는 자본과 토지, 과잉생산과 공황이라는 문제를 논쟁의 여지없이 입증했다. 그들은 소부르주아와 농민의 불가피한 몰락, 프롤레타리아의 고통, 생산의 무정부적 행태, 부의 분배에서 나타나는 치명적인 불평등, 국가 간의 파멸적인 산업 전쟁, 낡은 도덕적 유대와 낡은 가족 관계 그리고 낡은 민족성의 붕괴를 지적했다.

그렇지만 그들의 목적을 긍정적으로 살펴본다 해도, 이러한 형태의 사회주의는 낡은 생산수단과 교환 수단 그리고 낡은 소유관계와 낡은 사회를 복원시키려 하거나, 현대의 생산과 교환 수단들을 낡은 소유관계의 틀 속에 다시 가두려 하는 것이다. 그 어떤 경우라도 그

---

1. 시스몽디(1773~1842): 스위스의 경제학자이자 역사가. 소부르주아의 입장에서 자본주의를 비판했으며 소생산을 이상형으로 제시했다.

것은 반동적이며 몽상적인 태도이다.

그들의 말은 결국, 제조업에서는 연합 길드를, 농업에서는 가부장적 관계를 주장하는 것이다.

결국 확고한 역사적 사실들이 자기기만의 도취 효과를 쫓아내게 되자, 이러한 형태의 사회주의는 비참한 우울증의 발작으로 끝나버렸다.

C. 독일의 혹은 '진정한' 사회주의

프랑스의 사회주의와 공산주의 문헌은 권력을 차지한 부르주아의 억압 아래에서 생겨난 것으로 권력에 저항하는 투쟁의 표현이었다. 그 문헌들은 독일 부르주아 계급이 이제 막 봉건적 절대주의와 경쟁을 시작했을 무렵 독일에 소개되었다.

독일의 철학자들과 철학자 지망생들 그리고 재기 있다는 인사들은 이 문헌에 열심히 빠져들었지만, 그 문헌들이 프랑스에서 독일로 넘어올 때 프랑스의 사회 조건과 함께 넘어온 것은 아니라는 사실을 잊고 있었다. 독일의 사회 조건과 마주치는 순간 이 프랑스 문헌들

의 직접적인 실천적 중요성은 모두 상실되고, 순수하게 문헌적인 측면만 부각되었던 것이다. 그러므로 18세기 독일의 철학자들에게는 첫 번째 프랑스혁명이 주장하는 것이 단지 전반적인 '실천이성'의 요구일 뿐이었다. 그들의 눈에는 혁명적인 프랑스 부르주아 계급이 보여주는 의지의 표출이 그저 순수의지, 그렇게 되어야만 하는 의지, 일반적으로 진정한 인간 의지의 법칙으로만 보일 뿐이었다.

독일 지식인들의 세계는 오직 자신들의 고대 철학 의식과 조화를 이루도록 새로운 프랑스 사상을 도입하는 것, 더 정확히 말하자면 자신들만의 철학적 관점을 버리지 않으면서 프랑스 사상을 병합하는 것으로 이루어져 있었다.

이러한 병합은 이른바 번역을 통해 외국어가 도용되는 것과 똑같은 방법으로 이루어졌다.

수도사들이 고대 이교도가 남긴 고전 작품의 필사본 위에 어떤 식으로 가톨릭 성자들의 어이없는 생애를 다시 작성해 넣었는지는 너무나도 잘 알려져 있는 일이다. 독일의 지식인들은 세속적인 프랑스 문헌들을 이용해 그것과 정반대의 과정을 밟았다. 그들은 프랑스 문헌의 원본 밑에다 자신들의 철학적 헛소리를 끼워 넣었다. 예를 들면, 프랑스인들이 화폐의 경제적 기능에 대해 비판한 내용에는 '인

간성의 소외'라 써넣고, 부르주아 국가에 대해 비판한 내용에는 '보편 범주의 폐위'와 같은 말을 덧붙여 넣었던 것이다.

프랑스에서 이루어진 역사적 비판의 배후에 이러한 철학적 수사들을 도입하는 것에 대해 그들은 자랑스럽게 '행동의 철학' '참된 사회주의' '독일의 사회주의 과학' '사회주의의 철학적 기반'과 같은 별칭을 붙였다.

이로 인해 프랑스의 사회주의와 공산주의 문헌은 알맹이가 빠져버리고 말았다. 그리고 독일인의 수중에서는 이 문헌이 계급 간의 투쟁을 표현하지 않게 되었으므로, 그들은 '프랑스의 편파성'을 극복하고, 현실의 요구가 아닌 진실의 요구를, 즉 프롤레타리아의 이익이 아니라 인간 본성의 이익을, 그 어떤 계급에도 속하지 않고 실체도 없으며 오직 철학적 환상의 애매한 영역에만 존재하는 일반적인 인간의 이익을 대변하게 되었다고 인식했다.

학생에게 부과될 법한 숙제를 너무나도 진지하고 엄숙하게 받아들이고, 그처럼 돌팔이풍의 빈약한 재고품을 격찬하는 가운데 독일의 사회주의는 점차 그 현학적인 순진무구함을 잃게 되었다.

독일의 투쟁, 특히 봉건귀족과 절대군주제에 대항하는 프로이센 부르주아의 투쟁, 즉 자유주의 운동은 갈수록 진지해졌다.

그로 인해 정치 운동에 사회주의자의 요구를 들이대고 자유주의와 대의제 정부에 반대하며, 부르주아적 경쟁과 출판의 자유, 부르주아적 입법과 자유와 평등에 반대하여 전통적인 저주를 퍼붓고, 대중들에게는 이러한 부르주아 운동을 통해 아무것도 얻을 수 없으며 모든 것을 잃게 될 것이라고 설득할 수 있는, '진정한' 사회주의가 오랫동안 갈망해왔던 기회를 얻게 되었다. 하지만 프랑스의 비판을 우스꽝스럽게 반영한 독일의 사회주의는 그 프랑스의 비판이 독일에서 벌어지고 있는 투쟁이 이루려는 목적인, 부르주아 사회의 경제적 존재 조건과 그에 적합한 정치구조를 갖춘 현대 부르주아 사회의 존재를 전제로 하고 있다는 것을 때마침 잊고 있었다.

성직자와 교수, 지방의 유지와 관료들을 거느린 독일의 절대주의 정부들에게 독일 사회주의는 위협적인 부르주아 계급에 대항하는 고마운 허수아비 역할을 한 것이다.

독일 사회주의는 바로 그 정부들이 그 당시 독일 노동자계급의 봉기에 맞서 처방했던 채찍과 총탄이라는 쓰디쓴 약을 무마해주는 감미로운 마무리였다.

'진정한' 사회주의는 그렇게 독일 부르주아 계급과의 싸움을 위한 무기로서 정부에 봉사하면서, 동시에 독일 속물들의 반동적인 이익

을 직접적으로 반영했다. 16세기의 유물이면서 그 이후 지속적으로 다양한 형태로 다시 나타났던 소부르주아 계급은 현재 상황의 실질적인 사회적 기반이다.

이 계급을 유지한다는 것은 독일에서 현재 상황을 유지한다는 것이다. 부르주아 계급의 산업적 · 정치적 지배는 한편으로는 자본의 집중으로 인해, 다른 한편으로는 혁명적 프롤레타리아의 부상으로 인해 소부르주아 계급에게 일정한 파멸의 위협을 가한다. '진정한' 사회주의는 한 개의 돌로 이 두 마리 새를 잡을 수 있는 것처럼 보였다. 그리고 '진정한' 사회주의는 마치 전염병처럼 널리 퍼졌다.

수사학이라는 꽃으로 수를 놓고, 창백한 감상이라는 이슬에 함빡 젖은 사변적인 거미줄로 만든 옷, 피부와 뼈밖에 없어 안쓰러운 자신들의 '영원한 진실'을 감싸고 있던 독일 사회주의자들의 이 관념적인 옷은 대중들 사이에서 그들의 상품 판매량을 놀랄 만큼 증대시키는 역할을 했다. 그리고 독일의 사회주의 진영은 점점 더 자신들의 소명을 소부르주아 속물들의 허풍선이 대변인이라고 인식하게 되었다.

그들은 독일이 모범 국가이며, 독일의 소부르주아 속물들이 모범적인 인간이라고 선언했다. 그들은 이 모범 인간들이 보여주는 모든 상스러운 비열함에 실제적인 특성과는 정반대인 은밀하고, 고상

한 사회주의적 해석을 제공했다. 그들은 공산주의의 '야만스럽고 파괴적인' 경향에 직접 반대하고, 모든 계급투쟁에 대해 최상의 그리고 공평한 경멸을 선언하는 경지로까지 나아갔다. 매우 드문 예외는 있지만, 현재(1847) 독일에서 나돌고 있는 이른바 사회주의와 공산주의 출판물들은 모두 이처럼 비열하고 무기력한 범주에 속하는 것들이다.

2) 보수적 혹은 부르주아적 사회주의

부르주아 계급의 일부는 부르주아 사회의 존속을 확고히 하기 위해 사회적 불만을 시정하고 싶어 한다.

이 부류에는 경제학자, 박애주의자, 인도주의자, 노동계급의 지위를 향상시키려는 사람들, 자선 사업 조직자, 동물 학대 방지 협회의 회원, 열렬한 금주 운동가 등 상상할 수 있는 모든 하찮은 개혁가들이 속해 있다. 더 나아가 이러한 사회주의 형태는 완전한 체계로까지 발전해왔다.

프루동의 『빈곤의 철학』[1]을 이러한 형태의 한 가지 예로 들 수 있을 것이다.

사회주의적 부르주아는 현대 사회 조건의 모든 장점은 가지려 하지만, 그것으로부터 필연적으로 생겨나는 투쟁과 위험만은 배제하고 싶어 한다. 그들은 사회의 현재 상태에서 혁명적이고 붕괴적인 요소들은 빼버리고 싶어 한다. 그들은 프롤레타리아가 없는 부르주아 계급을 원하는 것이다. 부르주아 계급은 당연하게도 자신들이 지배하는 세계를 최선의 세계로 인식한다. 그리고 부르주아 사회주의는 이처럼 안이한 인식을 어느 정도 완벽함을 갖춘 다양한 체계로 발전시킨다. 부르주아 사회주의는 프롤레타리아에게 이러한 체계를 실행하여, 사회적 신新예루살렘으로 곧장 진입하기를 요구하지만, 그것은 사실상 프롤레타리아에게 현 사회의 경계 내에 머물러 있으면서도 부르주아 계급과 관련된 증오에 찬 모든 생각들은 버려야만 한다고 요구하는 것이다.

---

1. 프루동(1809~1865)은 1846년에 자신의 두 번째 저작이자 최초의 경제 이론서인 『빈곤의 철학』을 집필했다. 마르크스는 프루동에게서 『빈곤의 철학』을 받아본 뒤 곧, 이를 비꼬아서 『철학의 빈곤』(1847)을 발표하여 프루동의 주장을 격렬히 비판했다. 마르크스는 프루동이 "경제학의 범주를 생산력 발전의 특정한 단계에 조응한 생산 관계의 이론적 표현이라고 파악하지 못하고, 그것을 마치 모든 현실보다 앞서 존재하는 외부적 이념인 양 변형했다"고 비판했다. 그 결과, 프루동은 계급 모순이 조화와 평등이라는 공상적 청사진에 의해 폐지될 수 있다는 환상에 빠지고 말았다는 것이다.

조금 더 실용적이기는 하지만 체계적이지는 못한 이러한 사회주의의 또 다른 형태에서는 단순한 정치 개혁이 아니라 오직 경제 관계의 물질적 존재 조건을 바꾸는 것만이 노동계급에게 이익이 될 수 있다는 것을 보여줌으로써, 노동계급의 목전에서 모든 혁명 운동을 평가절하하려고 한다. 그러나 이러한 형태의 사회주의는 물질적 존재 조건의 변화를 오직 혁명을 통해서만 가능한 부르주아적 생산 관계의 폐지로 이해하는 것이 아니라, 오직 이러한 생산 관계의 존속에 기반을 둔 행정적 개혁으로 이해한다. 따라서 개혁은 자본과 노동 사이의 관계에 아무런 영향을 끼치지 못하며 기껏해야 부르주아 정부의 비용을 줄이고 행정업무를 단순화하는 것일 뿐이다.

부르주아 사회주의는 하나의 단순한 비유가 될 때, 오직 그때에만 그럴 듯한 표현이 된다.

자유무역은 노동계급의 이익을 위한 것, 보호관세는 노동계급의 이익을 위한 것, 감옥의 개혁도 노동계급의 이익을 위한 것이다. 이것이 바로 부르주아 사회주의라는 단어의 결정적이며, 유일하게 진지한 의미이다.

이것은 다음과 같은 문장으로 요약된다. 즉, 부르주아는 노동계급의 이익을 위한 부르주아다.

3) 비판적 - 공상적 사회주의와 공산주의

우리가 여기에서 언급하려는 것은 현대의 모든 대혁명에서 언제나 프롤레타리아의 요구를 대변해왔던 바뵈프[1]를 비롯한 사람들의 저작물이 아니다.

자신들의 목적을 달성하기 위한 프롤레타리아의 직접적인 최초의 시도들은 봉건사회가 붕괴하고 있었던 전반적인 동요의 시기에 이루어졌다. 이러한 시도들은 당시 프롤레타리아의 미성숙 상태와 더불어 해방을 위한 경제적 조건들의 부재로 인해 필연적으로 실패했다. 그러한 조건들은 아직 생성되지 않았으며, 당시에 임박해 있던 부르주아 시대에 의해서만 생성될 수 있는 것이었다. 이러한 프롤레타리아의 초기 운동들과 함께 나타난 혁명적 문헌은 당연히 반동적인 성격을 띠고 있었다. 그것은 극히 투박한 형태로 보편적 금욕주의와 사회 평준화를 되풀이해 가르치고 있었다.

---

1. 프랑수아 바뵈프(1760~1797): 프랑스의 초기 공산주의 혁명가. 프랑스대혁명 직후인 1796년에 '평등자단'을 조직했으며, 소수의 음모자들과 함께 혁명적 봉기를 일으켜 공산주의 사회를 건설하고자 했다. 그러나 봉기를 몇 시간 앞두고 음모가 발각되어 바뵈프는 형장의 이슬로 사라지고 말았다. 그가 남긴 『평등자 선언』에는 자신이 구상한 혁명 이론과 사회 건설 방안이 담겨 있다.

정확히 말해 이른바 사회주의와 공산주의 체계라는 생시몽[2]과 푸리에[3], 오언[4] 등의 체계는 앞서 설명했던, 프롤레타리아 계급과 부르주아 계급 간의 투쟁이 발전하지 못한 초기에 나타난 것이었다 (1장 부르주아와 프롤레타리아 참조).

이러한 체계의 창시자들은 실제로 사회의 지배적인 형태 내에서 작동하는 와해 요소는 물론 계급 적대를 알아차리고 있었다. 하지만 유아기에 머물고 있던 프롤레타리아는 그 어떤 역사적 주도권을 갖추거나 독자적인 정치 운동도 펼치지 못하는 계급의 모습만을 보였을 뿐이다.

계급 적대의 발전은 산업의 발전과 함께 이루어지기 때문에 그들은 경제 상황이 아직은 프롤레타리아의 해방을 위한 물질적 조건들

---

2. 클로드 생시몽(1760~1825): 프랑스의 명문 귀족 출신 사회주의 이론가. 19세기 초 프랑스에서 전통적인 토지 귀족 계급이 몰락하고 빈곤·실업 등 여러 가지 사회 문제가 야기되자, 『산업 체계론』『산업가 교리 문답』 등을 발표하여 다가올 산업사회를 산업가를 중심으로 다시 조직할 것을 주장했다.

3. 샤를 푸리에(1772~1837): 프랑스의 사회주의자. 자본주의 사회의 착취와 부르주아 계급의 탐욕을 비난하고, 사람들이 노동한 양에 따라 공평하게 분배받는 이상 사회 건설을 꿈꾸었다. 푸리에의 추종자들은 그의 설교에 따라 미국으로 건너가서 많은 사회주의 이상촌을 건설했으나 실패했다.

4. 로버트 오언(1771~1858): 영국의 노동운동가이자 사회 개혁가. 뉴 래너크의 대방적공장 소유자였던 오언은 일찍부터 노동자의 참상을 깨닫고 협동조합 운동을 주도했다. 평등 사회 건설을 꿈꾸며 사재를 털어 1825년 미국 인디애나주에 공산촌인 뉴 하모니를 건설했으나 결국 실패로 끝나고 말았다.

을 제공하지 못하고 있다고 생각했다. 그러므로 이러한 조건들을 만들어낼 새로운 사회과학과 새로운 사회법칙을 모색했다.

역사적 행동은 그들의 개인적인 창의적 행동에 그 자리를 내주고, 역사적으로 만들어진 해방의 조건은 환상적인 조건에, 프롤레타리아 계급의 점진적이며 자연발생적인 계급조직은 이러한 발명가들이 특별하게 설계한 사회조직에 그 자리를 내주게 된다. 그들이 보기에 미래의 역사는 그들이 만든 사회적 계획들의 선전 활동으로 그리고 실용적인 실천으로 변형된다.

그들은 자신들의 계획을 구성하면서 가장 고통받는 계급인 노동계급의 이익에 주된 관심을 기울여야 한다는 것을 인식하고 있다. 그들에게는 오로지 가장 고통받는 계급이라는 관점에서만 프롤레타리아 계급이 존재하는 것이다.

그들 자신의 주변 환경은 물론 발달되지 않은 계급투쟁의 상태는 이러한 사회주의자들로 하여금 자신들은 모든 계급 적대로부터 초월해 있다고 생각하도록 만든다. 그들은 모든 사회 구성원의 조건, 심지어는 가장 형편이 좋은 사람들의 조건까지도 개선시키기를 원한다. 이로 인해 계급의 구별도 없이 습관적으로 사회 전체, 아니 오히려 지배계급에 우선적으로 호소하게 되는 것이다. 그러니 일단 사

람들이 자신들의 체계를 이해하게 되면, 그것이 구현 가능한 최선의 사회 상태에서 구현 가능한 최선의 계획이라는 것을 어떻게 알아차리지 못할 수 있겠는가?

그러므로 그들은 모든 정치적 행동, 특히 모든 혁명적 행동을 거부한다. 그들은 평화적인 수단으로 자신들의 목적이 이루어지기를 원하며, 필연적으로 실패할 수밖에 없는 소소한 실험들이나 사례의 힘을 통해 새로운 사회의 복음으로 나아갈 수 있는 길을 닦으려 노력한다.

미래 사회에 대한 그와 같은 환상적인 그림은 프롤레타리아 계급이 여전히 매우 미발달된 상태에 머물고 있을 때, 그리고 자신들의 입장이 사회의 전반적인 개조를 위한 이 계급 최초의 본능적 열망과 일치한다는 환상적인 인식만을 품고 있을 때 그려진 것이었다.

하지만 이러한 사회주의와 공산주의 출판물들은 또한 결정적인 요소를 포함하고 있다. 그것들은 기존 사회의 모든 원칙을 공격하고 있기 때문에 노동계급의 계몽을 위한 소중한 자료들로 가득하다. 이 출판물들은 도시와 농촌의 차별 폐지, 가족의 폐지, 개인의 이익을 위한 산업 운영의 폐지, 임금제도의 폐지, 사회적 화합의 선언, 국가의 기능을 단순한 생산의 감독으로 전환할 것 등과 같은 실천적인

수단들을 제안하고 있다. 하지만 이러한 제안들은 모두 당시에 겨우 드러나고 있던 계급 적대의 소멸만을 지적하고 있으며, 이 출판물들은 초기적이고 불분명하고 제대로 정의되지 못한 형태의 계급 적대만을 인식하고 있었다. 그러므로 이러한 제안들은 순전히 공상적인 성격을 띠고 있다.

비판적 – 공상적 사회주의와 공산주의의 중요성은 역사적 발전과 역관계를 맺고 있다. 현대의 계급투쟁이 발전하여 뚜렷한 형태를 갖추게 되는 것에 비례하여, 투쟁에서 떨어져 있는 이 환상적인 입장, 투쟁에 대한 환상적인 공격들은 모든 실천적인 가치와 모든 이론적인 정당성을 잃어버린다. 그러므로 비록 이러한 체계의 창시자들은 여러 가지 면에서 혁명적이었지만 그들의 제자들은 모든 경우에 단순히 반동적인 분파를 형성하게 된다.

그들은 프롤레타리아 계급의 진보적인 역사적 발전에 반대하여 스승들의 낡은 견해를 굳건히 고수한다. 그러므로 그들은 계급투쟁을 약화시키고 계급 적대를 조정하기 위해 고집스럽게 노력하는 것이다. 그들은 여전히 자신들의 사회적 이상향의 실험적 구현을 꿈꾸며, 고립된 '팔랑스테르'의 건설, '공동부락'의 확립, 신예루살렘의 축소판인 '작은 이카리아'의 구성을 꿈꾼다. 그리고 이러한 공중누

각들을 실현하기 위해 어쩔 수 없이 부르주아의 감성과 지갑에 호소하게 되는 것이다. 그들은 앞에서 묘사한 반동적이고 보수적인 사회주의자의 범주로 조금씩 빠져들게 된다. 다만 이들과 구별되는 점이 있다면 단지 더 체계적인 현학을 갖추고 있으며 자신들의 사회과학이 일으킬 기적적인 효과에 대해 환상적이고 미신적인 믿음을 갖고 있다는 것뿐이다.

그러므로 그들은 노동계급의 편에 선 모든 정치적 행동을 격렬하게 반대한다. 그들의 생각에 따르자면, 그러한 행동은 새로운 복음에 대한 맹목적인 불신만을 낳을 것이기 때문이다.

영국의 오언주의자들과 프랑스의 푸리에주의자들은 각각 차티스트[1]와 개혁파에 반대한다.

---

1. 차티스트: 영국에서 일어난 차티스트운동의 지지자들. 이 운동은 노동자계급이 주도한 세계 최초의 정치 운동으로 1836년부터 1848년까지 계속되었다. 이들은 노동자들의 정치 참여를 제한하는 선거법을 개정할 것을 요구했으며, 노동자들이 자신들의 생활 조건을 개선하고 사회적 지위를 높이려면 적극적으로 정치에 참여해야 한다고 주장했다.

4장
기존의 다양한 반대당들에 대한
공산주의의 태도

2장에서 영국의 차티스트나 미국의 농업 개혁가들과 같은 기존의 노동계급 당파들에 대한 공산주의자의 관계는 명확히 밝혀두었다.

공산주의자는 노동계급의 당면 목표와 현재의 이익을 강화하기 위해 투쟁하고 있지만, 또한 현재의 운동 속에서 이 운동의 미래를 보여주고 소중히 보살피고 있다. 프랑스의 공산주의자는 보수와 급진 부르주아 계급에 대항하여 스스로 사회민주당과 동맹을 맺었지만, 대혁명으로부터 전통적으로 전해져온 문구나 환상적인 생각들에 대해 비판적인 입장을 취할 권리는 유지하고 있다.

스위스에서는 급진당을 지지하지만, 이 당이 부분적으로는 민주적 사회주의자로, 프랑스적인 의미로는 일부 급진적 부르주아라는 적대적 요소들로 구성돼 있다는 사실을 잊지 않고 있다.

폴란드에서는 농업 혁명을 민족 해방의 최우선적인 조건으로 주장하며 1846년에 크라쿠프 봉기를 주도했던 당을 지지한다.

독일에서는 부르주아 계급이 절대군주와 봉건지주 그리고 소부르주아 계급에 대항하여 혁명적인 방법으로 행동할 경우, 그들과 함께 투쟁한다.

그러나 공산주의자들은 부르주아와 프롤레타리아 계급의 적대적 대립에 관한 명확한 인식을 노동계급에게 주입하는 것을 단 한순간도 멈추지 않는다. 그렇게 함으로써 부르주아 계급의 지배와 함께 필연적으로 도입하게 되는 사회 · 정치적 조건들을 독일 노동자들이 부르주아 계급에 대항하는 다른 무기들처럼 곧바로 사용할 수 있도록, 그리고 독일 내의 반동 계급들이 몰락한 후 부르주아 계급 자체에 대한 투쟁을 즉시 시작할 수 있도록 하는 것이다.

공산주의자는 독일에 주된 관심을 기울이고 있다. 독일은 17세기 영국이나 18세기의 프랑스보다 훨씬 더 발전한 프롤레타리아 계급과 더불어 유럽 문명의 더 진보적인 조건에 따라 실행될 수밖에 없

는 부르주아 혁명 전야에 있기 때문이며, 이러한 혁명은 곧바로 이어질 프롤레타리아 혁명의 서곡이 될 것이기 때문이다.

간단히 말하자면, 공산주의자는 어느 곳에서든 기존의 사회·정치적 질서에 저항하는 모든 혁명적인 운동을 지지한다.

이러한 모든 운동에서 공산주의자는 당시의 발전 정도와 관계없이 소유 문제를 주요한 문제로서 전면에 내세운다.

마지막으로 공산주의자는 모든 나라의 민주적 정당들의 통일과 합의를 위해 어디에서나 노력한다.

공산주의자들은 자신의 견해와 목적을 감추는 것을 경멸한다. 그들은 오직 현존하는 모든 사회 조건을 강제로 전복시켜야만 자신들의 목적이 달성될 수 있다는 것을 공개적으로 선언한다. 모든 지배 계급을 공산주의 혁명 앞에서 떨게 하라. 프롤레타리아에게는 쇠사슬 외에는 잃을 것이 없다. 그들은 세상을 얻을 것이다.

전 세계 노동자들이여, 단결하라!

1883년 독일어판 서문

이번 판본의 서문에는 슬프게도 나 혼자 서명을 해야 한다. 유럽과 미국의 모든 노동자계급이 다른 어느 누구보다 더 큰 신세를 지고 있는 마르크스가 하이게이트 묘지에 영면해 있으며 그의 무덤 위에는 이미 첫 번째 풀이 자라고 있다. 그의 죽음 이후로(1883년 3월 14일) 『선언』을 개정하거나 보충하겠다는 생각조차 할 수 없었다. 하지만 나는 다음과 같은 사실을 또다시 특별하게 밝혀둘 필요는 있다고 생각하게 되었다.

『선언』을 관통하고 있는 기본적인 생각은, 모든 역사적 시기의 경제적 생산과 거기에서 필연적으로 생겨나는 사회조직은 그 시대의 정치사와 지성사의 토대를 이룬다는 것이며, 그 결과 (원시 공동체적

토지의 소유가 붕괴된 이래로) 모든 역사는 계급투쟁의 역사였으며, 착취계급과 피착취계급 간의 투쟁, 사회 진화의 다양한 단계에서 지배계급과 피지배계급 사이에서 벌어졌던 투쟁의 역사였다는 것이다. 하지만 이제는 착취당하고 억압당하는 계급(프롤레타리아)이 착취와 억압과 계급투쟁으로부터 전체 사회를 영원히 해방시키지 않고서는 착취하고 억압하는 계급(부르주아지)으로부터 더 이상 스스로를 해방시킬 수 없는 단계에 이르렀다는 것이다. 이것이야말로 전적으로 오로지 마르크스의 생각이다.

나는 이러한 사실을 이미 여러 차례 설명한 바 있다. 하지만 바로 지금이야말로 그 생각을 『선언』 자체의 전면에 내세워야 할 때이다.

프리드리히 엥겔스

1883년 6월 28일, 런던

1890년 독일어판 서문

첫 번째 독일어 서문(1883)이 작성된 이후로 『선언』의 새로운 독일어판이 다시 필요하게 되었으며, 『선언』과 관련하여 여기에 기록해 두어야만 할 많은 일들이 일어났다.

두 번째 러시아어 번역본이 베라 자술리치에 의해 1882년에 제네바에서 발표되었다. 그 판본의 서문은 마르크스와 내가 작성했다. 불행하게도 그 독일어 원고를 잃어버리게 되어, 나는 러시아어 판본을 다시 독일어로 번역해야만 했으나, 원문보다 더 나을 수는 없을 것이다. 그 서문은 다음과 같다.

『공산당 선언』의 첫 번째 러시아어판은 바쿠닌의 번역으로 1860년

대 초 『종소리Kolokol』의 인쇄소에서 출판되었다. 당시 서유럽은 그 러시아어판에 단지 문필적인 호기심만을 보였다. 오늘날에는 그러한 견해를 품을 수 없을 것이다.

당시(1847년 12월) 프롤레타리아 운동이 얼마나 제한적인 범위에서만 이루어지고 있었는지는 마지막 장(기존의 다양한 반대당들에 대한 공산주의의 태도)에서 가장 명확히 보여주고 있다. 거기에는 분명 러시아와 미국이 빠져 있다. 당시는 러시아가 유럽 반동 세력 전체의 마지막 예비군을 형성하고 있을 때였으며, 미국은 이민을 통해 유럽 프롤레타리아 계급의 과잉 인구를 흡수하고 있던 때였다. 이 두 나라는 유럽의 원료 공급지였으며, 동시에 유럽 공산품의 판매 시장이기도 했다. 그러므로 이 두 나라는 어떤 형식이 되었든 유럽의 기존 체제를 떠받치는 기둥이었다.

오늘날에는 사정이 전혀 달라져 있다. 정확히 말하자면 북미로 이주해간 유럽인들은 그곳을 대규모 농업 생산이 가능한 곳으로 만들었으며, 그 경쟁력은 유럽이 지닌 모든 토지 자산의 근간을 뿌리째 흔들고 있다. 동시에 미국으로 하여금 지금까지 이끌어오던 서유럽, 특히 영국의 산업적 독점을 곧 깨버릴 수 있을 정도로 엄청난 산업 자원들을 정력적으로 개발할 수 있도록 했다. 이 두 가지 상황은 다시 미국

자체에도 혁명적인 방식으로 영향을 끼치고 있다. 전체 정치제도의 기초인 중소 규모 토지를 소유한 농장주들은 차츰차츰 거대 농장의 경쟁력에 굴복하고 있다. 그와 동시에 산업 영역에서는 처음으로 산업 프롤레타리아 집단의 형성과 터무니없는 자본의 집중이 발생하고 있다.

러시아는 또 어떠한가. 1848~1849년의 혁명 기간 동안 유럽의 군주들뿐만 아니라 부르주아들마저도 이제 막 깨어나기 시작한 프롤레타리아 계급 앞에서 러시아의 간섭을 유일한 구원으로 여기게 되었다. 차르는 유럽 반동 세력의 두목으로 선포되었다. 오늘날 그는 가치나에 수용된 혁명의 포로이고, 러시아는 유럽 혁명 운동의 선봉을 이루고 있다.

『공산당 선언』의 과업은 피할 수 없이 닥쳐오고 있는, 현대의 부르주아적인 소유를 폐지한다고 선포하는 것이었다. 그러나 러시아에서는 머리가 어지러울 만큼 급속히 번창하고 있는 자본주의와 이제야 겨우 발전하기 시작한 부르주아적 토지 소유가 있는 반면에, 토지의 절반 이상이 농민의 공동 소유임을 볼 수 있다. 그러면 다음과 같은 의문이 생긴다. 비록 러시아 공동체에서는 토지의 원시적인 공동 소유 형태가 심하게 무너지기는 했지만 어쨌든 그것이 한층 더 높은 공산주의적 공동 소유의 형태로 직접 이행될 수 있겠는가? 그렇지 않으면 거꾸

로 서유럽의 역사 발전이 보여준 것과 같은 해체 과정을 먼저 거쳐야
만 할 것인가?

이 질문에 대해 오늘날 할 수 있는 대답은 오직 다음과 같다. 만일
러시아 혁명이 서유럽 프롤레타리아 혁명의 신호가 되고 그 결과로 둘
이 서로를 보완한다면, 지금 러시아에 남아 있는 토지의 공동 소유는
공산주의 발전의 출발점 역할을 할 수 있을 것이다.

새로운 폴란드어판이 같은 시기에 제네바에서 출판되었다.

그뿐 아니라 새로운 덴마크어 번역본이 1885년 코펜하겐의 『사회
민주주의 총서』를 통해 출판되었다. 그러나 유감스럽게도 이 판은
전혀 만족스럽지 못했다. 역자에게 어렵게 보였을 중요한 구절들이
몇 개 빠져 있으며, 그렇지 않은 경우에도 역자가 좀 더 신중하게 잘
할 수 있었을 텐데 어물어물 넘어간 흔적이 여기저기 눈에 띄어 불
쾌하기 짝이 없다.

1886년, 새로운 프랑스어 번역본이 파리의 『사회주의자』에 실렸
다. 이것은 지금까지 출판된 것 가운데 가장 번역이 잘된 책이다.

이어서 같은 해에 스페인어 번역본이 마드리드의 『사회주의자』에
처음 실렸고, 또 소책자로도 출판되었다.

한 가지 신기한 것은 1887년 콘스탄티노플의 한 출판업자가 아르메니아어로 된 번역본 원고를 손에 넣었는데, 이 선량한 사람은 마르크스의 이름이 박힌 책을 내고 싶어 하지 않아서 차라리 역자를 저자로 하여 내려 했으나 역자가 이를 거절했다는 사실이다.

정도의 차이는 있지만 조금씩 잘못 번역된 영어본이 영국에서 여러 차례 거듭 출판된 끝에 마침내 1888년에 믿을 만한 번역본이 나왔다. 그것은 내 친구 사무엘 무어가 번역한 것으로, 인쇄되기 전에 우리 두 사람이 다시 한 번 함께 검토해보았다. 그 제목은 다음과 같다.『공산당 선언Manifesto of the Communist Party』, 마르크스 · 엥겔스 지음, 영어 번역 정본, 엥겔스가 편집하고 주석을 붙임, 1888, 런던 윌리엄 리브스 구 플리트가 185번지 성聖 E.C. 나는 이 판에 붙인 몇몇 주석을 여기서도 그대로 썼다.

『선언』에는 나름의 경력이 있다. 그것은 출현하자마자 (맨 처음 서문에 열거된 번역본들이 증명하고 있듯이) 당시 아직 소수였던 과학적 사회주의의 선봉으로부터 열광적인 환영을 받았다. 그러나 1848년 6월 파리 노동자 봉기가 실패로 끝나면서 시작된 반동 때문에『선언』은 얼마 지나지 않아 뒷전으로 밀려났으며, 1852년 11월 쾰른 공산주의자들에 대한 유죄 판결로 마침내 '법에 따라' 파문당했음이 선포

되었다. 2월 혁명에서 시작된 노동운동은 공식 무대에서 사라지고, 이와 함께 『선언』도 뒤로 물러나게 되었던 것이다.

유럽의 노동자계급이 지배계급의 권력에 대항해 새로운 진격을 개시할 만큼 또다시 충분히 강해졌을 때, 국제 노동자 협회가 탄생했다. 이 협회의 목적은 유럽과 미국의 전투적인 노동자계급 전체를 하나의 대군大軍으로 뭉치게 하는 것이었다. 따라서 협회는 『선언』에 실린 원리에서 출발할 수는 없었다. 협회에는 영국의 노동조합들이나 벨기에 · 이탈리아와 스페인의 프루동주의자들, 그리고 독일의 라살레파까지 모두 포용하는 강령이 있어야만 했다.

마르크스는 바쿠닌이나 무정부주의자들도 인정하지 않을 수 없을 만큼 훌륭한 솜씨로 이러한 강령-인터내셔널 규약의 취지를 설명한 부분-을 작성했다. 『선언』에서 제시된 명제들의 궁극적인 승리를 위해서, 마르크스는 전적으로 노동자계급의 지적 발전에 기대를 걸었다. 통일된 행동과 토론을 통해 반드시 지적 발전이 이루어질 것이라고 본 것이다.

자본에 대항하는 투쟁 속에서 일어난 사건들과 승패의 교차, 특히 승리보다는 패배를 지켜보면서 투쟁하는 사람들은 그때까지 써오던 자신들의 만병통치약이 전혀 듣지 않는다는 것을 깨닫지 않을 수 없

었으며, 또 노동자 해방의 참된 조건들을 철저히 통찰하기 위해 좀 더 머리를 쓰지 않을 수 없게 되었다.

그리고 마르크스는 옳았다. 1874년 인터내셔널이 해산되었을 때의 노동자계급은 1864년 인터내셔널이 창설되었을 때의 노동자계급과는 완전히 달랐다. 라틴계 나라들의 프루동주의와 독일 특유의 라살레주의는 사멸해가고 있었으며, 당시 가장 보수적이었던 영국의 노동조합까지도 차츰 바뀌어 1887년 스완지 대회에서는 의장이 조합의 이름으로 "우리는 이제 대륙의 사회주의를 두려워하지 않는다"고 말할 정도까지 되었다. 그런데 대륙의 사회주의라면 1887년에는 거의 다 벌써 『선언』에 공포되어 있는 이론뿐이었다.

이처럼 『선언』의 역사는 1848년 이후 현대 노동운동의 역사를 어느 정도 반영하고 있다. 오늘날 그것이 모든 사회주의 문헌 가운데서 가장 널리 보급된 국제적 문헌이며, 시베리아에서 캘리포니아에 이르기까지 모든 나라 수백만 노동자의 공동 강령임은 의심할 여지가 없다.

그러나 『선언』이 나왔을 때 우리는 이것을 사회주의적 선언이라고 부를 수 없었다. 1847년에는 두 부류의 사람들이 사회주의자라고 불리고 있었다. 하나는 각종 공상적 체계의 신봉자들, 특히 영국

의 오언주의자들과 푸리에주의자들로 이 두 조류는 당시에 벌써 점점 사멸해가는 하찮은 종파로 쪼그라들어 있었다. 또 다른 하나는 가지각색의 돌팔이 사회 의사들로, 이들은 자본과 이윤은 전혀 손대지 않은 채 온갖 만병통치약과 갖가지 미봉책으로 사회의 재앙을 없애려 했다. 어느 경우에나 그들은 모두 운동 밖에 있으면서, 오히려 '교양 있는' 계급의 지지를 구한 사람들이었다.

반면에 노동자들 가운데서도 단순한 정치 변혁만으로는 충분하지 못하다는 것을 확신하고 사회의 근본적 개혁을 요구한 사람들이 있었는데, 그들은 당시 자신들을 공산주의자라고 불렀다. 그것은 아직 잘 다듬어지지 못한, 단지 본능적이고 좀 조잡한 공산주의이기는 했으나, 공상적 공산주의의 두 체계―프랑스인인 카베의 '이카리아' 공산주의와 독일인 바이틀링의 공산주의―를 만들어낼 만큼 충분히 힘 있는 것이었다.

1847년에 사회주의는 부르주아 운동을 뜻했고, 공산주의는 노동 운동을 뜻했다. 사회주의는 적어도 대륙에서는 점잖은 것이었으나 공산주의는 그 반대였다. 그런데 우리는 그때 이미 '노동자의 해방은 노동자계급 자신의 사업이어야 한다'는 의견을 단호하게 고수하고 있었으므로, 이 두 가지 명칭 가운데 어느 것을 선택할지에 대해

다른 의견이 나올 여지는 전혀 없었다. 그리고 그 뒤에도 우리는 이 명칭을 버리려고 생각한 적이 결코 없었다.

'전 세계 노동자들이여, 단결하라!' 지금부터 41년 전 프롤레타리아 계급이 맨 처음으로 자기 자신의 요구를 들고 나섰던 파리 혁명의 전야에 우리가 이 말을 전 세계에 외쳤을 때, 아주 적은 목소리만이 이에 호응했다. 그러나 1864년 9월 28일에는 서유럽 대다수 나라의 프롤레타리아들이, 지금 돌이켜보면 영광스러운 국제 노동자 협회를 위해 단결했다. 물론 이 인터내셔널 자체는 겨우 9년밖에 존속하지 못했다.

그러나 인터내셔널이 기초를 닦아놓은 전 세계 프롤레타리아 계급의 영원한 동맹은 아직도 살아 있으며 그 어느 때보다도 견고해졌는데, 이 점을 오늘날보다 더 잘 증명해주는 것은 없다. 왜냐하면 내가 이 글을 쓰고 있는 오늘날 서유럽과 미국의 프롤레타리아 계급은 하나의 당면 목표를 위해, 하나의 깃발 아래, 하나의 군대로서 처음 동원된 자신들의 전투력을 점검하고 있기 때문이다. 그 목표란 이미 1866년 인터내셔널 제네바 대회에서 처음으로 선언되었고 1889년 파리 노동자 대회에서 다시 선언된 것으로서, 1일 표준 8시간 노동을 법적으로 명문화하는 일이다. 오늘날의 이 광경은 전 세계의 자

본가와 지주들로 하여금 전 세계 프롤레타리아들이 실제로 단결되어 있다는 사실에 눈을 뜨게 할 것이다.

마르크스가 지금 내 곁에서 이 광경을 자신의 눈으로 지켜볼 수만 있다면!

프리드리히 엥겔스

1890년 5월 1일, 런던

공산주의

마르크스와 엥겔스가 자본주의 다음에 필연적으로 오게 될 것이라고 분석한 역사 발전 단계로, 공산주의 사회는 생산수단이 공유화되고 계급과 국가가 사라진 사회를 말한다. 사회주의는 공산주의의 전 단계로, 생산수단이 공유화되어 자본가의 착취는 사라지지만 계급과 국가가 완전히 사라지지는 않은 사회다.

'사회주의'라는 말은 산업혁명이 성숙기에 이른 1830년경에 처음 쓰이기 시작했다. 과학 기술의 발전과 높은 생산력으로 역사상 그 어느 때보다 풍요로웠지만, 그런 물질적 풍요가 곧 모든 사람의 행복을 의미하는 것은 아니었다. 사회가 물질적으로 풍요로워질수록 그 풍요를 누리는 사람은 소수의 자본가뿐이었고 대부분의 노동자들은 여전히 가난에 시달렸다.

이것은 자본주의 경제 체제가 품고 있는 모순 때문에 필연적으로

일어나는 일이다. 자본주의는 여러 사람의 노동으로 생산된 결과물을 소수의 자본가들이 소유하고 사용하는 구조이기 때문이다.

마르크스와 엥겔스는 자본주의의 근본적인 문제가 생산수단의 사적 소유에 있다고 보았다. 예를 들어 어떤 사람이 청바지 공장에 고용돼 일을 하고 있다고 하자. 그 사람이 열심히 일해서 남들보다 질 좋은 청바지를 많이 만들어냈어도 그 사람은 정해진 임금만 받을 수 있을 뿐, 청바지는 모두 생산수단을 소유한 사장의 것이다. 그 청바지를 그냥 나눠주든, 비싼 값에 팔든, 바다에 던져버리든 그것은 사장 마음인 것이다. 물론 청바지를 팔아서 생긴 이윤도 모두 사장의 것이 된다.

생산수단을 자본가들이 소유하고 있는 한 아무리 생산력이 증가해도 노동자에게는 정당한 몫이 돌아오지 않는다. 자본주의적인 생산은 필요한 만큼 생산하는 것이 아니라 이윤을 얻기 위해 생산하기 때문에 필요하지 않은 생산들이 쌓이게 되고 따라서 경제공황을 피할 수 없다.

하지만 생산수단을 공유화하게 되면 생산수단을 계획적으로 사용할 수 있으므로 필요한 만큼 생산할 수 있고 자원 낭비도 줄일 수 있다. 그리고 소수의 자본가들에게만 부가 집중되는 경제적 불평등에

서도 벗어날 수 있다.

마르크스와 엥겔스는 자본주의가 발전하여 사회의 총생산력이 증대하면 사회주의로 이행하게 되고 결국 자본주의의 문제점이 해결되면서 이상적인 사회로 나아갈 수 있다고 생각했다. 하지만 그 과정은 저절로 이루어지는 것이 아니라 사회주의 혁명을 통해 이룰 수 있다. 자신이 소유하고 있는 생산수단을 그냥 양보하지 않을 것이기 때문에 노동자계급은 자본가계급과 대결해 승리해야만 한다.

마르크스와 엥겔스는 사회주의가 승리하면 노동자들이 생산수단을 갖게 될 것이며, 나아가 소수의 지배계급을 위해 존재하던 국가가 사라질 것이라고 했다. 그래서 사람들은 국가와 계급 없는 평등한 사회인 공산주의 사회에서 살 수 있게 된다는 것이다.

부르주아와 프롤레타리아

'부르주아'는 자본주의 사회에서 생산수단을 소유한 '자본가'를, '프롤레타리아'는 자본가에게 고용되어 임금을 받고 일하는 '노동자'를 말한다. 그리고 '부르주아지'는 부르주아 집단 즉, '부르주아 계급'을, '프롤레타리아트'는 '프롤레타리아 계급'을 뜻하는 말이다.

부르주아는 본래 현대 자본가계급을 가리키는 말이 아니었고, 중세부터 도시에 거주하던 변호사, 법률가, 의사 등 농노도 귀족도 아닌 제3신분의 전문직 종사자를 뜻했다. 제3신분이라고 한 것은 민중과는 달리 재산과 학식이 있지만 기득권층의 권력을 갖고 있지 못했기 때문이다.

부르주아지는 자신들을 얽어매고 있던 중세의 낡은 제도들을 오랜 투쟁 과정을 통해 바꾸었으며, 유럽 시민혁명으로 기득권층(성직자, 왕족, 귀족)이 몰락한 이후에는 자본가라는 이름으로 산업혁명 시대의 지배계급이 되었다.

프롤레타리아는 임금노동자를 지칭하기 위해 마르크스가 1840년대에 사용한 개념이다. 마르크스는 자본주의 사회의 계급을 부르주아지와 프롤레타리아트로 구분했다. 부르주아지는 생산수단과 자본을 소유하고 있으므로 노동력을 투입시켜 상품을 만들어 팔아 자본을 축적하는 반면, 프롤레타리아트는 생산수단이 없으므로 자신과 가족의 생존을 위해 자본가에게 고용되어 노동력을 판매하고 그 대가로 임금을 받아 살아간다.

마르크스에 따르면 이윤을 위해 상품을 생산하는 자본주의 사회에서 노동자는 상품을 생산하는 데 들인 노동력보다 훨씬 적은 임금

을 받게 되는데, 따라서 자본가와 노동자 사이에는 착취 관계가 성립한다.

길드

길드는 중세도시가 성립·발전하는 과정에서 중요한 역할을 한 상공업자의 동업자 조합이다. 서유럽의 도시에서 발달하여 11세기에서 12세기에는 중세 영주의 권력에 대항하면서 도시의 정치적·경제적 실권을 쥐었으나, 근대 산업의 발달과 함께 16세기 이후에 쇠퇴했다.

중세 시대 유럽의 농토는 '장원'으로 나뉘어 있었다. 장원은 한 개의 촌락과 그곳 사람들이 일하는 주변 경작지로 구성되었다. 경작지 변두리에는 보통 목초지·황무지·삼림·방목지가 있었다. 장원은 매우 폐쇄적인 공간이었으며, 농노들은 토지와 그곳을 다스리는 영주에게 예속돼 있었다.

상인들은 장원을 지나거나 그곳에서 물건을 팔 때마다 영주에게 온갖 세금을 내야 했다. 상업이 발달하고 먼 거리에 있는 지역 사이의 거래가 늘어나면서 상인들의 이동도 활발해졌는데, 상인들은 자

유로운 상거래를 보장받고 영주에게서 자신들의 이익을 지키기 위해 동업자 조합인 길드를 조직했다.

길드는 지역의 비조합원이 길드의 영역을 침범하지 못하게 하는 한편 자신들이 거래하는 지방에 다른 지역 상인들이 끼어들지 못하게 했다. 그리고 상품의 가격은 길드가 결정했다. 길드는 독점을 통해 시장을 지배했으며, 상업을 독점하기 위해 당국과 유착하기도 하고 상인들이 거주하는 도시에까지 자신의 영향력을 행사하려는 영주의 권력에 대항하여 자치권을 획득하기도 했다.

길드는 조합원 각자가 지켜야 하는 수많은 규칙으로 조직을 유지했는데, 길드 조합원에게는 일정한 이익이 있었지만 조합의 규칙을 엄격히 지켜야만 조합원으로 남을 수 있었다.

상업의 확대와 힘을 가진 상인들의 등장은 토지가 아닌 새로운 종류의 부(화폐 재산)가 출현했음을 알리는 것이었다.

매뉴팩처

물건 하나를 만들기 위한 모든 과정을 한 사람이 맡아서 했던 수공업에서 기계제 대공업으로 넘어가는 중간 단계의 생산방식으로,

'공장제 수공업'이라고도 한다.

간단하게 얘기하면, 매뉴팩처는 자본가가 수공업자들을 고용해서 한 작업장에서 일하도록 하는 방식이다. 이때 수공업자들은 그 자본가에게 고용되어 임금을 받는다. 따라서 자본가와 노동자의 구분이 명확해졌지만, 아직 기계가 등장하지 않았기 때문에 여전히 손과 도구로 작업하는 수공업이 이루어졌던 것이다. 매뉴팩처는 16세기 중엽부터 산업혁명 때까지 서구 자본주의 사회의 주된 생산방식이었다.

마차의 예를 들면, 매뉴팩처 방식으로 물건을 생산하기 전에는 수레바퀴 제조공, 마구 제조공, 재봉공, 자물쇠공, 가구공 등 독립적인 수공업자들이 자신의 작업장에서 물건을 만든 후에 그것을 결합해서 마차를 만들었다. 매뉴팩처는 자본가가 이 모든 과정에 필요한 수공업자들에게 임금을 주고 그들을 고용하여 한 작업장 안에서 일하게 하는 것이다.

바늘 매뉴팩처의 예를 들면, 처음엔 혼자서 바늘이라는 완성품을 만들었던 수공업자들이 자본가에게 고용되어 한 작업장에 모여서 각자 바늘을 만든다. 그러다가 점차 철사 자르는 사람, 바늘귀 만드는 사람, 바늘 끝을 뾰족하게 만드는 사람으로 나뉘게 되어 그 일만

을 하게 되는 것이다.

이런 방식은 여러 곳에 있던 수공업자들을 한곳에 모음으로써 시간 낭비를 막을 수 있다는 장점이 있다. 그리고 일의 숙련도가 높아져 같은 시간 안에 더 많은 물건을 생산할 수 있고, 각 과정에 필요한 다양한 도구들도 발달하게 된다.

하지만 한 가지 일만 반복해서 하기 때문에 개인의 능력과 소질을 억압당하게 되고, 또 각자의 부분 작업에만 숙달되므로 독립적으로 완성품을 만들어낼 능력은 잃게 된다. 이것이 반복되면 노동자들은 결국 매뉴팩처에서 일할 수밖에 없는 상황에 처하게 되는 것이다.

자본

보통 많은 양의 화폐나 토지, 공장과 같이 생산의 바탕이 되는 생산수단을 이르는 말이지만 여러 의미로 쓰이기 때문에 한마디로 정의하기 어렵다. 마르크스의 『자본론』에 따르면 모든 화폐가 자본이 되는 것은 아니고, 더 많은 화폐를 얻기 위한 목적으로 유통될 때 그것을 '자본'이라고 한다.

코뮌

코뮌은 평화를 서약한 주민의 공동체로, 12세기에 북프랑스를 중심으로 성립된 도시 자치단체다. 사회 혼란이나 영주권의 남용에 대해서 안정을 도모하기 위해 주민이 서로 도울 것을 맹세하고 단결하여 왕이나 영주에게 특별히 사회단체로 인정을 받은 것이다. 서약을 깬 사람은 집을 파괴당하거나 추방당했다. 코뮌은 보통 시장이나 기타의 임원을 선출하여 자치행정을 하고 재판권도 가지고 있었다.

착취

하위 계급의 노동으로 만들어진 생산물을 상위 계급이 정당한 대가를 지불하지 않고 취득하는 것을 말한다. 인간을 노예로 부리며 착취하는 체계는 고대 세계에도 존재했으며, 중세의 농노제, 신대륙의 강제 노동, 나치의 강제수용소 등을 노예적 착취의 예로 들 수 있다.

고대 노예제 사회에서는 신분 구속과 강제 노동을 통해 노예를 착취했다. 하지만 마르크스는 그런 의무가 규정되지 않은 사회에서도 노동 생산물에 정당한 대가가 지불되지 않는 착취가 일어날 수 있다

고 했다. 자본주의 사회에서는 신분의 자유와 임금노동을 바탕으로 노동자를 착취한다.

자본가는 생산설비와 재료를 구입하고 노동자를 고용하여 임금을 준다. 자본가는 이윤을 얻기 위해 노동자에게 주는 임금보다 더 많은 일을 시키거나 일한 것보다 더 적은 임금을 주는데, 이런 식으로 생산수단을 갖지 않은 노동자에게서 그 노동의 성과를 무상으로 취득한다. 노동자는 자신이 아니라 자본가에게 이익을 주기 위해 추가 노동을 하게 되는 것이다.

공황

공황이란 생산과 소비의 균형이 깨져 산업이 침체하고 금융 상태가 좋지 않으며 파산이 속출하는 상태가 지속되는 경제 혼란 현상을 말한다.

모든 시대에 공황이 있었지만 자본주의가 성장하기 전에 일어난 공황과 그 후에 일어난 공황에는 차이가 있다. 18세기 전에는 흉작이나 전쟁 같은 비정상적인 사건 때문에 공황이 일어났다. 이런 공황의 특징은 식량과 생활필수품이 부족해서 물가가 오르는 것이었

다. 하지만 자본주의와 함께 발생한 공황은 모든 것이 너무나 많기 때문에 일어나는데 실업, 이윤 감소, 생산과 유통의 둔화가 그 특징이다.

티셔츠 공장의 예를 들어보자. 공장의 사장은 돈을 벌기 위해 티셔츠를 만들어서 팔기로 한다. 그래서 공장을 짓고, 옷을 만들 수 있는 기계를 들여놓고, 옷감을 구입한다. 그리고 노동자를 고용해 옷을 만들게 한다. 고용된 노동자들은 일을 한 대가로 임금을 받는다. 사장은 노동자에게 임금을 주고 그 대신 노동력을 마음대로 사용할 수 있는 권리를 얻는 것이다. 따라서 사장은 이윤을 얻기 위해 노동자가 받는 임금보다 더 많은 시간 동안 일을 시키게 된다(착취).

상품 하나를 생산할 때에도 아주 많은 사람들의 손을 거치고, 이러한 분업을 바탕으로 생산력도 높아지지만 그것에서 생긴 이윤은 자본가의 몫이다. 노동자는 생계를 유지하고 최소한의 문화생활을 할 수 있을 만큼의 임금을 받을 뿐이다.

티셔츠를 만들어 파는 사람이 아주 많기 때문에 자기 공장에서 만드는 티셔츠를 더 많이 팔아 이윤을 내기 위해서는 다른 공장들과 경쟁을 해야 한다. 따라서 사장은 새롭게 얻은 이윤을 더 좋은 기계와 더 좋은 옷감을 사는 데 쓸 수밖에 없다. 자신이 가지고 있는 전

체 자본 중에서 생산수단(기계와 옷감)에 전보다 더 많은 자본을 들였기 때문에 사장이 전보다 많은 이윤을 얻기 위해서는 일하는 사람의 임금을 깎거나 전보다 더 많은 일을 시켜야 한다. 그리고 만약 전에 있던 기계에서 티셔츠를 만들 때는 10명이 필요했는데 새로 바꾼 기계로는 7명으로도 충분하다면 나머지 세 명은 그 공장에서 일을 할 수가 없게 된다.

생산수단의 발달로 더 많은 상품이 쏟아져 나온다. 하지만 노동자의 임금은 줄어들고 실직자도 늘어나게 되어 소비자이기도 한 노동자는 그 상품들을 살 수 없다. 상품을 만들어도 팔리지 않으므로 생산은 둔화된다. 생산을 하지 않으면 노동자들은 할 일이 없게 되어 실업 상태에 놓인다. 실직한 노동자들은 더 이상 소비할 여력이 없으므로 이미 만들어놓은 물건들만 쌓여가고, 생산도 더 이상 일어나지 않는 악순환이 계속된다.

자본주의 경제 체제는 이러한 내부 모순 때문에 언제든 불황이 닥칠 수밖에 없다. 생산수단이 넘치고 거기에서 만들어진 상품이 넘치고 일하고 싶은 사람도 넘치지만 그것을 소비할 수 없어 경제 상황이 혼란스럽게 되는 것, 이것이 자본주의 체제 안에서 일어나는 공황이다.

소부르주아(프티 부르주아, 소시민)

부르주아 계급과 프롤레타리아 계급의 중간에 있으며 부르주아적 의식이 있는 사람들을 가리킨다. 중세 봉건사회에서 근대 사회로 이행하는 시기에 일정한 사회층으로 성장한 자유롭고 독립된 수공업자와 독립 자영농민들이 여기에 속한다.

이들은 봉건사회의 규제에 대항하면서 상품 경제의 전개를 담당하고 정치의 근대화를 추진함으로써 근대사회 성립에 중요한 역할을 했다. 그 후 근대사회가 전개되는 과정에서 상층인 부르주아로 상승하거나, 하층인 프롤레타리아로 전락했다.

이들은 자신의 경제적 성격 때문에 프롤레타리아적 행동 양식을 철저히 취할 수가 없고, 극단적인 경우에는 입신출세주의나 이기주의를 낳아 근대사회의 반체제적 운동에 무관심하거나 그것에 반발하기도 하고, 또 분열의 계기를 만드는 경향이 있기 때문에 비난을 받기도 한다.

'위험한 계급'(룸펜프롤레타리아트)

자본주의 사회의 최하층 프롤레타리아트로, 거의 일을 하지 않고

취업할 의사도 없으며 일정한 거주지도 없이 그날그날 먹고사는 사람들을 말한다. 때때로 권력을 멋대로 행사하려는 정치가가 이들에게 돈이나 음식을 주고 반동적 운동에 동원하여 사회를 혼란스럽게 만들기도 한다.

누진소득세

소득이 많을수록 높은 세율을 적용하도록 정한 세금이다. 누진소득세는 경제력 격차 때문에 생기는 불평등을 보정하기 위한 것으로 고소득자에게는 높은 세금을, 저소득자에게는 낮은 세금을 거두자는 의도에서 실시되었다. 2차 세계대전 후 거의 모든 나라에서 경제력의 불평등과 소득 간 불평등이 문제가 되었고 이에 따라 소득재분배가 주요 문제로 제기됐다. 이때 소득재분배의 효과적인 수단으로 작용한 것이 누진세율의 적용이었다.

'팔랑스테르'와 '작은 이카리아'

'팔랑스테르'는 프랑스의 공상적 사회주의자 푸리에(1772~1837)가

자본주의 체제를 비판하면서 계획한 이상적인 공동체 모델이다. 푸리에는, 인간은 1,600명에서 1,800명으로 구성된 작은 공동체를 이루고 살아야 한다고 주장했다.

푸리에가 구상한 공동체인 '팔랑주'에서는 공동체가 가족을 대체하며, 혈족 관계나 지배·피지배 관계가 존재하지 않는다. 공동체에 필요한 것을 조달하기 위해 약간의 세금을 내지만 통치 기구의 권한은 최소한으로 엄격하게 제한된다. 중요한 일이 있을 때는 구성원들이 마을 중앙 광장에 모여 함께 결정한다. 그리고 공동체 구성원은 '팔랑스테르'라는 주택 단지에 모여 산다. 이 공동체 안에서는 자신에게 맞지 않는 일을 강제로 하지 않아도 되고 자신의 기질과 기호에 맞는 일을 할 수 있다.

'작은 이카리아'는 프랑스의 공상적 사회주의자인 에티엔 카베가 계획한 이상향이다.

크라쿠프 봉기

1846년 2월 폴란드 각지에서 폴란드인의 민족 해방을 목표로 하는 반란이 준비되고 있었다. 반란의 주모자들은 대개 폴란드의 혁명

적 민주주의자들이었다. 하지만 하층 귀족 일부가 배반하고 반란 지도자가 프로이센 경찰에 체포됨에 따라 전면적 봉기는 실패로 돌아가고 곳곳에서 분산적인 소요가 일어나는 것으로 그쳤다.

다만 1815년 이래 오스트리아·러시아·프로이센이 공동으로 관리하던 크라쿠프 공화국에서는 2월 22일의 폭동이 성공한 뒤에 민족 정부가 세워졌으며, 이 정부는 봉건적 부과조賦課租를 폐지한다고 선언했다. 이와 동시에 갈리치에서 우크라이나 농부들이 봉기했다. 그러나 오스트리아 정부는 하층 귀족과 농민 사이의 계급 대립과 민족 대립을 이용해 때때로 하층 귀족 반란군과 폭동을 일으킨 농민들이 서로 충돌하게 만드는 데 성공했다.

크라쿠프 봉기는 1846년 3월 초에 진압되었으며, 그 뒤 오스트리아 정부는 갈리치의 농민운동을 단압했다. 1846년 11월 오스트리아, 프로이센, 러시아는 크라쿠프를 오스트리아에 합병하는 조약을 체결했다.

2월 혁명

1848년 2월에 프랑스의 중소 부르주아 계급과 노동자계급이 선

거권 확대와 공화정 수립을 요구하며 일으킨 혁명이다. 2월 혁명 결과, 프랑스에서는 공화주의자와 사회주의자로 이루어진 임시정부가 세워졌으며 보통선거제에 의한 제2공화국이 세워졌다.

파리코뮌

1871년 3월, 독일군이 파리를 포위한 가운데 일어난 19세기 최대의 노동자계급 혁명이다. 파리코뮌은 70일 남짓 계속되다가 결국 티에르가 이끄는 정부군에게 진압되었으나, 그 뒤 세계 각국의 혁명가들이 자기 나라의 혁명 수행을 위해 연구 모델로 삼았을 정도로 세계사적인 의의를 지닌 혁명이었다.

마르크스는 코뮌을 평하여 이렇게 말했다. "그것은 본질적으로 프롤레타리아 정부였다. 그것은 착취계급에 저항한 생산계급의 투쟁의 결과이며, 노동자의 경제적 해방을 이룩할 수 있는 새로 발견된 정치 형태였다."(『프랑스 내란』) 엥겔스 또한 "코뮌은 전 유럽 노동자들에게 사회혁명의 문제를 근본적으로 해결할 열쇠를 준 것"(『프랑스 내란』 서문)이라고 그 의의를 높이 평가했다.

부록

. . . .

1. 마르크스와 엥겔스의 생애

2. 『공산당 선언』의 역사적 배경

3. 『공산당 선언』 이후의 영향

4. 주요 국가의 공산당 역사

5. 주요 마르크스주의자들

마르크스와 엥겔스의 생애

혁명을 꿈꾼 청년, 마르크스

카를 마르크스는 1818년 5월 5일 프로이센(현재 독일) 트리어 시에서 태어났다.

트리어는 나폴레옹전쟁(1797~1815) 시기에 프랑스에 합병되었는데, 이때 시민들은 언론의 자유, 헌법적 자유, 종교적 관용과 같은

자유를 접하게 되었다. 마르크스가 태어나기 3년 전인 1815년에 다시 프로이센 제국에 통합됐지만, 트리어는 당시 프로이센에서 정치·경제적으로 가장 발전한 곳이었으며 프랑스대혁명의 영향과 이른 산업화로 다른 지역과는 다르게 자유주의적인 분위기였다.

마르크스의 아버지 하인리히는 유대인이었으나, 마르크스가 태어났을 때는 유대인에 대한 불이익을 피하기 위해 이미 루터파 기독교로 개종한 상태였다.

1830년 12살의 마르크스는 트리어에 있는 프리드리히 빌헬름 김나지움에 입학해 라틴어, 그리스어, 역사, 철학 등을 배웠다. 마르크스의 아버지는 마르크스에게 법학 공부를 시켜 중간계급의 삶을 물려주려 했다. 하지만 「직업 선택을 앞둔 젊은이의 사색」이라는 고등학교 졸업 에세이에서 "온 힘을 기울여 만인을 위해 가장 헌신적으로 활동할 수 있는 일을 선택한다면, 어떤 시련도 우리를 굴복시킬 수는 없을 것이다"라고 고백한 마르크스가 아버지의 뒤를 이을 리는 없었다.

1835년 마르크스는 아버지의 뜻에 따라 본대학 법학부에 입학해 법률학을 전공으로 택했으나 법학보다는 문학에 관심을 가졌다. 그리고 불온사상 혐의를 받은 시인 클럽에서 활동했으며, '가능하면

자주, 시끄럽게 술에 취하자'는 것이 목적이었던 '트리어 선술집 클럽'의 회장이 되어 친구들과 몰려다니며 술을 마시다가 패싸움과 결투를 벌이기도 했다.

이런 아들이 걱정됐던 마르크스의 아버지는 마르크스를 다른 대학으로 보내기로 결정했고, 본대학에 다닌 지 1년 만에 베를린대학으로 전학시켰다. 마르크스는 아버지의 뜻에 따라 우선 법학부에 등록했지만 점점 더 역사와 철학에 빠져들었고, 1837년 4월부터는 본격적으로 헤겔을 연구하기 시작했다. 그는 칸트, 피히테, 셸링, 헤겔, 스피노자, 흄, 라이프니츠를 연구하는 한편, '이념 속에서 현실'을 찾겠다는 플라톤을 비판하며 '현실 속에서 이념'을 찾고자 했다.

마르크스의 철학 형성에 가장 결정적인 영향을 미친 것은 바로 '청년헤겔학파'와의 만남이었다. 그는 친구 루텐베르크의 소개로, 베를린 히펠 카페에서 정기적으로 만나서 토론하는 청년헤겔학파의 모임인 '박사 클럽'에 가입했다.

그들은 프로이센이 근본적으로 진보적인 국가라고 확신했으나 기대했던 자유화가 이루어지지 않자 점차 급진적인 생각을 품게 되었다. 그리고 헤겔 철학에서 국가 이념을 강조하는 부분을 평가절하하는 대신 '변증법'을 사회 변혁의 원리로 해석했다. 이곳에서 마르크

스는 그에게 큰 영향을 준 역사학자이며 종교학자인 카를 프리드리히 쾨펜과 신학자 부르노 바우어를 만나기도 했다.

마르크스는 박사 학위를 받는 과정에서 당대 철학의 정점에 오르게 된다. 그의 연구 대상은 에피쿠로스 학파, 스토아 학파, 회의론 사상 등이었다. 이런 관심의 결과물은 「데모크리토스 자연철학과 에피쿠로스 자연철학의 차이」라는 박사 학위 논문이었다. 그는 이 연구를 청년헤겔학파의 관점, 즉 전체 체계는 그 안에 해체의 싹을 품고 있다는 관점에서 다루었다.

하지만 1841년 4월 마르크스가 박사 학위를 받은 곳은 베를린대학이 아닌 예나대학이었다. 1840년 프리드리히 빌헬름 4세가 왕위에 오르면서 반대자들을 박해하고 모든 출판물을 엄격히 검열함으로써 학문의 자유를 억압했기 때문이다. 마르크스는 베를린대학에서는 논문이 통과될 수 없다는 것을 잘 알고 있었으므로 예나대학에 논문을 제출했던 것이다.

학위를 받은 뒤에 강단에 설 수 있게 될 것이라 여겼던 마르크스의 예상도 빗나가고 말았다. 사회 현실에 비판적이던 청년헤겔학파에 대한 정부의 탄압으로, 본대학에 자리를 잡은 뒤 마르크스를 데려가기로 했던 브루노 바우어가 교수직을 박탈당했기 때문이었다.

이로 인해 마르크스는 학자의 길을 포기하고 사회 변혁을 추구하는 혁명가의 길을 선택하게 된다.

강단에 서는 것이 어렵게 된 마르크스가 선택한 곳은 바로 언론이었다. 마르크스는 1842년 모제스 헤스, 게오르크 융 그리고 다른 청년헤겔학파들과 공동으로 작업하여 『라인신문』을 창간하고 편집장이 되었다.

삼림 도벌법, 출판의 자유, 포도 재배 농민들의 열악한 상태 등 현실의 문제들을 다루는 기사를 쓰면서 마르크스의 관심은 정치와 사상에서 경제로 옮겨갔다. 그러나 프로이센의 검열이 점점 심해지면서 1843년 편집장 자리에서 쫓겨나고 신문마저 폐간되었다.

마르크스는 1843년 6월 약혼녀였던 예니와 결혼하고 11월에는 파리로 망명했다. 이곳에서 하이네와 알게 되었으며 독일 혁명, 나아가 유럽 혁명을 꿈꿨다. 박사클럽의 동료 루게와 함께 1844년 『독일-프랑스 연보』를 발간하여, 프롤레타리아 계급이 새로운 혁명의 주역이라고 주장하며, 이를 뒷받침하기 위해 정치경제학 연구를 시작했다. 하지만 『독일-프랑스 연보』는 딱 한 번밖에 발행되지 못했다.

그리고 『독일-프랑스 연보』와 사회주의 성향의 기관지인 『앞으

로!』에 기고한 글들을 문제 삼은 프로이센 정부의 요청으로 마르크스는 파리에서 추방당해 1845년 2월 브뤼셀로 가게 된다.

엥겔스, 계급의 차이를 느끼다

프리드리히 엥겔스는 1820년 11월 28일 프로이센의 바르멘에서 태어났다. 엥겔스와 이름이 같은 아버지 프리드리히 엥겔스는 방직공장의 사장이었다. 열성적인 기독교 신자이며 보수적인 성향을 지녔던 엥겔스의 아버지는 엄격한 부르주아적 행동규범과 정통 신앙 아래에서 자식들을 키우려고 했다. 그러나 엥겔스는 아버지에게 복종하지 않고 역사, 철학, 문학 등을 공부했다. 그리고 돈보다는 세상을 인간답게 바꾸는 일에 더 관심이 많았던 엥겔스는 사회를 비판하는 글들을 기고하기도 했다.

1842년 22살의 엥겔스는 맨체스터에 있는 아버지의 회사를 경영하기 위해 영국으로 떠났다. 겉으로는 아버지의 뜻에 따라 회사를 상속받기 위한 훈련을 받는 것처럼 보였지만 그는 이 기회를 이용해 자본주의가 인간에게 미치는 영향을 연구했다. 맨체스터는 곡물법

반대 동맹의 탄생지였고, 1842년 총파업의 중심이었으며 차티스트를 비롯한 온갖 선동가들이 들끓는 곳이었다. 이곳에서 산업자본주의의 실상을 목격한 엥겔스는 정치경제학을 연구하기 시작했다.

첫 만남

서로를 완벽하게 보완해주는 동료이자 훌륭한 벗이었던 마르크스와 엥겔스가 처음 만난 것은 사실 1842년 11월 『라인신문』 사무소에 엥겔스가 방문했을 때였다. 하지만 당시 두 사람은 한 번 인사를 나눴을 뿐 서로 냉담했고 특별히 기억할 만한 일도 없었다.

마르크스가 엥겔스에게 관심을 갖게 된 것은 엥겔스가 『독일-프랑스 연보』에 보낸 토머스 칼라일의 『과거와 현재』에 대한 서평과 『정치경제학 비판』 때문이었다. 마르크스는 『정치경제학 비판』을 천재의 작품이라고 극찬했다. 당시 엥겔스 또한 마르크스의 글들을 읽고 그에게 호감을 가지고 있었다.

두 사람이 제대로 만난 것은 1844년 8월 파리에서였는데 당시 마르크스는 26살, 엥겔스는 24살이었다. 엥겔스는 영국 랭커셔에 있

는 집안의 공장을 방문한 뒤 독일로 돌아가는 길이었다. 파리에서 만난 그들은 레장스 카페에서 오랫동안 깊은 대화를 나눴다. 그리고 독일 혁명을 위해서는 프롤레타리아 계급에 주목해야 한다고 하는 마르크스와, 영국 프롤레타리아 계급의 실상을 접한 엥겔스는 자신들의 생각이 하나라는 것을 확인했다.

이 만남을 계기로 두 사람은 공동 활동을 시작하게 됐으며, 엥겔스가 가난한 마르크스를 후원하게 된 것도 이때부터였다.

두 사람의 공동 활동

마르크스와 엥겔스는 『신성가족 또는 비판적 비판론의 비판: 브루노 바우어와 그 동료들에 반대하여』라는 공동 저작을 시작으로 당시 프롤레타리아 사회주의를 반대하는 청년헤겔학파에 맞서기 위해 『독일 이데올로기』라는 책을 함께 집필했다.

마르크스와 엥겔스는 공산주의 사상가인 바이틀링이 주도하던 독일 망명가들의 비밀 조직인 '의인동맹'에 들어갔으며, 1847년에는 이 조직을 '공산주의자 동맹'이라는 공개된 혁명 조직으로 바꿨다.

엥겔스는 새 조직의 강령으로『공산주의의 원칙』을 작성했는데, 마르크스는 문답형식으로 된 이 문서를 선동적인 성격으로 바꾸고 싶어 했다.

마르크스와 엥겔스는 역사 및 사회이론의 토대 위에 당 강령을 서술하라는 임무를 받는다. 하지만 엥겔스가 정치적 임무로 프랑스에 가야 했기 때문에, 최종 문안은 마르크스가 작성하게 되었다. 그리고 1848년 1월, 파리와 유럽의 다른 주요 도시들에서 혁명이 일어나기 직전『공산당 선언』이 완성되었다. 후에 레닌이 "마르크스와 엥겔스의 전집과도 맞먹는다"고 평가했을 만큼 이 책은 그들의 모든 사상을 응축해놓았다고 할 수 있다. 하지만 출간 당시『공산당 선언』은 큰 주목을 받지 못했다.

그해 2월 프랑스에서 혁명이 일어났다. 1830년 7월 혁명으로 루이 필리프는 부르주아들의 지지를 받아 입헌 군주에 즉위했다. 하지만 7월 혁명은 모든 시민의 혁명이 아니라 상층 부르주아들만을 위한 혁명이었으며, 입헌 군주제는 소수의 부유한 계층을 위한 권력 체제였다. 따라서 강력한 자유주의를 요구하는 대다수 시민들의 불만은 커져갔고 1840년대 이후 불경기의 여파로 시민들의 삶은 더욱 궁핍해졌다.

이에 1848년 2월, 정치개혁과 참정권 확대를 요구하는 대규모 시위가 벌어졌으며 시민들은 결국 루이 필리프를 몰아내고 공화정을 선포했다. 하지만 공화정권이 선출한 나폴레옹 1세의 조카인 루이 나폴레옹이 곧 제정帝政을 선포함으로써 혁명은 실패로 끝나고 말았다. 비록 프랑스의 2월 혁명은 실패로 끝났지만 이 혁명의 불길은 오스트리아, 헝가리, 이탈리아 등으로 번져 나갔다.

1848년 프랑스를 비롯한 유럽 각국에서 공화정을 세우려는 혁명이 일어나자 마르크스는 독일로 돌아가 엥겔스와 함께『신라인신문』을 발간했다. 마르크스는 편집장으로 활동했고, 엥겔스는 군사 봉기에까지 직접 참여하며 활발히 활동했다.

이 신문을 통해 마르크스는 혁명의 흐름에 영향을 주려 했지만, 혁명은 독일 전역에서 반동 세력에 의해 좌초되었다. 결국 마르크스는 반란을 선동했다는 죄로 1849년 5월 독일에서 추방당한다. 마르크스는 1849년 5월 온통 빨간색으로 인쇄된『신라인신문』의 마지막 호를 낸 뒤 '무국적자'가 되어 당시 유럽에서 정치적 망명의 중심지였던 영국으로 이주했다.

사회 변화를 추구하는 이들에게 1850년대는 시련의 시기였다. 1848년 2월 혁명 후 시대의 흐름을 거스르는 수구 반동적인 분위기

가 확산되었기 때문이다. 하지만 마르크스와 엥겔스는 혁명이 잠시 주춤할 뿐이며 곧 유럽 전역에서 혁명이 다시 피어오를 것이라고 생각했다.

마르크스는 영국에서 언론·정치·학문 활동을 하며 자신이 겪은 당시의 혁명을 연구하여 『프랑스 계급투쟁 1848~1850』과 『루이 보나파르트의 브뤼메르 18일』을 집필했다. 그리고 『뉴욕 데일리 트리뷴』의 유럽 통신원으로서 국내 정치 및 외교에 관한 분석 논평을 썼으며, 자본주의를 치밀하게 분석하기 위해 영국 대영박물관을 드나들며 경제학 연구에 몰두했다.

후기 마르크스의 정치적 언론 활동은 국제 노동자 운동에 집중된다. 마르크스는 영국에서 열리는 국제 노동자 대회에 독일 대표로 참석했다. 국제 노동자 운동은 1852년 '공산주의자 동맹'이 해체되고 1864년 '국제 노동자 협회' 즉, 제1인터내셔널이 설립됨으로써 전혀 새로운 토대 위에 서게 되었다.

마르크스는 이때 창립 총회에서 개막 연설을 하는 등, 제1인터내셔널을 위해 활발히 활동했다. 그밖에도 연합의 정관을 작성했는데, 그것은 노동자계급이 전개하는 해방 투쟁의 근본 원리를 담은 것이었다. 그리고 1871년 프랑스 노동자들이 봉기하여 파리코뮌을 선포

하자 마르크스는 파리코뮌을 지지하는 글을 쓰기도 했다.

제1인터내셔널의 평의회가 런던에 있었기 때문에 마르크스와 엥겔스는 상당한 영향을 미칠 수 있었다. 그럼에도 마르크스는 점점 더 연합 내의 격렬한 이데올로기 논쟁에 휘말릴 수밖에 없었다. 특히 노동자의 해방이 단 한 번의 혁명으로 이루어질 수 있다고 믿었던 무정부주의자 미하일 바쿠닌과 혁명의 실행 과정에 대한 의견 차이로 격렬하게 대립했다.

결국 바쿠닌파의 분파 활동으로 조직 내의 갈등이 심화되고 파리코뮌의 와해로 탄압이 강화되자 더 이상 조직을 유지하기 어렵게 된 제1인터내셔널은 1879년에 해체되고 말았다.

마르크스는 런던에서 보내는 망명 기간의 대부분을 정치경제학 연구에 쏟아부었다. 그는 현대 사회의 경제적 운동 법칙을 밝혀내기 위해 엄청난 자료들을 연구하고 분석했는데, 이 과정에서『정치경제학 비판』『정치경제학 비판 요강』『자본론』등 수많은 원고들이 탄생하게 된다.

마르크스와 엥겔스의 죽음

1882년 아내 예니 마르크스가 숨을 거두었다. 예니의 죽음은 마르크스에게 큰 충격을 주었고, 결국 아내가 사망한 다음 해인 1883년 3월 14일 64세의 나이로 마르크스는 숨을 거두었다. 1883년 3월 17일 마르크스는 런던의 하이게이트 묘지에 묻혔다. 아내와 함께 나란히 누워 있는 그의 묘지 앞에서 엥겔스는 "마르크스의 죽음으로 인류의 키는 머리 하나만큼 작아졌다"며 애도를 표했다.

마르크스가 세상을 떠난 후 엥겔스는 먼저, 마르크스가 원고 형태로 남겨둔 원고들을 모아『자본론』2, 3권을 펴내고, 독일 사회민주당을 비롯해 각국의 노동자 정당에 이론적 문제를 조언했다. 그리고 1889년에는 유럽 각국의 노동자 정당들과 연합해 '제2인터내셔널'을 열었다. 그해 엥겔스는 런던에서 최초의 메이데이 집회에 참석했고, 독일 사회민주당의 두 번째 강령인「에르푸르트 강령」작성 작업에 참여했다.

1895년 엥겔스는 마르크스의 저작인『프랑스 계급투쟁 1848~1850』에 유럽의 혁명적 노동운동의 미래에 대한, 유언의 성격을 지

닌 자신의 '서문'을 덧붙이고 75세의 나이로 삶을 마쳤다. 엥겔스의 사망 소식을 접한 뒤 레닌은 "이성의 횃불이 타오르기를 멈추었다. 심장이 뛰기를 멈추었다!"라며 그의 죽음을 애도했다.

『공산당 선언』의 역사적 배경

흔히 '이중 혁명'이라 부르는 프랑스혁명과 산업혁명은 마르크스와 엥겔스의 사상이 성립되는 데 큰 영향을 미친 사회현상이라고 할 수 있다. 마르크스와 엥겔스는 프랑스혁명으로부터 피지배계급이 사회를 변화시킬 수 있다는 의식을 갖게 되었으며, 산업혁명으로부터는 자본으로 인해 사회와 인간이 어떻게 변화되었는지 가장 가까운 곳에서 확인했다.

그러므로 혁명의 한가운데에서 쓰여진 『공산당 선언』을 이해하기

위해서는 당시 유럽의 모든 사상에 영향을 미친 프랑스혁명과 산업 혁명을 살펴보지 않을 수 없다.

거대한 두 혁명은 당시의 유럽뿐 아니라 전 세계를 변화시켰으며 지금까지도 그 여파는 계속되고 있다. 프롤레타리아는 여전히 존재하고 있으며, 아프리카와 남부 아메리카 등에서는 오랫동안 이어져 온 생활 방식을 지켜나가던 이들의 삶이 자본주의가 들어서면서 크게 흔들리고 있다.

원하든 원하지 않든 우리는 18세기에 이루어진 혁명의 영향으로 만들어진 사회에서 살아가고 있다. 그 혁명이 가장 크게 요동치던 시대를 살았던 마르크스와 엥겔스를 이해하기 위해 먼저 두 혁명을 만나본다.

자유, 평등, 박애 - 프랑스혁명

프랑스혁명(1789~1799)은 당시 프랑스 사회에 굳게 자리 잡고 있던 봉건제도의 모순으로 발생했다.

당시 프랑스의 신분은 3개로 나뉘어 있었다. 제1신분인 성직자와

제2신분인 귀족은 전체 인구의 2% 정도였으며, 부르주아 계급을 포함한 나머지 계층의 사람들인 제3신분이 98%였다. 제1신분인 성직자는 프랑스 전체 토지의 1/10을 소유했으며, 십일조를 징수하는 특권과 면세의 혜택을 누렸다. 제2신분인 귀족 역시 전체 토지의 1/5을 소유하고 있었으며, 교회, 군대, 행정 등의 고위직을 차지하고 면세 혜택을 받았다. 상위 2%가 중요직을 차지한 프랑스에서는 그들이 자신들을 위해 만든 정치가 펼쳐지고 있었던 것이다.

제3신분은 과중한 세금으로 인해 수입의 대부분을 빼앗겼다. 게다가 이들의 대부분은 정상적인 생활을 할 수 없을 만큼 빈곤한 평민들이었다. 그러나 이들에게는 정치에 참여할 수 있는 기회가 없었다. 각 신분 대표들의 모임인 삼부회(성직자, 귀족, 평민의 대표가 모여 중요 의제에 관하여 토론하는 장)가 존재하기는 했으나, 그것은 175년 동안이나 소집된 적이 없었다.

미국 독립전쟁 원조와 왕실의 사치로 당시 프랑의 국가 재정 상태는 거의 파산 직전이었다. 이로 인해 평민들에게 부과되는 세금은 더욱더 과중해져 평민들의 불만은 점점 커져갔다. 평민 계급에 속해 있던 의사, 변호사, 사업가 등의 지식인들은 불평등한 사회를 바로잡고자 하는 사회 개혁의 의지를 비추기 시작했다.

국가의 재정 상태가 심각한 상태에 이르자 정부는 모든 토지 소유자에게 세금을 징수하는 법안을 만들고자 했으나 귀족들의 반대로 실패했다. 이에 국왕이 법안은 국민의 뜻으로 이루어져야 한다며 삼부회를 소집했다.

　삼부회 소집은 이전까지 정치에 전혀 영향을 미칠 수 없었던 평민들에게 기대와 희망을 갖게 했다. 그러나 삼부회는 각 신분 대표들의 표결 방식을 둘러싼 견해 차이로 성과를 거두지 못했다.

　자신들의 뜻을 펼치지 못한 평민 대표들은 국민의회를 만들어 새로운 헌법을 만들고자 했다. 그러나 국왕이 군대를 불러들여 국민의회를 해산시키려 하자, 1789년 7월 14일 부르주아와 시민들은 하나로 뭉쳐 바스티유 감옥을 습격했다. 이는 노동자계급과 부르주아 계급이 하나의 혁명적인 목표를 이루기 위해 함께 무력을 행사한 최초의 사건이었다. 국민의회는 곧 '봉건적 제도'의 폐지를 선언하고, 자신들의 길을 막는 것들을 모두 파괴했다.

　바스티유 감옥의 습격은 순식간에 지방의 농민들에게도 영향을 미쳤다. 그들은 귀족들의 성을 습격하며 반란을 일으켰다. 사태가 심각해지는 것을 우려한 헌법제정의회는 1789년 8월 4일, 봉건적 신분제와 영주제를 폐지했으며 이로써 각종 봉건적 특권 또한 사라

졌다.

국민의회는 「인권 선언」을 작성하여 인간은 누구든지 출신 배경에 상관없이 높은 지위를 얻을 수 있다고 선언함으로써 계급 제도를 폐지하려 했다. 「인권 선언」에는 표현의 자유, 언론의 자유, 불법적인 체포나 구금을 당하지 않을 자유 등의 원칙도 담겨 있었다.

많은 대중들의 지지로 힘을 얻게 된 프랑스혁명은 점점 폭력적인 성향으로 바뀌어갔다. 정권 반대파들은 단두대에서 처형당했고, 3만~5만 명에 이르는 사람들이 '국가의 적'이라는 죄목으로 목숨을 잃었다. 루이 16세는 1793년 1월, 국가에 대한 음모죄로 단두대에서 처형되었다.

프랑스혁명은 곧 전 유럽에 영향을 끼쳤다. 1819년에는 스페인에서 잠깐이나마 자유주의 혁명이 일어났고, 1820년에는 이탈리아에서 또 다른 혁명이 일어났다. 1821년 터키에서 독립하기 위한 그리스의 혁명은 널리 찬양받는 대의가 되기도 했다. 러시아는 자유주의파와 귀족파가 왕위 승계에 영향력을 행사하려 한 1852년에 짤막하고 혼란스러운 반란을 겪었다. 프랑스는 1830년 7월에 또 다른 혁명을 치르게 되었는데, 같은 해에 네덜란드에서도 혁명이 발발했다.

구제도의 모순을 타파하고 평민계급이 정치 권력을 장악할 수 있

도록 길을 열었던 프랑스혁명은 가장 전형적인 시민혁명으로 평가된다. 이 혁명으로 기존에 굳게 자리 잡고 있던 봉건제도에서 벗어나 자유롭고 평등한 시민사회의 성립이 가능해졌다.

그러나 평민계급의 승리처럼 보였던 이 혁명은, 사실 부르주아 계급의 승리가 되어버렸다. 혁명 이후 부르주아 계급이 정치와 경제를 장악했고, 선거는 제한선거로 유산자만이 선거권을 갖게 되었다. 농민과 노동자들은 다시 일터로 나가야 했으며, 그들은 국왕과 귀족 대신, 부르주아 계급의 지배를 받게 되었다.

생산방식의 자유화 – 산업혁명

산업혁명은 수공업과 공장제 양식이 혼합된 매뉴팩처 단계에 머물러 있던 생산방식을 대규모 공장제 생산방식으로 전환시켜 상품을 대량생산하는 것을 말한다. 그것은 단순히 생산방식의 변화가 아닌 전 세계의 사회생활을 이전과는 전혀 다른 모습으로 바꿔놓은 거대한 변화였다.

이는 곧 유럽, 미국, 러시아 등으로 확대되었으며, 20세기 후반에

이르러서는 동남아시아와 아프리카 및 라틴 아메리카로 계속 확산되었다.

18세기 영국에서 먼저 그 모습을 선보인 산업혁명은 도시와 화폐경제가 발달하면서 싹트기 시작했다. 자본주의의 발달로 인구가 급격히 늘어나 이전과 같은 수공업 방식으로는 거대해진 수요를 감당하기 어려웠다. 늘어난 소비량을 맞추기 위해 새로운 생산방식이 도입되는데, 이것이 바로 기계를 도입한 대규모 공장제였다.

제조업이 발달하면서 도시에 공장들이 들어서자 많은 농촌 인구들이 도시로 이동했다. 그 대표적인 도시는 영국의 맨체스터나 버밍엄, 독일의 뒤셀도르프, 프랑스의 리옹 등이었다. 인구가 급속하게 증가하자 도시는 그들에게 안정적인 환경을 제공해주지 못했으며, 도시로 몰려든 노동자들은 곧 도시의 빈민층으로 전락하였다.

주거 환경조차 보장받지 못한 도시의 노동자들은 더욱 궁핍한 환경에서 일해야만 했다. 일주일에 6일 동안 수천 명의 노동자들이 아침에 쏟아져나와 공장에 들어갔다가 저녁에 나왔다. 노동자들은 최악의 환경에서 하루에 14시간이 넘는 시간 동안 최소한의 생활도 할 수 없을 만큼의 저임금을 받으면서 일했다.

기계의 보급이 가속화되면서 특별한 기술이나 힘이 필요하지 않

은 단순한 노동만으로도 물건을 생산할 수 있게 되자 힘과 기술이 있는 많은 남성 노동자들이 일자리를 잃었다. 공장주들이 남성 노동자들의 자리를 더 저렴한 임금으로도 고용할 수 있는 여성과 아이들로 채웠던 것이다.

또한 공장에서 나온 오염물질들은 도시 전체를 오염시켰다. 하늘은 곧 석탄이 타는 검은 연기로 뒤덮였으며, 공장에서 내보내는 폐수로 하수도에는 썩은 물만 흐르게 되었다. 도시는 오물과 악취로 가득했으며 공기 역시 숨쉬기가 힘들 정도로 오염되었다.

오염된 도시에서는 콜레라와 새로운 산업병인 폐결핵이 발병했고, 장시간 노동과 오랜 굶주림 등으로 많은 이들이 죽어나갔다. 어떤 지역에서는 태어난 지 1년이 채 안 된 유아가 3명당 1명 꼴로 사망하기도 했다.

산업혁명 이후 유럽의 생산력은 비약적으로 증가했으며 경제 역시 지속적으로 성장했다. 영국의 산업 자본을 중심으로 세계경제는 선진적이고 자립적인 공업 국가와 이에 종속된 국가로 나뉘게 되었다. 후진 농업국들은 선진 공업국에 원료를 공급하고 그들의 공업제품을 수입하는 형태의 국제 분업 속에 강제로 편입됨으로써 선진 공업국에 더욱 종속되었다. 산업혁명은 단순히 영국 한 나라만이 아니

라 전 세계적인 자본주의를 성립시킨 것이다.

산업혁명은 인간이 편리하고 풍요로운 삶을 누릴 수 있게 해주었다. 하지만 편리와 풍요 뒤에는 살인적인 장시간 노동과 저임금으로 고통받는 수많은 노동자들이 있었다. 경제적으로 풍요로워질수록 그 풍요를 누리는 것은 소수의 부르주아뿐이었고 대다수 사람들의 삶은 더 비참해졌으며 노동자들에 대한 착취는 더욱 극심해졌다.

『공산당 선언』 이후의 영향

프랑스 파리 혁명(2월)을 시작으로 오스트리아 빈 혁명(3월), 체코 혁명(3월), 헝가리 혁명(3월), 이탈리아 혁명(3월) 등이 일어났던 1848년은 혁명의 해였다. 보수적이고 구태의연한 통치자들과 무능하고 책임감 없는 정부에 대한 불만이 폭발하여 유럽 대륙 거의 모든 곳에서 혁명의 분위기가 고조되었던 것이다.

하지만 1848년 런던에서 출간된 『공산당 선언』이 당시에 일어난 역사적인 사건들에 직접 영향을 미쳤다고 볼 수는 없다. 오히려 그

무렵의 흉작으로 인한 기근과 산업 공황에 따른 실업이 사람들을 거리로 몰려나오게 하는 데 큰 역할을 했다고 해야 할 것이다. 또한 『공산당 선언』의 탄생지인 영국에서는 유럽 대륙의 여러 나라들과 달리 그해에 별다른 혁명의 움직임이 보이지 않았다.

마르크스는 『공산당 선언』 발표 후 독일 쾰른으로 돌아가 1949년 급진 신문인 『신라인신문』을 창간하여 혁명적 분위기를 북돋웠다. 하지만 유럽 각지의 민중 봉기가 지배세력에 의해 무자비하게 진압당하면서 혁명은 일단락되었다. 그뿐 아니라 마르크스의 선동을 못마땅해 한 당국은 신문을 폐간시키고 마르크스의 가족을 추방했다. 이러한 상황 속에서도 마르크스와 엥겔스는 다시 새로운 혁명이 일어날 것이라는 낙관적인 생각을 갖고 있었다. 그들은 런던에 공산주의자 동맹의 새로운 본부를 설치했으며, 각국 지부에 소속된 동맹원들은 1848~1849년 유럽에서 일어난 혁명에 적극적으로 참가했다.

국제 노동자 협회 결성

1850년이 지나면서 산업 공황이 극복되고 유례없는 번영의 시기

가 시작됐다. 그러자 혁명의 폭풍은 점차 가라앉기 시작했다. 마르크스는 공산주의자 동맹 본부를 독일 쾰른으로 옮겨 활동하려고 했으나, 1851~1852년 프로이센 정부가 공산주의자들에 대한 탄압을 강화하여 많은 동맹원들이 체포되었다. 결국 1852년 11월 마르크스의 제의에 따라 공산주의자 동맹은 해체되고 말았다. 그러나 선언문 작성 이전에는 비밀리에 전파되었던 메시지를 공공연하게 세상에 설파하게 되었다는 점은 공산주의자들에게는 물론 세계사에서도 중요한 의미를 갖는다.

새로운 혁명의 움직임이 시작된 것은 공산주의자 동맹 해체 후 10여 년이 지난 1864년이었다. 그해 9월 런던에서는 국제 노동자 협회(제1인터내셔널)를 결성하기 위한 회의가 개최됐다.

이 조직의 활동 가운데 가장 두드러진 업적으로 꼽을 수 있는 것은 1871년 파리코뮌의 수립이다. 파리 시민과 노동자들의 봉기로 수립된 파리코뮌은 『공산당 선언』이 주장하고 인터내셔널이 제창한 국제주의를 표방한 최초의 혁명적 자치정부였다.

당시 파리코뮌에는 교회와 국가의 분리, 모든 교회 재산의 몰수, 학교에서 종교 교육 금지, 채무 이행 연기, 채무에 대한 이자 폐지 등 몇 가지 정책만이 있었으며 불과 72일 동안 업무를 집행했을 뿐

이지만, 훗날 레닌은 파리코뮌을 "노동계급이 사회 전체를 노예제도에서 자유롭게 만들고 자기 자신의 정치적·사회적 해방을 확고히 하려는 목적으로 스스로의 힘으로 자신의 권력을 수립한…… 세계 역사상 최초로 벌어진 노동계급의 사회주의 혁명 예행연습이었다"고 평가했다.

파리코뮌이 와해된 후 탄압의 강화와 분파 활동 등으로 조직의 유지가 어렵게 된 인터내셔널은 1872년 이후부터 활동이 정지되었다가 1876년 해산되었다. 그러나 그 와중에도 마르크스주의는 각국에 보급되고 있었으며, 1869년부터 유럽과 미국에서 사회주의 정당이 출현하기 시작했다.

『공산당 선언』의 사상을 계승한 새로운 세대의 급진주의자들은 1889년 7월, 프랑스혁명 100주년 기념일을 맞아 엥겔스의 지도 아래 드디어 제2인터내셔널을 창립한다. 제2인터내셔널은 설립 후 10년 동안 노동운동의 확대에 주도적 역할을 했으며, 마르크스주의는 세계 노동운동의 주류를 점하게 되었다.

그러나 제2인터내셔널은 20세기 독점자본주의시대의 도래와 1914년 1차 세계대전의 발발로 위기를 맞았다. 당시 제2인터내셔널의 공식적인 입장은 전쟁을 반대하는 것이었으나, 러시아 사회민주

노동당의 볼셰비키파를 제외한 각국의 노동자 정당들이 반전 결의를 배반하고 자국의 전쟁 수행에 협력함으로써 이 조직은 와해되고 말았다.

러시아 혁명

마르크스와 엥겔스가 기대했던 『공산당 선언』의 실질적인 구현은 1917년 레닌과 볼셰비키파가 주도한 러시아 혁명을 통해 이루어졌다. 볼셰비키파는 러시아 사회민주노동당의 우파인 멘셰비키와 결별하고, 11월 혁명에 성공한 이후 러시아 소비에트 사회주의 공화국 연방의 집권당이 되면서 1918년 당명을 러시아공산당으로 바꾸었다.

사회주의혁명의 성공으로 러시아에서는 많은 변화가 일어났다. 남성과 여성이 동등한 대우를 받게 되었으며, 병사들은 장교를 직접 선출할 권리를 갖게 되었고, 노동자위원회는 사업을 관장하는 권한을 갖게 되었다. 러시아 혁명은 러시아뿐 아니라 유럽을 비롯한 자본주의 체제 국가들에도 변화를 가져왔다. 자본주의 체제의 가장 큰

잠재적 위험인 계급 갈등이 언제라도 폭발할 수 있다는 것을 보여줌으로써, 많은 나라들이 복지정책을 실시하는 등 계급 갈등을 완화하려는 노력을 하게 되었다.

유럽의 다른 지역에서 일어난 혁명들 가운데 러시아 혁명에 근접할 만한 것으로는 1919년 1월 로자 룩셈부르크 등이 중심이 되어 독일 곳곳에서 일어난 마르크스주의자들의 봉기를 들 수 있다. 그들은 소수의 엘리트가 혁명을 주도해야 한다는 레닌의 생각에 반대하며 대중 파업이라는 새로운 전술을 내세웠다. 그러나 국방장관이 지휘하는 군대가 모든 집회를 야만적으로 진압하자 이 혁명은 더 크게 확산되지 못했다.

1919년 모스크바에서는 레닌의 지도하에 각국 노동운동계의 좌파가 모여 제3인터내셔널을 창립했다. 이 새로운 조직은 훗날 '코민테른'으로 널리 알려지게 될 공산주의 인터내셔널이다. 제3인터내셔널은 마르크스-레닌주의를 사상의 기초로 하여 '프롤레타리아 독재를 통한 사회주의의 달성'이라는 노선을 지향했다. 또한 중앙집권적 조직으로서 각국 공산당에 그 지부를 두고 공산주의자들의 투쟁을 촉구했다.

그러나 레닌이 사망한 뒤 그의 후계자를 자처한 스탈린이 막강한

권한을 쥐면서 소련 공산당은 마르크스와 엥겔스의 『공산당 선언』으로부터 멀어지게 되었다. 스탈린은 「마르크스주의와 민족문제」라는 논문으로 당에서 인정을 받았으며, 이른바 '일국 사회주의' 정책을 발표하여 '노동자에게는 조국이 없다'는 『공산당 선언』의 국제주의와 반대 입장을 취했다. 또한 1936년 사회주의 국가 건설, 농업의 집단화, 자본주의의 소멸을 확인하고 사회주의 체제를 굳혀나간다는 인식하에 스탈린헌법을 제정했다.

그는 중공업 우선 정책을 펼쳐 산업화에 필요한 자원을 농촌에서 강제로 수탈하고 농민들을 집단농장으로 강제 편입시키거나 공장 노동자로 만들었다. 그뿐 아니라 대숙청을 감행하여 많은 공산주의 지도자들을 제거했으며 무고한 민중을 살상했다.

이러한 과정을 통해 1935년 이후 제3인터내셔널은 국제 공산주의 혁명 지도부가 아닌 스탈린의 노선을 따르는 기관으로 전락했다가 1943년 해산됐다. 결국 소련은 마르크스와 엥겔스가 『공산당 선언』에서 예견했던 '개인의 자유로운 발전이 만인의 자유로운 발전의 조건이 되는 사회'를 만들지 못하고 폭압적인 전체주의 국가가 되고 말았다.

1945년 대원수의 자리에 오른 스탈린은 동유럽 국가들에 대한 패

권을 잡고 미국과 대항함으로써 냉전의 중심인물이 되었다. 그는 국내에서도 반대자에 대한 탄압을 계속하던 중 1953년 뇌출혈로 급사했다.

스탈린이 사망한 후 중앙위원회 총회에서 제1서기로 선출된 흐루시초프는 1956년 제20차 당대회에서 '스탈린 비판'을 제기했다. 이 일은 세계 여론과 각국 공산당에 커다란 충격을 주어 국제 공산주의 운동을 심각한 혼란 속에 몰아넣었다. 흐루시초프의 스탈린 비판 이후 폴란드에서는 개혁파 정치가 고무우카가 정권을 잡았으며, 헝가리에서는 반소봉기反蘇蜂起가 일어나 소련군이 개입하는 사태를 초래했다. 또한 이때부터 흐루시초프는 중국의 마오쩌둥과 논쟁을 벌이며 대립하게 되었다.

중국 혁명

한편 마르크스주의는 중국의 혁명에도 영향을 끼쳤다. 청년 시절 마르크스주의의 영향을 받은 혁명가 마오쩌둥은 1921년 중국 공산당을 창당했으며, 1949년에는 중화인민공화국을 건설했다.

한 가지 특이한 점은, 마르크스와 엥겔스 그리고 레닌이 시대에 뒤떨어진 존재 혹은 혁명의 장애물로 여겼던 농민계급을 마오쩌둥은 혁명의 주요 세력으로 내세웠다는 것이다. 그는 자본주의에 오염되지 않은 농민들이야말로 더 혁명적일 수 있다는 논리를 펼치며 농민군에 의한 게릴라 전쟁을 주도했다. 그리고 공산주의 사상가로서 근대화와 산업화의 필요성을 역설했지만, 중국 인구의 대부분을 차지하는 농민들의 빈곤한 현실을 무시할 수 없었다.

마오쩌둥은 유럽 열강과 일본의 제국주의에 오랫동안 시달려온 농민들의 희생을 전제로 한 산업화가 아니라 소련의 경제원조와 농촌 출신 공산당 간부들의 활용을 통해 농업의 집단화를 이뤄냈다.

2차 세계대전 후반부터 종전 직후에 걸쳐 동유럽 국가들에도 공산당이 주도하는 정권이 수립되면서 사회주의 국가의 성격을 갖게 되었다. 그러나 공산주의 체제는 1980년 이후 구소련과 동유럽 등 여러 국가에서 종말을 고하기 시작했다.

'프롤레타리아의 국가'라는 『공산당 선언』의 본질을 저버린 채 국가 권력으로 노동자들을 착취하고 자유를 박탈하는 억압적인 구조는 필연적으로 경제적 비효율성이라는 한계에 부딪칠 수밖에 없었다. 또한 프롤레타리아 계급에 속하지도 않는 소수의 지배 세력이

프롤레타리아의 이름으로 장기 독재를 펼쳤던 것이 결국 체제를 붕괴시키는 결과를 초래하게 된 것이다.

68혁명

1968년, 『공산당 선언』으로의 복귀와 선언의 확장을 의미하는 대혁명의 물결이 전 세계를 휩쓸었다. 미군에 맞선 베트남군의 구정 공세(테트공세: 1968년 구정 설날 휴전을 제의한 베트남군이 그것을 깨고 총공세를 벌인 작전), 프라하의 봄, 서독의 학생 봉기, 마틴 루터 킹 목사 암살, 미국 컬럼비아대학 점거 사태, 멕시코시티 대학살, 프랑스의 학생 봉기와 노동자 총파업 등 수많은 사건들이 발생한 1968년은 1848년에 이은 또 하나의 혁명의 해였다.

68혁명과 함께 등장한 신좌파는 각국의 공산당을 비판하며 구좌파라 불렸다. 신좌파는 구좌파가 중시했던 경제 문제와 정치 문제들뿐 아니라 여성 억압, 인종차별, 아동 학대, 동성애 혐오 등 더 광범위한 문제들에 관심을 가졌다.

위로부터의 혁명이 아닌 아래로부터의 혁명을 주장했던 신좌파는

다양한 방식을 통해 민주적으로 활동을 펼쳐나갔지만 기존 공산당의 몰이해와 각국 정부의 폭력적인 진압으로 실패하고 말았다. 그러나 그들이 제시했던 의제들은 훗날 여성운동, 인권운동, 환경운동, 반핵운동 등을 통해 다시 꽃피게 되었다.

마르크스와 엥겔스가 이루어낸 사상과 이론은 1세기가 넘는 오랜 시간 동안 전 세계에 커다란 영향을 미치며 수많은 역사적인 사건들의 배경이 되기도 했으나 시대의 변화에 따라 하향길에 접어들었다. 그러나 『공산당 선언』은 세계 각국에서 가장 많이 출간된 책 가운데 하나이며 오늘날에도 가장 대중적인 마르크스주의 개설서로서 꾸준히 읽히고 있다. 비록 공산주의는 몰락했지만 『공산당 선언』에는 여전히 새로운 시대를 향한 현실 비판과 강력한 주장이 살아 숨쉬고 있기 때문이다.

주요 국가의 공산당 역사

러시아

소련 공산당은 러시아 사회민주노동당의 볼셰비키파에서 비롯되었다. 1903년 레닌의 주도하에 형성된 볼셰비키는 엄격한 당 규율을 바탕으로 프롤레타리아 독재 실현을 지향했다.

1917년 볼셰비키는 러시아 사회민주노동당의 우파인 멘셰비키와 결별하고, 11월 혁명 성공 후 집권당이 되면서 1918년 당명을 전全

러시아 공산당으로 바꾸었다. 그리고 소비에트 사회주의 공화국 연방이 수립된 후 1951년 소련 공산당으로 개칭되었다.

공산당은 자본주의와, 1차 세계대전 때 자본주의 정부를 지지한 제2인터내셔널의 사회주의자들에 대항하여 생겨났다. 당시 공산당이라는 명칭은 러시아의 레닌 추종 세력을 다른 사회주의자들과 구별하여 가리키는 말로 사용되었다.

소련 공산당은 내전에서 승리한 후 1924년 레닌이 사망할 때까지 신경제정책을 통해 제한된 자본주의 정책을 추진했다. 레닌 사후 스탈린은 1929년 부하린을 당 지도부에서 축출하고, 1934~1938년 대숙청을 통해 당 내부에 남아 있는 반대 세력을 모두 제거했다. 이 과정에서 수천 명의 정적과 혐의자들이 반역죄로 처형됐고, 수백만 명이 투옥되거나 강제노동수용소로 이송됐다.

1953년 스탈린이 사망한 뒤 급속히 부상한 흐루시초프는 제20차 당대회에서 스탈린을 비판했다. 흐루시초프는 피의 숙청을 중단시켰지만, 당 간부들 사이에서 그의 통치 방식에 대한 불만이 팽배해져 1964년 축출되었다. 이어 브레주네프가 제1서기가 되고, 1982년에는 안드로포프가 소련 공산당 서기장직을 승계했다. 그러나 안드로포프는 15개월 만에, 그 뒤를 이은 체르넨코는 13개월 만에 사망

하고, 1985년 3월 고르바초프가 서기장에 취임했다. 소련 공산당은 대외적으로 국제 공산당 조직인 코민테른(공산당의 국제 조직인 제3인터내셔널)과 코민포름(1947년 미국의 봉쇄 정책에 대항해 유럽 9개국 공산당이 정보교환과 활동 조정을 도모하기 위해 조직한 기구)을 주도했다.

공산당이 전 세계적으로 확산되고 성공을 거두면서 소련 공산당의 주도권을 위협하는 세력들이 나타나기 시작했다. 1948년 유고슬라비아 공산당이 처음으로 소련 공산당에 도전했고, 1950년대 말~1960년대 초에는 중국 공산당이 이의를 제기했다. 그러나 소련공산당은 이후에도 여전히 동유럽 위성국가들의 본보기로 남아 있었다.

또한 소련 공산당은 1918년~1980년대 말까지 소련의 정치·경제·사회·문화 전반을 지배하는 일당독재체제를 이루고 있었다. 소련 정부를 관리·통제하도록 되어 있는 헌법과 법령들은 사실상 공산당과 그 지도부의 정책에 종속돼 있었다. 소련의 공산당과 정부는 헌법상 별개의 기관이지만 실제로는 공산당원이 정부의 고위 공직을 모두 차지하고 공산당이 입안한 정책들에 대한 정부의 집행 과정을 감시할 수 있도록 되어 있었다.

그러나 경제구조를 개편하고 정치체제를 민주화하려는 고르바초프의 노력으로 소련의 일당 체제는 붕괴되기 시작했다. 1990년 발

트3국(발트해 남동 해안에 있는 에스토니아 · 라트비아 · 리투아니아)을 비롯해 연방을 구성하고 있던 공화국의 공산당들이 소련 공산당으로부터 독립을 선언함에 따라 그해 소련 공산당은 헌법으로 보장돼 있던 일당독재를 포기하고 복수 야당을 합법화시켰다.

그 후 여러 공화국에서 자유선거가 실시되었고, 그 결과 당원 수가 감소했으며, 옐친의 경우처럼 이탈자들이 권력의 정상에 오르는 사태가 발생했다. 1990년 고르바초프는 당의 직접적인 행정 관여를 금지시키고 자유시장 경제체제를 도입하려고 했지만, 공산당은 여전히 그것에 반대했다.

1991년 8월 19일 보수파의 쿠데타로 소련 공산당의 몰락이 가속화되었으며, 이로써 소련 공산당은 정부와 국내 보안기구 및 소련군에 대한 통제력을 완전히 상실했다.

중국

중국 공산당은 1921년에 창당됐으며, '중공中共'이라 약칭한다. 소련 공산당과 나란히 국제 공산주의 운동의 영수적 위치를 차지하고 있다. 1921년 상하이에서 창립 모임이 열렸으며, 이때 참가한 13명

가운데 마오쩌둥은 훗날 중국 공산당의 최고 실력자가 되었다.

중국 공산당은 당초부터 코민테른의 지도를 받아 천두슈를 지도자로 하여 주로 도시 노동자를 중심으로 지지층을 형성했다. 1949년 10월 1일 정권을 수립하기까지 4단계를 거치게 되는데, 이른바 ①제1차 국내혁명전쟁(1909~1927, 1차 국공합작), ②제2차 국내혁명전쟁(1927~1936, 루이진 소비에트 정권 시절), ③항일전쟁(1937~1945, 2차 국공합작), ④제3차 국내혁명전쟁(1946~1949, 국공내전)이다.

1924년 중국 각지에서 활동하는 군벌세력을 타도하기 위해 모든 반군벌세력과 연합하겠다는 쑨원의 의지로 제1차 국공합작이 실현됐다. 그리하여 1926년 중국 공산당은 국민당과 공동으로 북벌을 개시했다. 하지만 쑨원의 뒤를 이어 실권을 장악한 장제스는 반공反共을 주장하며 1927년 4월 상하이에서 공산당 세력을 타도하는 군사행동을 일으켰다.

이렇게 국공합작은 끝이 나고 공산당은 큰 타격을 받았다. 1927~1934년에 걸쳐 국민당의 공격으로 당세가 점차 위축되었고 코민테른과 중국 공산당의 정책이 연이어 실패하자 공산당은 와해될 위기에 몰렸다.

이때 마오쩌둥이 두각을 나타내기 시작했다. 국공분열 뒤 농홍군

農紅軍 3,000명을 조직하고, 1931년 장시성에 중화소비에트공화국을 건설한 마오쩌둥은 소비에트공화국 주석 겸 중국 공산당 중앙집행위원회 주석을 맡았다. 장제스의 국민당군이 100만 병력을 동원하여 다시 토벌전을 시작하자 소비에트 정부는 근거지를 버리고 1934년 북서쪽으로 대장정에 오르게 되었다. 1935년 1월 구이저우성 쭌이에서 열린 당회의에서 마오쩌둥은 당의 지도권을 획득했다. 같은 해 8월에는 항일민족통일전선을 제의하여 제2차 국공합작에 성공, 항일전 승리의 기초를 닦았다.

중국 공산당은 1946년에 시작된 국공내전에 승리함으로써 1949년 공산당 정권을 수립하기에 이르렀다. 그러나 정권 수립 후 심각한 당내 권력투쟁이 계속됐으며, 1956년 2월 제20차 공산당대회에서 스탈린을 비판한 후부터 점차 소련 공산당과의 대립이 심화되었다. 1965년 가을, 문화대혁명이 일어나 류샤오지를 비롯한 초창기 이래의 지도자들이 잇달아 실각하고, 당내 투쟁은 1969년 9전대회九全大會에서 마오쩌둥－린뱌오 노선이 확립되기까지 계속되었다.

그 후에도 항미 무장투쟁노선을 내세우는 린뱌오와 유연외교노선을 주장하는 저우언라이 사이에 대립이 발생했으며, 대미·대소 외교 문제와 국내경제건설 문제를 둘러싼 당내 투쟁이 격화됐는데,

그 결과 1972년에는 린뱌오의 실각이 명백해졌다. 그 이후부터 저우언라이의 대미 협조를 축으로 한 유연외교노선이 정착되어, 1973년 10전대회十全大會에서 린뱌오·천보다의 당외 영구 추방이 확인됐다.

저우언라이·덩샤오핑 등 경제 재건을 중시하는 사람들에 대하여 후에 4인방이라 불린 왕훙원·장춘차오·장칭·야오원위안 등은 정치 우선을 주장하며 저우언라이·덩샤오핑 등을 '유생산론자唯生産論者' '주자파走資派'라 비판하고, 1976년 저우언라이가 사망한 후 세력을 확대하여 그해 4월 톈안먼(천안문) 사건을 이용하여 덩샤오핑을 추방했다. 그러나 1976년 9월 마오쩌둥 사망 직후, 화궈펑 당 제1부주석·총리 등에 의하여 '4인방'은 타도되었다.

1976년 10월, 화궈펑은 당주석에 취임, 국무원총리를 겸임하고 예젠잉 부주석, 후에 재복권한 덩샤오핑 부주석·부총리와 함께 중공의 최고 지도부를 형성했다. 1977년 8월에 열린 11전대회十一全大會는 '4인방' 비판의 강화를 호소함과 동시에, 제1차 문화대혁명의 종결을 선언했다. 그 후 화궈펑도 덩샤오핑의 개혁에 밀려나고, 1981년 덩샤오핑·후야오방·자오쯔양 체제가 확립되었다.

1982년 9월 12전대회十二全大會에서 마오쩌둥의 극좌적 잔영이 지

워진 새 당헌黨憲을 채택하여 당 총서기 중심제를 부활하고 정치국과 서기국 등 당의 지도 체제를 개편했다.

독일

독일 사회민주당의 극좌파 인물들이었던 카를 리프크네히트, 로자 룩셈부르크, 클라라 체트킨 등은 1916년 당을 탈퇴하고 혁명 단체인 스파르타쿠스단을 조직하여 활동했다. 이들은 1918년 11월의 독일 혁명 직후 사회민주당의 브레멘 좌파와 손을 잡고 1918년 12월 독일 공산당을 창당했다.

독일 공산당은 1919년 코민테른에 가입했으며, 그해 1월 베를린에서 무장봉기했으나 진압됐다. 이 사건으로 룩셈부르크와 리프크네히트는 경찰과 연계된 보수 의용단에게 살해당했다.

1920년 12월 독일 사회민주당의 좌파와 합동하여 당세를 확장한 독일 공산당은, 1921년 봄 다시 무장봉기를 하려다가 실패하여 당내 우파가 탈퇴하게 되었다. 1929년 이후 소련의 간섭으로 좌익 노선을 취하여 사회민주당과 맹렬한 투쟁을 벌였으나, 결국 히틀러에게 공산주의 타도라는 명분을 제공하게 되었다.

나치스 치하에서는 활동이 금지되었다가 2차 세계대전이 종결된 후 1945년 6월에 망명지(주로 소련)에서 귀국한 공산주의자들이 다시 당을 창당했다. 독일민주공화국(동독)에서는 이듬해 4월에 사회민주당을 강제적으로 통합해 통일사회당이라는 명칭으로 공산주의자당을 만들었다. 독일연방공화국(서독)에서는 공산당이라는 이름 그대로 활동했는데, 소련과 동독을 지지한다는 당의 정책이 국민의 반감을 사 당세는 미약했고, 1956년에는 위헌 결정으로 해산되었다.

그 후 당원들이 당명을 바꿔 활동했으나 활동은 미미했으며, 독일 통일 후 활동이 정지되었다.

프랑스

국제 공산주의 운동의 프랑스 지부로 출발한 프랑스 공산당은 프랑스 내의 강력한 공산당 지지 세력과 유럽에서 프랑스가 차지하는 중요한 위치로 인해 공산주의 운동에 상당한 영향을 끼쳤다.

프랑스 공산당은 1920년 노동자계급을 기반으로 프랑스 사회당 좌파 세력에 의해 결성되었다. 공산주의와 유러코뮤니즘(소련 공산당의 공식적인 입장에 반대하여 프롤레타리아 독재의 포기, 복수정당제 지지, 의회

민주주의에 적극적으로 참여, 사회주의로의 평화적 이행 등을 주장한 서유럽형 공산주의)을 이념으로 하고 있다.

프랑스 공산당은 1936년 레옹 블룸의 좌파 인민전선 연립정부와 연합하기 전까지는 많은 표를 얻지 못했으나 1945년 종전 후 처음 실시된 선거에서 약 25%를 득표했으며, 1946년 제4공화국 초기 정부에 참여하면서 정계에 진출했다. 2차 세계대전 후 제1당으로 입각했지만 1947년 5월 공산주의자들이 강경 정치 노선을 취하자 정부는 내각에서 그들을 추방했다. 그 후 공산당은 1951년 6월부터 1968년 6월에 걸쳐 실시된 6번의 총선에서 매번 평균 22% 이상의 득표율을 얻고 의회에서 다수 의석을 확보했음에도 제4공화국 행정부에는 전혀 참여하지 못했다.

1958년 드골 장군이 제5공화국 대통령이 되자 우익의 강세와 민족주의 감정의 고조로 공산당의 세력 기반이 많이 약화되었다. 1965년 9월 공산당은 민주사회좌파 연합을 구성하기 위해 다른 좌익 집단을 지원했다. 이 동맹은 1965년 선거에서 드골의 절대 다수 득표를 불가능하게 했다. 1969년 6월 대통령 선거에서 공산당 소속 후보는 3위의 득표율을 보였는데, 전체 투표율의 21%에 해당하는 것이었다. 그러나 1970년대 중반에 들어와 좌익 동맹 내부에 심각한 알

력이 생겨났다.

프랑스 공산당은 1976년 제22차 전당대회에서 프롤레타리아 독재 노선을 포기했다. 1977년에는 프랑스 사회당과 연합해 지방 선거에서 52%의 득표율을 기록해 정계에서 압승했다.

1978년 공산당은 일시적으로 그 동맹을 해제했다가 1981년 선거에서 다시 사회당과 손을 잡았다. 공산당의 의석수는 현저히 감소했지만 새로 출범하는 사회주의 정부에서는 4개의 각료직을 확보할 수 있었다. 그러나 1984년 장관들이 교체되면서 이 4개 각료직을 모두 잃었다.

현재는 유러코뮤니즘이 황혼기를 맞으며 프랑스 공산당이 국회에서 차지하는 의석수는 7%로 감소했다. 서유럽 공산당으로서는 이탈리아 공산당 다음으로 큰 세력을 보유하고 있으나 그들의 전통적인 지지 세력인 노동자계급으로부터 서서히 소외당하기 시작하면서 1981년 이후 퇴조 기미를 보이고 있다.

이탈리아

이탈리아 공산당은 1921년 안토니오 그람시에 의해 이탈리아 사

회당으로부터 분리되어 창당된 서유럽 최대의 공산당이었다. 그러나 1926년 무솔리니 휘하의 파시스트들이 모든 정당을 불법 단체로 규정하자 지하조직을 통해 이탈리아 레지스탕스운동(권력이나 침략자에 대한 저항운동으로 특히 2차 세계대전 중 프랑스에서 있었던 지하 저항운동을 뜻함)을 전개했다. 2차 세계대전 후에는 다른 반파시스트 정당들과 제휴하여 연립정부를 구성했으나, 1947년 5월 알치데 데 가스페리 총리의 내각 구성에서는 제외됐다.

그러나 이탈리아 공산당은 선거에서 지지 세력을 지속적으로 확보하고 있었다. 1956년 소련이 헝가리를 무력으로 진압하자 이탈리아 공산당의 지도자 톨리아티는 '다원주의'의 개념에 입각해 각국 공산당의 제한적 독립을 제안하면서 이탈리아 공산당을 소련으로부터 분리시켰다. 1964년 톨리아티가 사망한 뒤 '러시아파'와 '이탈리아파'로 양분되어 갈등이 심화되었음에도 1968년 총선에서 26.9%의 지지율을 획득했다.

1975년 서기장 베를링구에르는 각 국가 또는 지역의 특수성에 따라 공산주의 원칙들을 융통성 있게 조정할 것을 주장하면서 '유러코뮤니즘' 또는 '민족공산주의'를 제안했다. 그러나 1989년 후반부터 동유럽의 공산정권이 잇따라 몰락하자 이탈리아 공산당은 1991년 2

괴이한 미스터리 초자연 편

초판 1쇄 펴냄 2020년 8월 21일
초판 2쇄 펴냄 2020년 8월 24일

지은이 허설 반대인 사마란 김선민 홍성호
펴낸이 이영은
편집인 김현경
기획 김선민 한이
홍보마케팅 김소망
디자인 여상우
제작 제이오

펴낸곳 나비클럽
출판등록 2017. 7. 4. 제25100-2017-0000054호
주소 서울특별시 마포구 동교로22길 49 2층
전화 070-7722-3751 팩스 02-6008-3745
메일 nabiclub17@gmail.com
홈페이지 www.nabiclub.net
페이스북 @NabiClub
인스타그램 @nabiclub

ISBN 979-11-970387-6-1 04810
      979-11-970387-3-0 04810(세트)

이 도서의 국립중앙도서관 출판예정도서목록(CIP)은 서지정보유통지원시스템
홈페이지(http://seoji.nl.go.kr)와 국가자료공동목록시스템(http://www.nl.go.kr/kolisnet)에서
이용하실 수 있습니다.(CIP제어번호: 2020030988)

유효정 유히사 윤나 윤선영 윤지 율비 은혜다혜 응디뚱디 이고운 이다연 이다영 이름 이민 용 이상헌 이성수 이세림 이소망 이솔님 이수연 이수진 이승한 이아라 이예림 이율 이윤 진 이재연 이정명 이제야 이츠미 이파란 이현아 이희주 인디아 일곱시 임라흔 임지환 잇츠 미 장다솜 장선영 장영희(시호) 장예은 장은화 장현진 재클린 전영균 전예솔 전한비 정민 정우원 정유진 정인기 정중구 제희 조민성 조병준 조소영 조유빈 조윤수 조해빈 조현우 중 바 지니 지수 지준맘 차원의소녀 찰 채준영 채현 책벌레 챔 청리 청포도자두 체리 최수현 최아람 최재훈 치즈젤리 콩만두 탄산 태빵 토닥토닥 토담 토뽀시 토이필북스 파 파메 페리 편의점 평시민 프레즈 프리마 피금 피나 필립 하나 하늘호수별 하물란 하얀 하은경 하이바 하정현 한날 한율 해난 허니문 차일드 허상범 허수민 헬 현 현서아 현정/민경 헤우 호우 호원쓰 홍냥 홍수희 환욱맘81 황말랑 황미희 황새 황성현 후니네헤린이 후원자 후유 후은 흑랑 흠냐링 희성반쪽 히구 히써닝 히힛 28일후 36 405.24apm 8규 9**** air**** AMWE angelle**** anwjr**** athllan BB bel**** blue홀 cainern celine char'gry cheege**** cherry Dan—bi dd di**** dk**** dod**** DRGR dudurain ehdgus92**** Ellie elyasion Eonness ez**** fono gom greenfi**** gywls**** HANAHANA happy0**** HAROO hotooyoo HYEIN_KIM iluv**** imagery Introcronicle iw JLYH Joanne july**** Jyun keiry khs Ki Hyo Park kim kimjungmin kjin kky ksd**** Lake Life goes on ljh3**** lsh0**** Lullaby LUNA819 MeiS memory Mindooze MINOR NaKi nog**** nova**** OMMR orchid palstic H PINEA pipoppippo08 planetes RAPID ReN Ren RiA Rim romie rune savio**** SAYA seh**** Seo Yunbae Silvers lady Siyeong Yu sky91**** SPiCa ssangch**** ssy**** Sua Suki Park sulasula t**** Taelin Temisia Therose0524 tige**** VVan5963 whdthf**** wnsdnagd wOnhOc YJ Lee Yony younghun**** YUM Yun Yuna Hwang zoflrjs****

외 무기명 7명 총 535명 모든 분들께 진심으로 감사드립니다.

《괴이한 미스터리》 출간 프로젝트를 후원해주신 분들

강경천 강순덕 강아지배방구 강우석 개다키 게임발굴단 위즐로 경성 고민서 곽나윤 괴도1412 규리 그레이스 그리핀 그림자도둑 글라스 김개동 김경덕 김동은 김레지 김명국 김민서 김민성 김민제 김병진 김사슴 김서연 김선규 김성모 김성철 김수현 김슬기 김아현 김영아 김우주 김유진 김은경 김은정 김이응 金紫榮 김재희 김정아 김종원 김지수 김지원 김지현 김창현 김크랩 김태영 김하니 김현지 김혜선 김희태 깜깜멍 꽃님이 꽃이 꾸루꾸 나,재민 나강림 Lea.S 나님이여 나래 나쁜마녀 나새빈 날2 남기인 남상욱 냥 네버러지 넨이 노하늬 녹차시럽 뉴스 느린_김병준 니니 니델리 다9 다과 다루미 다솜 다크오키드 단청야 달빛마녀 달빛뿌리는냥이 데스다 델리 뎁이 도- 도비 독서거 동해천사 두부장수 둠바 디두 디봄보 딘 따옹 땅두 라니아케아 라디홍 라라 라온 라일라 라티라티 랄랄라 레오군 로 롤 료월 루루공주 류형규 린샤 마녀 A씨 마루 마린 마법사 맑은하늘 망나니 메디오크르 메론빵 명주 명품목소리 모카프라프치노 몽실에바 무케무케 문다원 문채영 물비누 뭐할라꼬 뮈르헨 므마 미미 미역국공주 민- 민아롱이 민현기 밍- 바카 박군 박기태 박동우 박박 박상민 박서윤 박성결 박소영 박소은 박수민 박연진 박예나 박유빈 박재우 박종우 박주연 박지영 박지원 박한새 박혜림 박혜미 밖빛 방방이 방하윤 배고파용 배은란 배정은 백여우님 뱁냥 벗 꽃여왕 베로 변요한 별지기 보노보노 보스코 보이드Voyd 봉누누 부엉군 북극곰 비아 빠야 빠야 빼비 사필귀정 산향푸딩 삼점일사 샐 생묘 샨니 서지혜 서찬호 설명환 설아차 설원 성현지 세이시나 센테 소다빙수 소소 소원 소정 소허니 손연서 솔 송지웅 송찬양 수 수정 중 순선화 숭징 슬픈돌기 시아 시엘로나 신동원 신소희 신태성 신해진 실험체333호 쌍무기 쏘이콩 쑤기 아리에르 아린 아메 아사 아얌 아이제 아프로스미디어 아하야 안수진 안예은 암브로시아 앙팡 알루알루 양여진 양천재 에르에디이모집사 에이프릴 여래야 여름사람 여봄 여지은 여찬후 연교 연산홍 연장미 열대 옐로튤립 오디오코믹스 오솔 오오옹 오찬영 완벽한중2의비결 요닝쓰 요미언니 요쿄 우롱차 우병화 우주냐옹 원의비밀 월랑곰 월유하 위래 위승연 유지해 유도연 유라 유리 유빈유빈유빈유빈유빈 유석주 유승재 유엘 유진곤 유혜영

Ⓜ 한국추리작가협회

국내 유일의 추리문학 전문 작가들의 협의체로서 1983년 김성종, 이상우, 이가형 작가 등이 작가의 권익을 대변하고 참신한 신인 작가들을 발굴, 육성하자는 취지로 발족했다. 현재 서미애, 황세연, 도진기, 김재희, 최혁곤, 송시우, 박하익 등 100여 명의 작가들이 활발한 활동을 벌이고 있으며, 더 참신하고 패기 넘치는 작가와 작품들로 독자와 만나고, 세계로 진출할 새로운 도약을 준비하고 있다.

괴이학회

괴담, 호러 전문 출판 레이블. 괴담과 호러 콘텐츠의 부흥과 발전을 위해 만들어진 창작그룹이다. 전설과 신화, 민담을 포함한 괴담을 바탕으로 기괴하면서도 흥미로운 이야기를 만든다. 현재 50여 명의 창작자들과 함께 커뮤니티를 만들어 다양한 창작 및 제작, 출판 활동을 진행 중이다. 한 번도 본 적 없는 비틀린 상상력을 환영하고, 양꼬치를 먹으면서 결성된 그룹이기 때문에 중요한 날에는 양꼬치를 먹는다.